JAMAIS AVEC TON EX

JULES BARNARD

Prologue

MIRA

Je me retourne juste à temps pour voir la fille la plus balèze du collège attraper mon sac à dos et le balancer brutalement sur le côté, encore attaché à moi.

Je perds l'équilibre et j'atterris durement sur le sol.

— Qu'est-ce que tu veux, Britney ? dis-je, exaspérée.

Mon genou me lance à l'endroit où il a heurté le béton.

La frange de Britney est coupée si court sur le front qu'elle lui donne un air d'homme des cavernes quand elle me dévisage.

— Ta mère est une prostituée, non ? J'ai entendu dire qu'elle t'a vendue aux Sallee.

Son zézaiement est si prononcé qu'il me faut une seconde pour comprendre de qui elle parle. Puis mon visage s'enflamme à l'insulte faite à la famille avec qui je vis.

Les élèves se tiennent à bonne distance de Britney, y compris les trois filles qui la flanquent de chaque côté, mais je ne suis pas comme les autres.

Je me jette sur elle et je la bouscule. Mais comme je suis petite pour mon âge, elle bouge à peine.

Britney m'attrape par les épaules avec ses longs bras tentaculaires, sous les rires des filles derrière elle.

— Est-ce que tu laisses leur fils Lewis *t'embrasser* ? *Beurk*, Mira. Tu veux devenir une pute comme ta mère ?

Je déteste qu'on répande des rumeurs sur ma mère.

Je tends la jambe et j'essaie de frapper Britney au tibia, mais je rate mon coup.

— Avec qui tu vivras quand Lewis ne voudra plus de toi ?

Curieusement, elle ne mange pas les mots en prononçant cette phrase. Elle est limpide.

Mon énergie combative se dérobe et mes bras retombent le long des flancs.

J'ai l'habitude qu'on me vanne sur ma taille, mes origines, les histoires de ma mère. Ça ne me touche pas. Mais Britney s'est attaquée à la seule chose qui compte.

Lewis et sa famille m'ont dit qu'ils s'occuperaient de moi, mais tout le monde finit par partir.

Britney me pousse les épaules, ce qui me déséquilibre.

Mes paumes s'écrasent sur le trottoir, et je fixe la surface granuleuse du ciment qui me chauffe la peau.

Mon cerveau tourne à mille à l'heure, mais aucune idée n'en sort. Où irais-je si les Sallee ne voulaient plus de moi ?

Je ne sais pas combien de temps je reste à quatre pattes, puis un bruit de pas à proximité attire mon attention. Je souffle sur les mèches sombres tombées sur mon visage et je lève les yeux… vers des yeux bleu clair où brille l'inquiétude.

— Tu vas bien ?

Le garçon qui se tient au-dessus de moi a des pommettes hautes et des joues légèrement creuses. Il est grand, mince. J'aime son visage. Il a des yeux doux.

Il lève la tête et lance un regard furieux par-dessus mon épaule.

— À partir d'aujourd'hui, tu la laisses tranquille, grogne-t-il.

Je regarde autour de moi et je vois que les sales pestes ont décampé et sont déjà loin sur le parking désert.

Le garçon m'examine brièvement, puis attrape mon sac à dos.

— Viens. Je te raccompagne chez toi.

Je m'assieds sur mon popotin et ramène mes genoux sous le menton, brossant les graviers et la poussière sur mes paumes.

— Je vais prendre le bus.

Il jette mon sac à dos sur l'épaule qui n'est pas occupée par son gros sac.

— Je t'accompagne à l'arrêt.

Malgré sa grande taille, les deux sacs à dos semblent pouvoir le renverser, mais ce n'est pas le cas. Il est fort.

Nous faisons le trajet en silence, et je me demande s'il va me quitter une fois à l'arrêt de bus. J'ai envie qu'il reste. C'est bizarre. Hormis les Sallee, qui m'ont accueillie quand j'avais trois ans, je n'aime pas la compagnie des gens.

— Je m'appelle Tyler, dit-il alors que nous approchons de l'arrêt.

Son regard se tourne vers moi, mais il ne me fixe pas.

Je marmonne mon prénom et Tyler reste avec moi jusqu'à l'arrivée du long bus scolaire jaune.

Le chauffeur ouvre la porte coulissante, Tyler me tend mon sac à dos. Il pince les lèvres d'un air sérieux que je n'ai vu que chez les adultes.

— Ça va aller ?

J'opine et monte les marches jusqu'à l'allée centrale. J'observe Tyler à travers les vitres quand le chauffeur redémarre. Il marche dans la direction opposée en regardant devant lui, son bras sec et nerveux replié du côté où il a la main dans sa poche de jean.

Je m'assieds au fond du bus et serre mon sac contre ma poitrine en souriant.

Je devrais être énervée que les filles m'aient embêtée, mais ce n'est pas le cas. Si elles ne l'avaient pas fait, Tyler ne serait peut-être pas venu me parler.

Et j'aime bien Tyler.

Chapitre Un

MIRA

Trois ans plus tard

Mes peurs ont toujours entravé mes désirs. Mais pas ce soir.

La chanson *No One* d'Alicia Keys retentit dans la sono customisée du salon de Holly Walker, bondé de visages que j'ai connus dans les couloirs du lycée.

Si je suis ici alors que j'évite les fêtes comme la peste, c'est parce que Tyler Morgan a dit qu'il serait là.

Je suis venue avec Zach, un bon copain de la réserve Washoe de Dresslerville, qui va au lycée avec moi et mon frère adoptif, Lewis.

Lewis est un élève studieux. Il ne vient pas à ces soirées, mais Zach est de toutes les fêtes. Actuellement, il essaie de brancher Ella ou Bella, une nana de mon cours d'anglais avec un prénom en *a*, comme toutes les filles populaires.

Techniquement, le mien se termine par un *a* aussi,

mais si les gens me connaissent, c'est pour les mauvaises raisons. *Pétasse* et *racaille* ont été associées à mon nom.

— Zach, on dirait que tu t'apprêtes à bondir, dis-je. Tu connais la finesse ? Tu pourrais discuter avec la fille. Apprendre à la connaître.

Zach incline sur le côté son menton taillé à la serpe.

— Pourquoi je ferais ça ? Ça enlève tout le mystère.

Depuis que je le connais, Zach a toujours gardé les filles à distance. Sentimentalement, *pas* physiquement. Il enchaîne les conquêtes. Je ne peux pas lui en vouloir. Je fais la même chose ; la distanciation sentimentale, pas les coups d'un soir. Les rumeurs sont fausses.

Il relève le menton.

— Ça va, je peux te laisser ? Je vais aller tenter ma chance. Comment tu trouves les pecs ? Bien ? demande-t-il en bombant le torse.

Je secoue la tête.

— T'es nul.

Il me fait un câlin amical.

— Je t'aime, Mir. Va brancher un mec. C'est bon pour le corps.

Mes épaules se raidissent. Il ne sait pas à quel point il est proche de la vérité.

Zach me secoue les épaules.

— Détends-toi ma fille. T'es toute contractée.

Je raconte tout à Zach et Lewis. Sauf ma vie amoureuse. Ce serait trop bizarre.

Les coucheries de Zach nous procurent de grands moments de rigolade, mais jamais je ne raconterais mes aventures sexuelles. C'est le problème d'avoir des amis mecs qui sont comme des frères.

— Tu veux bien partir ?

Le fait qu'il s'attarde me rend nerveuse, et j'ai déjà assez de choses en tête.

Zach s'embrasse le biceps et cligne de l'œil avant de s'éloigner en jouant des épaules pour traverser la foule de corps qui peuplent le salon.

Je jette un œil, à la recherche de ma propre proie.

Depuis que Tyler est arrivé, il y a une heure, je l'observe comme une prédatrice sexuelle. Pas vraiment mon style, mais je manque de temps. Il part dans quelques semaines pour l'université, et si je n'agis pas maintenant, j'ai peur de laisser filer ma chance.

Je passe une main tremblante dans mes longs cheveux noirs et les ramène sur une épaule, les pointes balayant ma taille. Du coin de l'œil, je vois le gars à côté de moi me mater.

Les autres garçons ne m'intéressent pas. Un seul retient mon attention, et c'est vers lui que je me dirige.

Je suis comme Zach ce soir, en chasse.

Normalement, je laisse les hommes venir à moi. Si les filles ne m'apprécient pas trop, c'est différent avec les garçons.

Lewis et Zach me traitent comme une sœur, mais avec les autres mecs… Eh bien, ils veulent *quelque chose*. Mais je ne couche pas. Malgré les racontars, je n'ai embrassé qu'une poignée de garçons, je me suis laissé peloter quelques fois, mais je me suis toujours refusée.

Je ne sais pas pourquoi j'ai préservé ma virginité. Personne n'attend ça de moi, et je ne me sens pas pure. Il est possible que vivre avec Lewis et sa famille ait déteint sur moi. Que j'aie fixé des règles sans m'en rendre compte. Mais si je n'ai pas fait l'amour quand l'occasion s'est présentée, je pense que c'est pour une autre raison.

Il n'y a qu'une seule personne avec qui je veux être.

Mon prof de maths m'a conseillé d'étudier avec Tyler il y a un an. Il est *possible* que j'aie suggéré son nom quand il cherchait un étudiant pour m'aider.

La gentillesse des yeux bleus de Tyler quand il a chassé une bande de petites pestes qui me harcelaient au collège a laissé un souvenir durable. Je ne l'ai jamais oublié.

Je suis presque sûre qu'il ne se souvient pas de ce jour. Il n'en a jamais parlé, et je ne lui ai pas rappelé durant nos nombreuses séances d'étude ensemble.

Je vois Tyler vérifier si les toilettes du bas sont libres. Il a pris du muscle depuis le collège ; il est plus large au niveau des épaules et du torse. Il est plus grand que la plupart des mecs du lycée. Il est beau aussi, mais ce n'est pas pour ça que je l'aime bien.

Il y a quelque chose chez Tyler qui le différencie des autres. Je suis consciente de ses moindres mouvements, de son odeur de menthe poivrée et de graisse de vélo, car il pratique le VTT, et j'aime traîner avec lui autant qu'avec mes amis. Sinon plus.

Quand Tyler m'explique des équations lorsque nous étudions ensemble, j'ai envie de passer mon doigt sur les callosités de son pouce, là où il tient son stylo trop fermement.

Parfois, lorsqu'il ne regarde pas, je mate le chaume foncé de son menton aux reflets roux en pleine lumière, et je me demande ce que ça ferait de frotter mes lèvres contre ce duvet et de l'embrasser dans le cou.

C'est distrayant.

Tyler va bientôt quitter la ville. Je devrais attendre et ignorer mes sentiments.

Mais je ne veux pas.

Je vais faire un truc que je n'ai jamais fait avant et me confier à lui. Dans l'espoir de perdre ma virginité avec le seul garçon qui me plaît.

Après avoir essayé les toilettes du bas, verrouillées, Tyler glisse une main dans sa poche et monte à l'étage.

Je regarde autour de moi pour m'assurer que personne ne fait attention, et je le suis dans l'escalier.

Tyler a un an de plus que moi, mais il est deux classes au-dessus, car il est super intelligent et il a sauté la seconde. La fête d'Holly est peut-être ma dernière chance d'agir avant qu'il passe le bac dans quelques semaines.

Le premier est aussi bondé. Tyler monte au deuxième étage. Je reste en arrière jusqu'à ce qu'il atteigne le palier.

Il y a trois étages dans la maison de Holly. Ses parents sont blindés ; la maison est équipée d'un jacuzzi intérieur et d'un ascenseur. Un milliard de chambres occupent les étages supérieurs. Ça ne doit pas être trop difficile de coincer Tyler seul.

Il toque à la porte des toilettes du deuxième et entre en refermant derrière lui. La fête se déroule surtout au rez-de-chaussée. Peu de convives s'aventurent au deuxième étage, donc on sera tranquilles.

Je marche rapidement jusqu'au bout du couloir et jette un coup d'œil dans une des chambres sombres. Elle est vide. Je pose mon sac à main à côté de la porte et referme derrière moi.

Mon cœur bat la chamade. Je presse la main contre ma poitrine et respire à fond pour me calmer.

Je sens qu'il y a quelque chose entre Tyler et moi. Je ne pense pas qu'il refusera ce que j'ai à offrir, mais c'est un défi de me rendre vulnérable devant quelqu'un d'autre que Lewis ou Zach.

J'ai tendance à repousser les gens. Mais Tyler me charrie. Il ne me prend pas au sérieux comme la plupart des mecs. D'une certaine façon, ça rend plus facile l'idée de m'ouvrir à lui. J'aimerais avoir une vraie histoire avec Tyler avant son départ, mais je me contenterai de *ça*.

Coucher… avec lui.

Et voilà mon cœur qui s'emballe de plus belle.

Je déglutis et essaie de garder ma contenance malgré l'organe vital qui ricoche dans ma poitrine. Je redescends le couloir et rôde devant les toilettes où Tyler est entré, me préparant mentalement à la suite.

Quelques secondes passent avant qu'il ressorte, tête baissée.

Maintenant ou jamais. Je m'avance et le bouscule légèrement.

— Tyler ? dis-je en feignant la surprise.

Il m'attrape les bras pour garder l'équilibre, son visage à quelques centimètres du mien. Je souris d'un air faussement effarouché.

— Si tu voulais me toucher, il suffisait de demander, je minaude.

Oh, la nulle. Je dois travailler mes phrases d'accroche.

Il ne réagit pas, le regard vide, et pendant un instant, je me demande si j'ai foiré mon coup. Cette histoire d'agression sexuelle est plus difficile qu'il n'y paraît.

Son regard s'adoucit et se pose avec affection sur mon visage.

— Mira… Je pensais t'avoir vue en bas.

Il sourit, ce qui fait battre mon cœur à tout rompre.

Beaucoup pensent que les yeux de Tyler sont son meilleur atout. Ils *sont* d'une beauté hallucinante, mais je préfère son sourire. Il touche la partie la plus intime de mon être, me fascine et m'étourdit.

Ce sourire est une promesse. Et je ne peux pas m'en passer.

Ma poitrine se serre et ma bouche se crispe dans ce qui ressemble, j'espère, à une expression heureuse.

— Comment ça va ? dis-je comme si c'était la première fois que je le voyais ce soir alors que je l'ai traqué comme une panthère.

— Bien. T'es là depuis longtemps ?

— Un petit moment.

Je lui prends la main et l'entraîne dans le couloir, sans me départir de mon sourire nerveux.

— Ça t'ennuie de m'aider à faire un truc ? dis-je. C'est à deux pas d'ici.

Il fronce les sourcils.

— Bien sûr, tout ce que tu veux.

Encore une raison de trouver Tyler parfait. Il a passé un temps insensé à m'aider en maths, jusqu'à ce que non seulement mes notes s'améliorent, mais que je cartonne.

Moi ? Un *A* en algèbre ? Tout ça parce que Tyler s'intéresse à moi alors que les autres m'ignorent. Comme s'il décelait en moi un potentiel que la plupart des gens jugent inexistant.

J'ouvre la porte de la chambre et j'entre.

— C'est par là.

Tyler pouffe nerveusement, mais il me suit dans la chambre. La lumière du couloir met en valeur sa grande carrure sportive. Il tripote son t-shirt en regardant autour de lui.

— Alors, de quoi t'as besoin ?

Je passe la main derrière lui et referme la porte, plongeant la pièce dans la pénombre. J'écrase ma poitrine contre son torse et j'enroule les bras autour de son cou.

— Juste de ça.

Je l'embrasse.

Ses lèvres restent immobiles au début, il est tendu. Puis sa bouche s'adoucit. S'enflamme. Un baiser qui me fait frissonner le ventre.

Sa langue taquine la mienne, ses mains se resserrent sur ma taille…

J'ai du mal à respirer. C'était une erreur. J'aurais dû choisir un autre mec. Un qui ne me plaît pas autant. J'aime bien Tyler, et quand il partira…

Je m'écarte.

Il glisse les mains sur mes hanches, sans me lâcher.

— Mira, qu'est-ce qui t'arrive ? Enfin, je ne m'en plains pas…

Qu'est-ce que je fais ? Je suis en train de tout gâcher. C'est ce que je veux depuis très longtemps et je fais n'importe quoi.

Bien sûr, il se demande pourquoi son élève si distante lui fait du rentre-dedans. Je pensais que je lui plaisais, mais je n'en étais pas sûre à cent pour cent. Vu l'intensité de ce baiser, je pense qu'on est raccord au niveau de l'attirance. Je dois arrêter de flipper, et m'en tenir à mon plan.

— Tu es d'accord ?

Mes yeux se sont habitués à l'obscurité. Je me hisse sur la pointe des pieds et embrasse sa mâchoire carrée, puis sa gorge. Mes mains se promènent sur ses épaules, sa poitrine, son ventre plat et étroit…

Sa respiration s'accélère et il me tire vers lui.

— T'es sûre ? Je veux dire… je ne savais pas.

Je le fais taire avec un autre baiser, mes lèvres s'ouvrant pour prendre tout ce qu'il veut bien me donner.

Tyler mesure plus d'un mètre quatre-vingt-trois et je dois me hisser pour atteindre sa bouche, mais il me soutient fermement, ses lèvres dévorent les miennes, me faisant palpiter le ventre. Mon corps et mes nerfs se détendent.

Plus il m'embrasse, plus ces palpitations se propagent, échappant à tout contrôle. Il a un goût de bonbon à la menthe, ses lèvres sont douces et chaudes, leurs caresses font vibrer mes mains sur sa poitrine.

Normalement, je devrais laisser le mec prendre les initiatives et l'arrêter quand il va trop loin. Mais malgré la bouche avide de Tyler, ses mains n'ont pas quitté mes hanches.

C'est un mec bien ; qu'imaginai-je ?

De toute évidence, je vais devoir faire le prochain pas aussi.

Je glisse les doigts sous son t-shirt, contre sa peau douce et chaude, trace les contours d'un torse musclé, façonné par des heures de sport après l'école.

Je commence à peine à explorer le terrain fascinant de la poitrine, quand Tyler s'éloigne. Mes doigts se figent et je le regarde dans les yeux, dont la clarté a disparu. Dans l'obscurité, ils sont sombres et troubles, d'une profondeur surprenante.

— Mira, et en bas ? La fête…

Je ne pense plus.

En réponse à sa question, je retrousse son t-shirt noir. Ses bras se lèvent automatiquement pour que je lui ôte par la tête. Je le laisse tomber sur le sol, et le coton noir disparaît dans l'obscurité.

Je tends le bras dans son dos et tâtonne pour verrouiller la porte. Puis je lui prends la main et je le guide vers le lit.

— C'est bon. Personne ne peut entrer.

Je m'assieds sur le bord du matelas et le tire doucement vers le bas.

Il ne dit rien au début. C'est peut-être dû au fait que j'ai enlevé mon haut. Je suis nue à partir de la taille, à l'exception d'un joli soutien-gorge noir que j'ai acheté en solde chez Victoria's Secret.

Tyler touche mon épaule nue.

— Ahhh… ?

Ses yeux restent scotchés sur mes seins pendant une seconde, puis migrent vers mon visage et sondent mes yeux.

— Tu me plais. On n'est pas obligés de faire ça ce soir.

Pendant plus d'un an, j'ai rêvé d'être la petite amie de Tyler. Je l'imaginais m'emmener au cinéma, dîner chez lui avec sa mère et la sœur dont il m'a parlé. Mais c'est un fantasme.

Tyler ne voudra jamais de moi s'il sait d'où je viens et les ravages de mon passé. Notre relation ne pourra jamais aller plus loin, sauf de cette manière.

Au moins, en partageant ce moment, j'aurai une partie de lui. Ce moment.

— Je suis sûre. J'ai envie de toi.

Chapitre Deux

TYLER

J'ai envie de toi.

C'est à ce moment-là que j'ai perdu la raison et cédé aux sirènes de mon rêve secret.

Je suis amoureux de Mira Frasier depuis des années et elle *me* désire d'une manière qui n'existe que dans mes fantasmes.

J'ai fait en sorte que nos cours de soutien se prolongent quand nous révisions ensemble. Elle avait besoin d'aide en algèbre, mais j'ai fait traîner le bazar, inventant des excuses bidon pour passer du temps avec elle.

Je lui ai donné des cours de maths cette année aussi, bien que le conseiller pédagogique ait jugé que ce n'était pas nécessaire. Il ne m'a pas semblé judicieux d'en informer Mira. Elle pouvait annuler nos séances à tout moment, mais je n'allais pas lui fournir une raison de le faire.

Mira déboutonne la braguette de son jean et je l'aide à l'enlever, ainsi que ses chaussures. On s'embrasse, on se touche et tout ce que je me dis, c'est : *comment ai-je pu avoir autant de chance ?*

Elle passe les mains dans son dos pour dégrafer son soutif, mais j'arrête son geste.

— Je m'en occupe.

J'ai beau avoir été trop dégonflé pour l'inviter à sortir au cours des dix-huit derniers mois, je ne suis pas inexpérimenté. Enfin, pas complètement.

Je décroche habilement l'agrafe et retire le tissu soyeux, en essayant de ne pas mater ses seins. Je me penche sur elle et la pousse jusqu'à ce qu'elle soit allongée sur le matelas, mon corps recouvrant le sien.

Merde, est-ce que je l'écrase ?

Je me redresse légèrement. Je pourrais admirer le magnifique corps bronzé de Mira toute la nuit, mais je préfère la sentir dans mes bras, sous moi ou sur moi. Je ne suis pas difficile. Tant que nous sommes ensemble.

Mira est la plus belle fille que j'aie jamais vue, mais ce n'est pas pour ça qu'elle me coupe le souffle.

Je l'ai vannée un jour. C'est sorti de nulle part. Je ne sais pas pourquoi j'ai fait ça. Elle avait scotché la coque cassée de son téléphone, allant jusqu'à découper des bandelettes autour de la prise du chargeur. C'était mignon. Je n'ai pas pu m'en empêcher.

— Une momie d'iPhone ? C'est à la mode ? avais-je dit.

Mira n'est pas pauvre. Elle vit chez ce gosse de riche, Lewis, mais après que les mots m'ont échappé, j'ai cru qu'elle allait me frapper. Mira n'est pas une fille qu'on vanne. Elle est dure et belle. Je l'ai vue frapper des types qui faisaient le double de sa taille.

Mais Mira ne m'a pas tapé, elle a ri. Un rire léger, plein de vie, le genre de rire qui me ferait escalader des montagnes pour l'entendre.

À partir de ce jour, mon objectif a été de faire rire Mira. Si je réussissais à lui arracher un sourire, ma poitrine se gonflait. Si je parvenais à la faire rire aux éclats, je flottais sur un petit nuage. Mais un demi-sourire, le retroussement sensuel de ses lèvres… un truc à me damner. Les demi-sourires de Mira me consumaient de l'intérieur.

Ces demi-sourires sont coquins et sexy à mort, et je ne l'ai jamais vue en adresser à quelqu'un d'autre. C'est comme si elle me les réservait en exclusivité. Mon sourire secret, rien qu'à moi.

Je glisse les lèvres sur son ventre, effleurant le haut de sa cuisse avec mon menton et ma bouche.

Mon Dieu, sa peau est douce. Et son odeur, comme de la vanille et un parfum floral discret, plus autre chose que je ne peux pas identifier, mais qui me donne envie de coller le nez contre sa peau pour la sniffer éternellement. Elle est parfaite.

Je bande comme un âne, mais si elle veut arrêter, je serai heureux de vivre avec les bourses pleines jusqu'à la fin de mes jours. Tant que je suis près d'elle.

Mes lèvres caressent l'intérieur de sa cuisse, et sa bouche s'entrouvre, laissant échapper un léger soupir.

Intéressant…

Je recommence, cette fois en laissant mes lèvres s'attarder sur sa peau délicate.

Elle pousse un autre gémissement, plus guttural, qui m'envoie une bouffée de chaleur dans le bas-ventre.

J'écrase mon pénis contre le matelas, réprimant l'envie précoce d'éjaculer.

C'est une torture ces petits bruits excitants qu'elle émet, mais rien ne peut m'empêcher de m'appliquer à lui procurer du plaisir.

Je remonte le long de son corps, l'embrasse au-dessus de sa culotte, les bras tremblotant de chaque côté de ses hanches à cause du contrôle que je dois exercer pour ne pas enlever ce dernier morceau de tissu qui me sépare d'elle.

— Tyler…

Je retiens mon souffle face à la décharge d'adrénaline que le désir dans sa voix insuffle dans mes veines. Le besoin d'être en elle devient irrépressible, mon cœur bat la chamade, tous mes sens sont exacerbés.

Au lieu de me jeter sur elle pour assouvir mon désir, je glisse un doigt sous l'ourlet de sa culotte et j'attends, jaugeant sa réaction.

Elle soulève le bassin et je la descend lentement, me surprenant à la fixer.

Il n'y a rien de plus beau que Mira en tenue d'Ève.

Je cligne des yeux et ravale la boule dans ma gorge. Je dois au moins avoir *l'air* de savoir ce que je fais.

Chassant de mon cerveau les brumes du désir et de l'émerveillement, je glisse les mains le long de sa taille jusqu'à ses seins, que j'embrasse et lèche. Si ça s'arrête là, je mourrai en homme heureux.

Mira se déplace et ses jambes s'ouvrent de part et d'autre de ma taille, épousant l'érection qui tend mon froc.

Toutes mes pensées s'effacent. Ne reste que le besoin d'être aussi près d'elle qu'il est humainement possible de l'être.

Je me frotte contre son intimité, serrant les dents à cause de la chaleur et de la friction insoutenables. Ce serait incroyable, peau contre peau…

Je ne peux pas laisser mes pensées dériver par là. Je vais exploser.

Elle m'empoigne les cheveux et m'embrasse.

— Enlève ton pantalon, me souffle-t-elle dans l'oreille.

Pitié. Elle va me tuer.

Est-ce que je rêve ? Sérieusement, qu'est-ce qui se passe ? Je n'ai pas cette chance d'habitude.

Malgré mon hésitation, je fais ce qu'elle demande parce que je ne suis pas idiot. Rêve ou pas, je ne vais pas rater l'occasion de faire l'amour à cette fille.

J'enlève tous mes vêtements et m'assieds au bord du lit. Je la regarde se pencher sur le matelas et sortir un préservatif de la poche arrière de son jean. Au moins, l'un de nous sait ce qu'il fait.

Une bouffée d'irritation m'envahit quand je considère cette pensée. A-t-elle fait ça avec d'autres mecs ? Récemment ? Elle vit avec Lewis. Et il y a des rumeurs sur leur relation…

Je n'aime pas imaginer Mira avec d'autres mecs. Ça fait homme des cavernes, mais zut, je veux être le seul à qui elle fait un demi-sourire, ou à qui elle offre son corps.

Elle me passe la capote d'une main qui tremble légèrement. Nerveuse ?

Peut-être qu'elle n'a pas autant d'expérience qu'elle en a l'air. Mais si c'est le cas, pourquoi vouloir faire l'amour ici ? Dans une fête merdique avec une centaine de personnes en bas ?

Ce n'est pas comme ça que je veux que notre première fois se passe, mais si je me défile, je m'en mordrai les doigts.

Je déroule le préservatif sur mon membre, comme si je l'avais fait un million de fois – ou au moins *une fois* – et je reprends ma place. Parce qu'être allongé sur Mira, avec ses yeux noisette qui me regardent comme si j'étais son héros, est le seul endroit où j'ai envie d'être.

Le tremblement de ses mains sur mes épaules fait ressurgir les doutes.

— Mira, je…

Elle se décale et mon gland s'introduit en elle de quelques centimètres. Je gémis et donne instinctivement un coup de reins.

Elle gigote.

Merde, je m'y prends mal ?

Je recule, mais elle m'agrippe.

— Ne t'arrête pas.

J'inspire à fond pour me calmer, puis je me glisse en elle, plus doucement cette fois.

La sensation de ses chairs qui se resserrent autour de moi alors que j'entre et sors doucement, plus loin à chaque pénétration, me rend fou.

Je ne vais pas tenir longtemps. C'est trop bon…

— *Mon Dieu, Mira.*

J'aime cette fille. Je l'aime…

Infoutu de comprendre ce qui se passe, je n'essaie même pas. Je suis mon instinct et j'embrasse sa bouche, son cou, puis je me retire et m'enfonce loin en elle, jusqu'à ce que plus rien ne nous sépare.

Je fais une pause alors que la sensation la plus fabuleuse m'envahit. Le sentiment d'être si totalement connecté à un autre être humain que rien ne sera plus jamais pareil.

Elle reprend son souffle et me serre dans ses bras.

— Encore, dit-elle.

Je lui embrasse les lèvres, lui exprime avec la bouche et les mains ce qu'elle représente à mes yeux. Les bras de Mira se desserrent et son souffle s'accélère. Une expression d'hébétude traverse son regard tandis que je baisse la tête, effleurant son oreille avant d'aspirer son lobe. Tout ce temps, mon corps bouge à un rythme instinctif qui nous fait haleter tous les deux.

J'essaie d'y aller doucement, de rester concentré, mais le besoin de jouir devient prégnant. M'interrompre ne semble pas être une bonne idée. Pas quand Mira fait ces petits bruits.

Nos langues et nos souffles se mélangent. Avant même de m'en rendre compte, un orgasme d'une puissance inouïe me cueille, des vagues de plaisir et de spasmes me secouent le corps.

Je me hisse au-dessus d'elle pendant plusieurs secondes, pour respirer, forcer mon cerveau à retrouver un fonctionnement normal.

Mira reste étendue sous moi. Trop immobile. Je lui embrasse le front et roule sur le côté en l'emportant avec moi, incapable de la lâcher. C'est si bon de l'avoir dans mes bras. Je la tiens tandis que mon rythme cardiaque ralentit jusqu'à redevenir à peu près normal.

— Ça va ?

Elle opine, mais ses yeux brillent.

Je me redresse sur un coude.

— Mira ?

Mince, après cette expérience, je suis au bord des larmes. Mais je ne pense pas que les siennes soient du même genre.

— Est-ce que tu…

Elle m'embrasse fort et s'écarte de moi, ramasse ses fringues sur le sol.

— On ferait mieux de retourner en bas.

Je me lève en titubant et roule le préservatif en boule dans un kleenex récupéré sur le chevet, le jette dans la poubelle près du lit et cherche mon pantalon. Je ne le trouve pas, car la moquette est sombre et je ne vois rien dans la pénombre.

Je jette un coup d'œil nerveux à l'ombre qui s'habille plus vite que je ne peux le faire. Elle semble bouleversée, et ça m'embête. Je veux qu'elle se sente aussi bien que moi.

— Attends… Mira…

Elle ramasse quelque chose près de la porte et sort en trombe.

Merde.

Je trouve enfin mon pantalon sous le lit et j'enfile le reste de mes vêtements.

Je cherche Mira partout dans la maison bondée. En vain. Elle a disparu et personne ne l'a vue.

C'est comme si elle n'avait jamais existé.

Comme si ce qui s'est passé n'était *qu'un rêve*.

Mais je ne me suis jamais senti malheureux après avoir rêvé de Mira.

———

J'ai essayé de l'appeler après sa disparition soudaine de la fête. Elle n'était jamais chez elle et ne répondait pas. J'ai commencé à flipper à mort.

La seule solution était d'aller l'espionner chez elle comme un psychopathe. L'idée m'a traversé l'esprit plusieurs fois, mais je ne pouvais pas m'y résoudre. Je ne voulais pas la mettre mal à l'aise, mais j'avais *besoin* de lui parler.

L'avais-je blessée ? On dit que faire l'amour vient naturellement, mais je doute de tout en ce moment.

C'est lundi, et je n'ai jamais été aussi soulagé de retourner à l'école. Si Mira ne se fait pas porter pâle, je devrais pouvoir la coincer. Ce n'est pas le lieu idéal pour cette conversation, mais je suis désespéré.

J'arrive en avance et j'attends devant son casier. Quinze minutes plus tard, Mira tourne dans le couloir.

La pression qui pesait sur mes épaules ces deux derniers jours se dissipe à sa vue. J'ai envie de l'attraper et de la serrer contre moi, mais lorsqu'elle me voit, ma nervosité reprend le dessus.

Mira se dirige vers son casier. Son regard se pose brièvement sur mon visage.

— Salut.

Je me doutais bien que quelque chose n'allait pas après qu'elle m'ait planté dans la chambre avec le pantalon sur les chevilles. Je ne peux plus le nier. C'est écrit sur son visage.

C'est avec Mira que j'ai fait l'amour la première fois. Je n'ai pas le sentiment que ça s'est mal passé. Oui, elle était nerveuse, mais les sons qu'elle émettait quand je l'embrassais et la touchais montraient qu'elle était à fond. Et quand nous étions en train de… eh bien, elle avait cet air hébété et sexy à mort, comme si elle appréciait vraiment le moment.

Et croyez-moi, j'étais attentif.

Mais je voulais qu'elle trouve ça incroyable. Je voulais que notre première fois soit parfaite.

— Salut, dis-je gentiment. Je t'ai appelée un paquet de fois. Tout va bien ? Parce que l'autre soir…

Son visage s'adoucit alors qu'elle me regarde, puis Holly Walker surgit de nulle part et me saisit le bras.

Je regarde Mira, mais son visage n'est plus doux ni ouvert et elle fixe la main de Holly sur moi. Si ce n'était pas impoli, je virerais sa main. Holly est jolie et populaire, et elle m'a fait du rentre-dedans toute l'année. Elle ne m'intéresse pas du tout. Je lui ai fait comprendre, mais elle s'acharne bêtement.

La seule fille qui m'obsède depuis un an et demi est celle qui se tient devant moi, les mains tremblantes alors qu'elle range des livres dans son casier et en prend d'autres.

— Alors, Mira, dit Holly. Tyler et toi ?

Pour autant que je sache, Holly n'a jamais parlé à Mira. Elle se cantonne à sa bande de jeunes du club de plage de Tahoe. Tout le monde était à sa fête vendredi soir, je n'ai pas été surpris que Mira y soit allée aussi. Mais Holly qui aborde Mira au lycée, *ça c'est* une surprise.

— J'ai entendu dire que t'es sortie d'une chambre d'amis vendredi soir avec la coiffure style *je viens de m'envoyer en l'air*. Ce n'est pas Lewis ton copain ? Ou alors tu te tapes les deux ? *Oh merde,* t'as fait des cochonneries dans le dos de Lewis ?

Mira se crispe, ses pommettes rosissent.

Je suis momentanément trop choqué par l'ignoble suggestion de Holly pour réagir.

L'une des raisons pour lesquelles je n'ai jamais succombé à mon attirance pour Mira, c'est que je ne connais pas vraiment la nature de ses relations avec le gars chez qui elle vit. Lewis est un élève de terminale comme moi. Taiseux, mais toujours avec Mira, sauf pendant les cours. Mira est copine avec Zach aussi, mais lui, c'est un dragueur. Leur relation doit être purement amicale. Mais son lien avec Lewis n'a jamais été clair.

Les yeux de Mira se durcissent et elle fixe Holly.

— Qu'est-ce que ça peut te foutre ?

— Calme-toi, ça m'intrigue, c'est tout. Les deux plus beaux mecs du lycée ? T'es gourmande si tu veux mon avis. Si Tyler n'est qu'un coup d'un soir, je veux le savoir. J'ai des projets pour lui.

Les yeux de Mira se tournent vers moi.

Mais je suis trop occupé à me remémorer mentalement tout ce que j'ai entendu sur Mira et Lewis. Et en repensant à l'autre soir… Mira m'a dragué de façon inattendue, puis elle a filé dare-dare après… Et si Holly avait raison ?

Mira n'a pas répondu à mes appels. Pourquoi elle ne m'a pas rappelé, putain ? Elle me jette ? Est-ce qu'elle essaie d'étouffer l'histoire ?

Elle a l'air vulnérable un instant tandis qu'elle fouille mes yeux. Puis elle baisse la tête comme si elle n'aimait pas ce qu'elle voit. Elle détourne le regard et balance son sac sur l'épaule, puis ferme son casier à clé.

— Je ne sais pas si Tyler est disponible. Je ne suis pas sa meuf. Demande-lui.

Seulement Holly ne le fait pas. Pour une raison quelconque, elle est déterminée à harceler Mira.

— Alors c'était juste un coup d'un soir ?

Holly met Mira dans une situation délicate. Je devrais intervenir, dire quelque chose, mais le doute m'envahit.

— Il est libre de sortir avec qui il veut, dit Mira.

Ses mots me font l'effet d'un coup de poing dans le ventre.

Holly se tourne vers moi.

— Génial. Alors, qu'en dis-tu, Tyler ? Tu veux m'accompagner au bal de promo ?

Mira part en trombe.

C'est quoi le problème de Holly ? Combien de fois un mec doit-il dire non ? Je la bouscule et agrippe le sac à dos de Mira. Elle s'arrête au milieu du couloir bondé et se tourne vers moi.

— On dirait que t'as une cavalière pour le bal, dit-elle en regardant par-dessus mon épaule. Ne la fais pas attendre. Réponds à cette pauvre fille.

Je tire sur mon t-shirt qui me semble soudain trop serré, trop chaud.

— C'est vrai ? C'était juste un coup d'un soir dont tu ne veux plus entendre parler ?

Elle déglutit, son pouls bat la chamade dans sa jugulaire. Ses yeux s'adoucissent.

— Je…

— Ça boume, Mira ?

Chad, de mon équipe de foot, lui fait un signe de tête en passant, et lui mate le cul.

J'ai envie de le frapper. C'est quoi ce regard possessif qu'il lui lance ?

— Tu couches avec lui aussi ? je lui balance tout bas, regrettant immédiatement mes paroles.

La mâchoire de Mira se décroche. Elle referme la bouche et inspire à fond, rongeant son frein.

Putain. J'ai laissé Holly foutre le bordel dans ma tête.

— Mira, je ne voulais pas…

Elle se tourne et sourit à Chad.

Mon sourire.

Le sourire secret et sexy qu'elle *me* réserve. Elle ne lui adresse que brièvement, mais c'est suffisant pour me vriller l'estomac.

— Salut Chad. Attends, dit-elle. Je voulais te voir au sujet du bal de promo.

Chad s'arrête net, les sourcils arqués en signe d'intérêt. Je lui lance un regard assassin.

— Il est tout à toi, Holly, s'exclame Mira dans le couloir, la voix tremblante, les yeux fuyant les miens.

Elle passe son bras dans celui de Chad.

Ma tête va exploser. Je regarde Mira s'éloigner avec Chad, les épaules bizarrement affaissées, et je ne peux plus bouger les jambes. Je ne sais pas ce qui vient de se passer, si j'ai tout gâché ou si le sort en était déjà jeté.

Quelqu'un me tape sur l'épaule.

— C'est dur, mec, dit Jake, un gars de mon équipe aussi, et je fixe son dos tandis qu'il poursuit son chemin.

Est-ce que tout le monde sauf moi sait que Mira couche avec plusieurs mecs ?

Je devrais dire quelque chose, faire quelque chose, mais le message est clair. Ce que Mira et moi avons vécu ne signifie rien pour elle.

Je suis l'abruti de service qui a cru qu'il y avait un truc entre nous.

Chapitre Trois

MIRA

Aujourd'hui

Une brise légère me balance une mèche de cheveux noirs en plein dans l'œil, l'illustration même de ma journée désespérante.

Je frotte la piqûre et scrute de mon œil indemne les arbres sur la droite, puis la gauche.

Suis-je perdue ? Les troncs se ressemblent tous. La forêt classique du lac Tahoe : des kilomètres de pins hauts et droits à l'écorce brun rougeâtre, crénelée comme des pièces de puzzle, presque noire au crépuscule. Il commence à faire nuit et le chemin en pleine nature devient carrément flippant.

Le chalet où vit ma mère est situé dans la forêt la plus dense du coin. Autrement dit, je dois abandonner mon minivan défoncé et marcher pendant quarante-cinq minutes le long d'une voie pavée trop envahie par la végétation pour être carrossable.

J'en ai marre de tout ça. Je devrais écouter Lewis et

arrêter de venir en aide à ma mère, mais je ne veux pas perdre le mince lambeau de famille qu'il me reste. Maintenant que je suis venue jusqu'ici pour une cause perdue d'avance (lui donner l'argent pour se payer, je le crains, de la drogue, ce qu'elle nie), je regrette de ne pas avoir agi plus tôt pour remédier à la situation.

Je chasse d'une pichenette une chenille verte qui a atterri sur ma veste et me frotte les tempes. Ma mère a déjà fait ça avant : une pause pour « reprendre sa vie en main. » Elle ne reste jamais clean très longtemps. J'en suis consciente, mais c'est difficile de la laisser tomber. Lewis s'éloigne de moi maintenant qu'il a une petite amie, c'est ce que je redoutais et c'est pourquoi je me suis accrochée si fort à lui. Petit à petit, je finis par perdre les personnes qui m'entourent.

Ma mère m'a abandonnée il y a longtemps. Je ne sais pas pourquoi je considère la distance entre nous et son mode de vie dangereux comme une nouvelle perte. On ne peut pas perdre deux fois la même personne, n'est-ce pas ?

En regardant autour de moi, je reconnais un arbre coupé en deux. Il est censé se trouver sur le chemin qui part à droite. Mince, j'aurais dû tourner à gauche là-bas. Ça serait plus facile si j'avais le sens de l'orientation.

Je chambre souvent Lewis et Zach en me vantant de connaître le bassin du lac Tahoe comme ma poche, car je suis une pure Washoe alors qu'ils ne le sont qu'à moitié, mais c'est complètement faux. Nos repères ancestraux ont disparu il y a plusieurs générations, quand les habitants de la frontière, qui n'étaient pas des tendres, nous ont chassés de nos terres. Ça ne m'empêche pas de revendiquer le fait que mes deux parents sont Washoe.

Et c'est bien la seule chose dont je peux me glorifier au sujet de mes parents. Je n'ai jamais connu mon géniteur et les Sallee m'ont recueillie après que Lewis et son père m'aient trouvée seule, à l'âge de trois ans, me nourrissant de céréales rassises et d'eau dans la bicoque en parpaings de ma mère sur la réserve indienne.

Je soupire bruyamment. Si je coupe à travers les buissons sur la gauche, ça devrait me ramener à la bifurcation.

Je contourne un rocher et m'enfonce dans les buissons, mais comme mon initiative d'aujourd'hui ne sert à rien et que j'ai tout raté jusqu'à présent, je trébuche évidemment sur une racine traîtresse et me rattrape de justesse avant de m'étaler par terre, tête la première.

J'époussette le genou de mon pantalon qui arbore un nouveau trou de la taille d'une pièce de dix cents.

Merde, c'était un jean cher. Les racines des pins sont souterraines en principe. Celle qui m'a cueillie au milieu du chemin avait-elle décidé d'atteindre les étoiles ? Sa place est dans le sol.

Un sifflement retentit au loin.

Qu'est-ce qui se passe ici ? Je suis perdue. J'ai failli me ramasser sur une racine d'arbre. Et maintenant, quelqu'un siffle dans une forêt loin de tout ?

Il y a longtemps, ma mère avait l'habitude de m'appeler en sifflant quand je jouais dehors. C'est l'un de mes rares souvenirs d'enfance avec elle.

Suis-je plus proche de son chalet que je ne le pensais ? S'inquiète-t-elle pour moi ? Ma mère est obnubilée ces jours-ci par le fait d'avoir son argent et j'ai plus d'une heure de retard…

Mais peut-être qu'elle est inquiète ? Elle m'a affirmé qu'elle ne se droguait plus. Et ce n'est pas comme si les téléphones portables passaient dans la forêt, même si elle en a un.

Une bouffée de chaleur incongrue m'inonde la

poitrine. Je ne devrais pas me faire d'illusions. Espérer l'amour de ma mère. Et pourtant, je me mets à courir pour rattraper le temps perdu.

Un autre sifflement retentit, me stoppant dans mon élan.

Bon, les deux sifflements ne peuvent pas sortir de sa bouche. Ils venaient de directions opposées.

Une sensation de malaise me glace les sangs. Il fait de plus en plus sombre et je n'ai jamais croisé personne par ici.

Enfin, sauf *lui*.

Évidemment, je suis déjà tombée sur Tyler Morgan au milieu de nulle part. Et comme si tout n'allait pas de travers dans ma vie, je tombe sur le seul mec dont je ne me suis jamais remise. Juste pour enfoncer un peu plus le couteau dans la plaie, et le remuer pour faire bonne mesure.

Je n'avais pas l'intention d'entretenir une relation avec Tyler après la fête chez Holly, mais le quitter cette nuit-là a été une torture. Pendant quelques jours, j'ai imaginé que ça pourrait marcher entre nous. Même après que je sois rentrée de la fête, et que les parents de Lewis m'aient appris que ma mère était hospitalisée pour une overdose de cocaïne.

Je vivais dans une belle maison avec Lewis et ses parents, mais ma mère et ses potes drogués qu'elle considérait comme sa famille faisait aussi partie de ma vie. Je n'ai pas rappelé Tyler ce week-end-là parce que j'avais peur qu'il apprenne la vérité. Je n'aurais pas pu supporter un rejet. Pas de sa part.

Quand il m'attendait devant mon casier le lundi, il avait l'air si plein d'espoir. Pendant un moment, mon espoir a fleuri aussi. Mais ensuite Holly s'est pointée et Tyler a gobé ses mensonges. Je l'ai laissé croire que j'avais couché avec plein de mecs parce que c'était plus facile que de le voir me quitter.

Je pensais ne jamais revoir Tyler après qu'il soit parti faire ses études dans une université pour gosses de riches. Il était sûrement devenu un jeune cadre dynamique, maqué avec une fille qui lui pondrait un jour deux ou trois mioches. Pourtant il était là, il y a deux semaines, en train de faire du VTT dans les bois devant le chalet de ma mère, tandis que j'étais assise sur le porche, la bouche tellement béante que je suis surprise qu'une mouche n'y ait pas pondu des œufs.

Je me suis convaincue que je prenais la bonne décision en quittant Tyler avant qu'il me largue, mais je me suis trompée. J'ai simplement perdu une personne à laquelle je tenais, une de plus.

Une branche craque devant moi. Un homme grand et large vêtu d'une veste en jean sort de derrière un arbre, me faisant sursauter.

D'où sort ce type bon sang ? On dirait un criminel.

La peur m'envahit, mon cœur s'emballe. Je croise des gens louches en ce moment. Peut-être que je ne devrais pas me trouver ici.

Je fais demi-tour dare-dare et marche à toute vitesse en direction de ma camionnette, regardant par-dessus mon épaule toutes les dix secondes. L'homme m'observe, mais il ne me suit pas.

Je me barre d'ici. Je reviendrai plus tard. Ou j'obligerai ma mère à venir me voir si elle a besoin d'argent à tout prix.

Un autre homme surgit de derrière le fourré face à moi. Mes pieds se figent, dérapent dans la poussière. Était-il accroupi ? À guetter ?

Merde. Je sprinte en faisant une grande boucle pour rejoindre la route, priant pour que mon sens de l'orientation soit meilleur qu'à l'aller. La terreur que je ressens m'assèche la bouche ; mon esprit mouline aussi vite que mes pieds. Je n'ai pas d'arme. Il n'y a personne ici à part ces hommes et moi. Comment ai-je pu être aussi stupide ? J'aurais dû me montrer plus prudente.

Je slalome entre les arbres, masquant ma fuite derrière des troncs épais. Aucun avertissement m'ordonnant de m'arrêter ne s'élève dans mon dos. Le seul bruit plus fort que les battements de mon cœur est celui de mes pas dans les broussailles.

Mes jambes me brûlent alors que je trébuche sur des branches d'arbre et me frotte contre des buissons épineux. Le soleil s'est couché et il fait de plus en plus sombre. Peut-être que je me trompe. Peut-être qu'ils ne sont pas là pour moi…

Des brindilles craquent derrière moi et une masse énorme s'abat sur mon dos, me faisant basculer en avant. La terre rocailleuse de la forêt m'écorche les mains et les coudes quand il me plaque au sol, et le choc expulse tout l'air de mes poumons.

J'ouvre la bouche pour respirer. L'odeur des aiguilles de pin et de la terre m'emplit le nez. Je me débats pour me libérer, la peur me tétanisant au point qu'aucun son ne s'échappe, pas même un cri.

On me retourne sans ménagement, le type en veste en jean qui a surgi de derrière l'arbre me lorgne d'un air vicelard.

Je lève les mains pour repousser son visage, le griffer, le gifler, n'importe quoi pour qu'il me lâche. Il m'attrape le poignet et m'immobilise les bras le long des flancs.

— Laisse-moi partir, je glapis d'une voix paniquée.

Je déteste montrer ma peur. Mais parfois l'émotion vous étouffe, s'échappe par les pores jusqu'à ce que le corps vacille sous sa force.

Le deuxième homme ralentit et s'arrête à quelques mètres.

— Tu dois de l'argent à notre boss, fillette.

Le gars qui m'écrase au sol se déplace vers le haut de mon corps, enfonçant sa hanche dans ma cuisse. La vive douleur m'arrache un gémissement. J'ai l'argent que j'ai apporté pour ma mère, mais c'est une goutte d'eau dans l'océan de ma dette. Il bouge et saisit mes deux poignets d'une main, les plaquant au-dessus de ma tête – une prise dont je ne peux pas me libérer, même en tirant de toutes mes forces.

Il passe un doigt calleux sur ma pommette, le long de ma gorge, accroche mon haut et le tire jusqu'au bord de mon soutien-gorge.

— Elle n'est pas comme les autres. Jolie, dit-il nonchalamment, son regard sombre aux paupières lourdes remontant vers mon visage.

Ma gorge s'assèche, ma salive s'épaissit, la sueur perle entre mes omoplates. Me ferait-il du mal, *de cette manière*, pour un retard de paiement à son patron ?

— Je pense qu'on doit lui donner une leçon pour lui apprendre à être responsable, dit celui qui est debout, le visage dans l'ombre.

— Au secours ! Aidez-moi ! À l'aide ! je hurle à m'en casser la voix, me tortillant pour me libérer.

Le gars avec la veste en jean a un nez épais, des yeux noirs. Il a des traits patibulaires, semblables aux reflets des miroirs déformants du palais des glaces des fêtes foraines.

— On pourrait lui apprendre deux ou trois trucs, grogne-t-il en me touchant la poitrine. Comment tu t'appelles, mignonne ?

Mon cœur s'affole, je ne peux pas respirer ni bouger.

— Lâche-moi, lâche-moi… je m'égosille.

Veste en jean se penche vers moi.

— Mira, c'est ça ?

Je libère mon bras et m'empare de la première arme que je trouve, une pierre pas plus grosse que ma main. Je l'écrase sur sa tête, mais mon angle d'action est mauvais et je lui touche à peine l'arrière du crâne.

Il m'écrase le bras avec son coude, l'enfonçant dans le muscle jusqu'à ce que je lâche la pierre. Je crie de douleur.

— Pétasse !

Sa main massive s'abat sur mon visage.

Je vois trente-six chandelles. Je gémis, ma tête roule sur le côté.

Une haleine chaude et fétide m'embue l'oreille.

— J'ai un message pour toi, *Mira*. Paie. Ta. Dette.

Il prend appui sur mon menton qu'il écrase pour relever sa lourde carcasse.

Je me retourne, mais la pointe d'une botte me frappe l'estomac, éjectant l'air de mes poumons. Je me cramponne le ventre, le souffle coupé et me mets en boule pour me protéger. Un autre coup atterrit sur ma cuisse, m'arrachant un cri.

Le rythme des coups s'accélère. Je n'arrive pas à reprendre mon souffle. Un pied botté me martèle le dos comme s'il éteignait un feu. Un dernier coup sur le côté de ma tête fait disparaître ce qui reste de la lumière du soir. Pendant une seconde, je ne vois plus rien, pas même les formes.

— Ça suffit, dit l'un d'eux. On s'en va.

On me fouille, on arrache de ma poche l'enveloppe contenant les deux cents dollars, le seul cash en ma possession.

Les bruits de pas s'éloignent et disparaissent. Ma tête et mon corps brûlent et palpitent de douleur par intermittence.

J'ai laissé ma mère me manipuler. J'ai emprunté de

l'argent pour elle. C'était ma décision, et maintenant ces types s'en prennent à moi.

Je ne suis pas une racine d'arbre qui rêve d'atteindre les étoiles. Ma place est là où je suis, dans la boue comme le reste de ma famille.

J'aurais dû savoir que je finirais ici.

Chapitre Quatre

TYLER

J'aurais dû me douter que Mira aurait des ennuis.

Bordel. Je bloque les pédales de mon Diamond-back et scrute le versant boisé de la montagne jusqu'au lac d'obsidienne qui reflète le clair de lune. Qu'est-ce que je fous là, bon sang ?

J'étais chez ma sœur, où j'ai squatté tout l'été, quand j'ai appris que Mira avait disparu depuis ce matin. Je l'ignorais avant d'arriver en ville, mais la meilleure amie de ma sœur, Gen, sort avec Lewis, le meilleur ami de Mira. Apparemment, elle leur a mis des bâtons dans les roues.

Mira est insensible. C'est probablement un stratagème pour attirer l'attention de Lewis. Rien n'a changé. Je suis un imbécile de pédaler dans la nuit d'encre vers une cabane au fond des bois, à la recherche de la fille dont j'ai juré de ne plus jamais m'approcher.

Je ne devrais même pas connaître cet endroit, mais comme la vie est une chienne qui s'amuse à me malmener, je suis tombé sur la seule personne en ville que j'avais bien l'intention d'éviter. Au cours d'une randonnée infernale en VTT, destinée à exorciser mes démons du Colorado par la souffrance physique, j'ai réussi à m'engager sur un terrain hors-piste – ce que je n'aurais jamais fait dans un état d'esprit normal. Et le comble, c'est que dans cet endroit paumé se trouvait un chalet, et que Mira était assise sur les marches du porche.

Une sorte de sombre présage.

J'ignore ce que Mira faisait ici, au milieu de nulle part. Ça ne me regarde pas, mais pendant que les autres la cherchent en ville, j'ai décidé de rayer cette possibilité de la liste des endroits où elle peut se trouver. Il aurait été difficile d'envoyer quelqu'un ici en pleine nuit, mais au cas où elle aurait vraiment des ennuis, il fallait bien aller vérifier.

J'ai croisé Mira deux fois depuis mon retour au lac Tahoe. La première fois devant ce chalet il y a deux semaines, la seconde, quelques jours plus tard, lors d'une fête à laquelle je suis allé avec ma sœur et ses amis. Je n'y suis pas resté longtemps. Avant ces deux rencontres fortuites, la dernière fois que j'ai vu Mira, c'était lors la dernière semaine de lycée.

Mira n'est pas allée au bal de fin d'année avec Chad. En fait, je ne l'ai plus jamais vue avec lui après cette rencontre dans le couloir, et je n'ai jamais découvert avec qui elle couchait ou pas. Je ne voulais pas le savoir. J'avais oublié tout ça, y compris le mal-être que j'avais ressenti pendant des semaines après cet événement. Jusqu'au jour où je suis tombé sur Mira dans cette forêt. Alors, tout m'est revenu en mémoire.

Je contourne une grosse pierre et fais grincer le pédalier, passant une vitesse inférieure dans les broussailles épaisses et difficilement praticables. Je suis grosso modo à l'endroit où j'ai vu Mira l'autre jour.

Quelques minutes plus tard, je distingue les contours du chalet au loin. Je descends de vélo et termine à pied.

Arrivé près de la maison, je pose ma main en visière

sur la vitre et regarde par une fenêtre faiblement éclairée. Il y a des lits jumeaux près d'une cheminée éteinte. L'endroit est presque vide, mais pas inhabité. Une femme est assise à une petite table. C'est la même qui a passé la tête par la porte lorsque je me suis paumé à vélo il y a deux semaines et suis tombé sur Mira assise sur le porche, qui n'en croyait pas ses yeux elle non plus.

Un homme est assis à la table avec la femme. Ils sont blottis sous des couvertures et jouent aux cartes à la lueur d'une lampe de camping. Des canettes de bière jonchent le sol. Et Mira n'est nulle part en vue.

Elle n'est pas là. J'ai fait ce que je pouvais pour ma sœur et ses potes. C'était une perte de temps, mais bon, je préfère que quelqu'un d'autre retrouve Mira de toute façon.

Pour m'assurer de n'avoir rien manqué, je fais le tour du chalet et jette un coup d'œil à l'intérieur par une autre rangée de fenêtres.

Rien. Et l'endroit est trop petit pour que je la rate. Mira n'est pas ici, c'est certain, mais où pourrait-elle être ? Elle s'éloigne rarement de Lewis. Mais d'après Cali, tout a changé depuis qu'il sort avec Gen.

Merde, je ne vais pas m'inquiéter pour elle.

Ce n'est pas mon problème.

Je retourne à mon VTT et je l'enfourche, conscient du froid et de l'obscurité qui m'entoure. C'est la fin de l'été, et la morsure de l'air nocturne se fait sentir. J'appuie sur le bouton de ma montre, éclairant le cadran pour vérifier la boussole. Le retour vers mon 4x4 devrait être plus rapide, car il y a une descente, mais l'obscurité rend la vitesse impossible en raison du risque de s'empaler sur une branche basse.

Je roule à l'aveugle, me fiant à la boussole de ma

montre pour rejoindre le début de la route en direction du sud-est.

Au milieu de la descente, je m'arrête pour vérifier ma position et m'assurer d'être dans la bonne direction. Un gémissement s'élève à proximité.

Mon pouls s'accélère, une sensation étrange me hérisse les poils de la nuque. Sans doute un animal blessé. Je retiens mon souffle et tends l'oreille.

Nouveau gémissement. Seulement cette fois, il ressemble à une plainte… le genre de son émit par une femme qui souffre.

Mon estomac se noue, des images de Mira défilent dans ma tête.

Ça ne peut pas être elle. C'est un animal. Je devrais garder une distance de sécurité. Mais si jamais…

J'appuie mon vélo contre un arbre et me précipite en direction du bruit, le cœur battant à tout rompre. Non loin devant moi, un morceau de tissu clair bouge, révélant un visage qui me bouleverse.

Je cours, m'agenouille à côté d'elle. Mes mains tremblent lorsque je lui touche le cou, puis le poignet.

Où est son putain de pouls ?

Ses yeux s'ouvrent brusquement, de magnifiques iris brun doré qui brillent même dans la faible lueur de la nuit. Normalement, ses yeux sont presque de la même couleur que sa peau bronzée ; mais là, sa peau semble terriblement pâle.

J'examine son corps : plaie sur le côté du crâne, peau marbrée le long de la pommette, manches et jean déchirés.

Elle ouvre la bouche pour parler, la referme, déglutit.

— Tyler ?

Sa voix est rauque, confuse.

— C'est moi, dis-je d'un ton bourru, une brûlure dans

la poitrine, car bizarrement, voir Mira dans cet état m'écorche vif. Qu'est-ce qui s'est passé ?

Elle referme les yeux et se mord la lèvre.

Mira n'est pas une petite chose fragile. Elle montre rarement ses émotions, alors voir sur son visage ce que je soupçonne être de la douleur et de la peur ? Ça me bouleverse.

Je glisse doucement une main sous son corps pour l'aider à se relever ; je la porterai s'il le faut.

— Viens. On va aller au chalet. Il n'est pas loin.

Elle secoue la tête et grimace. Elle me montre son crâne du doigt. La partie qui est emmêlée et humide.

— J'peux pas aller chez ma mère. Ailleurs. Tu peux… tu peux m'amener à ma voiture ?

En dehors de ma voiture, il n'y a qu'un minivan cabossé garé sur la route par laquelle je suis arrivé. Mais là n'est pas le sujet.

— Tu pourrais avoir une commotion cérébrale. Tu ne peux pas conduire. On doit aller au chalet. C'est l'endroit le plus proche, à moins que…

Mes épaules se tendent. Je regarde dans la direction d'où je viens.

— C'est eux, l'homme et la femme qui y sont? Ce sont eux qui t'ont fait ça ?

— Non. Ce n'est pas eux.

Mais sa réponse implique que c'était quelqu'un. Elle n'a pas simplement fait une chute.

— Alors allons-y. La route la plus proche est à trois kilomètres.

— Ma mère… elle ne va pas… oublie… marmonne-t-elle en se mettant à genoux. Je vais rentrer à pied.

Elle se relève et tangue comme un bateau sur l'océan.

Je lui attrape le coude.

— Mira, tu tiens à peine debout.

Je pourrais ignorer ses protestations et la porter jusqu'au chalet, mais elle a besoin de soins médicaux et je doute d'y trouver une trousse de premiers secours.

Très bien, on va faire les choses à sa façon. Pour l'instant.

Je positionne mes bras derrière son dos et ses genoux et je la soulève. Ses yeux s'arrondissent, puis remontent le long de mon cou jusqu'à ma bouche, où ils s'attardent un instant.

Assez long pour me chambouler.

Seigneur, comment cette fille peut-elle encore avoir ce pouvoir sur moi ? Je l'ai oubliée. Ça fait des années que je suis passé à autre chose.

Elle se concentre sur mes yeux.

— Et maintenant ?

Je n'ai pas bougé. Je tiens Mira dans mes bras, me persuadant que mes sentiments pour elle ont disparu.

J'aurais dû choisir une autre ville pour m'y mettre au vert pendant quelques mois. Cet endroit m'évoque trop de souvenirs indésirables.

Je m'avance, feignant d'avoir confiance en moi.

— On monte sur mon vélo et on va jusqu'à ma voiture.

Elle scrute mon Diamondback, appuyé contre l'arbre.

— Tous les deux ?

Je m'apprête à répliquer qu'elle n'a qu'à proposer une autre solution, parce que je suis d'une humeur massacrante, mais la beauté de son visage me déconcerte. Elle est blessée, et je suis à la fois en colère (pour des raisons que je ne peux pas expliquer) et inquiet pour elle, alors que je devrais ne ressentir que l'urgence de la ramener à ses amis. Je me gifle mentalement.

— Et si tu arrêtais de parler pour économiser ton énergie ?

Elle pince la bouche comme si elle se sentait insultée.

— Pose-moi, Tyler. Je ne veux pas que tu me portes.

Ses joues pâles, qui sont normalement d'un beau brun doré, s'assombrissent même dans cette lumière merdique.

— Non.

Je la lève plus haut.

Je la joue cool, comme si j'avais les choses en main, mais je ne sais pas comment je vais faire. Rouler à deux sur un VTT se passe mieux quand l'un des deux individus n'est pas amoindri physiquement.

J'attrape le vélo tout en la tenant en équilibre dans mes bras.

— Tu peux t'accrocher à ma nuque ?

Elle me regarde d'un air sceptique.

— Mira, j'essaie de t'aider. Mets-y un peu du tien pour que je puisse te larguer… je veux dire te déposer chez Lewis.

Elle roule les yeux, mais ses bras s'ancrent à mes épaules, me serrant étonnamment fort compte tenu de son état. Elle cale la tête sous mon menton et sa bouche m'effleure la peau du cou dans ce qui ressemble à une légère caresse…

J'en lâche presque le vélo.

— Ne fais pas ta maline.

J'ignore si le frôlement des lèvres était intentionnel ou non, mais peu importe. Je ne peux pas pédaler si elle pose ses lèvres sur moi. J'ai déjà assez de problèmes dans ma tête sans que Mira en rajoute une couche.

Un gros soupir réchauffe la peau que ses lèvres narguent. Elle lève la tête et la penche en arrière, ses yeux caramel faisant fondre ma rage.

— Tu peux arrêter de me détester, Tyler.

Je ne réponds pas. Je n'ai rien à dire.

— Je ne voulais pas te faire de mal, dit-elle. Et tu…

— Si tu fais référence à des trucs qui se sont passés au

lycée, je m'en souviens à peine. Épargne-moi tes excuses et reste tranquille pour que je puisse nous ramener en ville.

Elle pousse un soupir agacé.

Toujours aussi insolente. Rien n'a changé. C'est bien le problème. Trop de choses sont pareilles.

Je la positionne autrement et m'assieds sur la selle, soutenant son poids d'un bras et tenant le guidon de l'autre.

Notre progression est lente, mais je réussis à rejoindre mon Land Cruiser sans la faire tomber ni heurter un arbre. Mira est légère, mais mes bras sont douloureux après avoir roulé sur trois kilomètres de terrain cahoteux.

Je la fais descendre de mes genoux et la stabilise sur le sol. Elle vacille, et sa blessure à la tête m'inquiète. Je l'aide à monter dans la voiture du côté passager.

La lumière de l'habitacle révèle une marque bleue et violette sur sa joue, l'empreinte reconnaissable d'une main.

Je m'agrippe au montant de la portière, une bouffée de rage monte de ma poitrine et m'enflamme le visage. Mira n'a clairement pas fait une chute dans la forêt. Et bizarrement, l'idée que quelqu'un puisse lui faire du mal me met dans une colère noire.

— Tu veux me raconter ?

Je désigne d'un geste son visage et sa coupure à la tête.

Elle se glisse sur le cuir craquelé du siège, auquel je n'avais jamais prêté attention jusqu'à présent. Les bords déchiquetés du rembourrage griffent sa chair exposée là où sa veste est déchirée. Elle cale son crâne contre l'appuie-tête, ses yeux se posent sur moi, puis s'évadent dehors. Elle ne dit rien.

J'ai été méchant tout à l'heure. Évidemment, elle ne va pas me raconter ce qui s'est passé, du coup. Je me penche et boucle sa ceinture de sécurité. Je ferme la portière et contourne l'avant du Cruiser. J'envoie un texto à Lewis disant que je l'ai trouvée, puis je monte du côté conducteur.

— Désolé pour tout à l'heure, dis-je en serrant le volant. Et pour ce que j'ai dit. C'était il y a longtemps. Je suis juste… de mauvaise humeur. Ne fais pas attention à moi.

J'insère la clé et démarre le moteur.

— Je vais t'emmener dans un endroit sûr. Tu pourras raconter à Lewis ce qui s'est passé. Il se fait du mouron.

— Mais pas toi, dit-elle vers la vitre d'un ton que je n'arrive pas à interpréter.

Son visage impassible ne laisse rien transparaître. Plus de pic émotionnel de la part de Mira. Ce moment est passé.

J'observe son visage de profil, sa pommette lisse, l'ourlet de ses lèvres. Mira est à la fois une beauté classique et exotique. Avec de longs cheveux châtain foncé, des yeux magnifiques et une peau veloutée, cette fille ne passe pas inaperçue. Mais ce n'est pas ce qui m'a attiré il y a des années.

Bon d'accord, bien sûr que si. Mais s'il n'y avait eu que sa beauté, j'aurais pu l'aimer et la quitter sans en souffrir. Or, peu importe ce que je me raconte, ça m'a fait mal de découvrir que je ne représentais rien pour elle. Parce qu'à l'époque, elle était tout pour moi.

Mira se trompe. Je me fais *effectivement* du mouron. Je m'inquiéterai toujours pour elle, peu importe le nombre d'années qui passent.

C'est ma malédiction.

Chapitre Cinq

MIRA

Tyler s'arrête devant un petit chalet à quelques rues de Stateline Boulevard, près du lac. Je suis déjà venue ici avec Lewis. Plusieurs voitures sont garées dans l'allée.

Super. Juste ce dont j'ai besoin, un public témoin de ma vie merdique.

Je me tiens les côtes, détache la ceinture de sécurité et tends la main vers la poignée, colmatant les fissures de mon armure émotionnelle ébranlée par l'apparition de Tyler.

J'ignore comment il m'a trouvée, mais voir ses yeux bleu pâle, c'était comme si on me lançait une bouée de sauvetage. Une impression de *déjà-vu*, le héros de mon passé.

Tous mes sentiments pour Tyler que je gardais sous cloche sont remontés à la surface. Il sentait si bon, et j'étais si bien dans ses bras. Je n'ai pas pu m'en empêcher. J'ai enfoui mon nez au creux de sa gorge pour me rapprocher de lui.

Et il m'a rembarrée sèchement.

Il pense que je ne tenais pas à lui au lycée, et que je me

suis servie de lui. Ce n'est pas le cas, mais comme il l'a dit, c'était il y a longtemps, et le passé nous façonne en quelque sorte.

— C'est chez ma sœur, dit-il en me prenant par le bras pour monter la volée de marches. On dînait ici quand Lewis a reçu l'appel inquiet de son père au sujet de ta disparition. On s'est séparés pour te chercher. Je l'ai prévenu par texto que je t'avais retrouvée et te ramenais ici.

J'étais censée passer chez les parents de Lewis dans la soirée après mon travail, mais j'ai reçu un appel d'urgence de ma mère. Elle avait l'air affolée et m'a demandé de venir au chalet avec de l'argent. Elle n'a pas voulu m'expliquer au téléphone pourquoi elle en avait besoin, mais la dernière fois que c'est arrivé, sa vie était en danger. Je ne pouvais pas prendre ce risque. Je suis allée la voir.

Je pensais avoir le temps de faire un saut rapide chez ma mère pour déposer l'argent avant de me rendre chez les parents de Lewis. Un peu en retard, mais j'y serais allée. Ils ont dû s'inquiéter en ne me voyant pas arriver au bout d'une heure ou deux. J'ai eu quelques mésaventures au fil des ans à cause de ma mère. Dès que je ne préviens pas de mon retard, John et Becky lancent la brigade canine à mes trousses.

Je m'étais promis de ne plus donner de fric à ma mère, mais je suis revenue sur ma décision. Après ce soir, je ne peux plus prendre de risques. Un autre incident comme ça, et… je ne veux pas penser à ce qui aurait pu m'arriver.

Tyler s'arrête devant la porte, enlève sa main de mon bras et la place au bas de mon dos. Il est gentil pour quelqu'un qui ne me doit rien, et m'apprécie encore moins. Il tourne la poignée et pousse la porte d'entrée récalcitrante avec son épaule.

Lewis tourne en rond dans le petit salon comme un ours en cage. Il s'immobilise quand nous entrons.

— Mira.

En deux enjambées, il est devant moi et me prend dans ses bras, écrabouillant mes côtes douloureuses.

— Aïe, je marmonne contre son large poitrail.

Tyler est grand et sportif, mais Lewis, et le mec de Cali, Jaeger, qui fait partie de mon public ce soir, sont des géants.

Lewis baisse les yeux et écarte délicatement les cheveux de ma tempe. Il examine l'hématome sur mon visage, puis l'entaille au cuir chevelu, la coupure à l'oreille. Il pince la bouche.

— Que s'est-il passé ? Où étais-tu ?

Tout le monde m'observe, attendant ma réponse. Tyler, sa sœur Cali et son copain, la nana de Lewis, Gen. Je n'ai pas envie d'étaler ma vie privée devant eux, mais je dois dire quelque chose.

— Deux hommes m'ont attaquée.

Les yeux de Lewis s'assombrissent, passant de marron foncé à noir de jais.

— Ça a probablement un rapport avec... tu sais... ce problème, je murmure.

Je déteste mentir à Lewis, mais s'il savait que je dois de l'argent à ces hommes à cause de ma mère, j'ignore ce qu'il ferait. La vie que mène ma mère nous tire toutes les deux vers le bas. Lewis m'a poussée à couper les ponts avec elle. Je n'aime pas ses fréquentations nocives, mais c'est ma mère. Lewis veut que j'aie une vie saine, mais il m'angoisse avec les conditions qu'il pose, faisant remonter à la surface ma peur terrible de l'abandon.

Une de mes pires craintes, c'est qu'il me tourne le dos si je n'arrive pas à m'éloigner de ma mère. Lewis a été ma seule famille pendant des années, mais mes insécurités sont profondes. Aussi je ne lui ai pas dit la vraie raison pour laquelle je dois de l'argent.

Les Sallee ont organisé une intervention et ont insisté pour que je fasse une thérapie quand je leur ai dit que j'avais perdu des mois de loyer au jeu et emprunté à un usurier. Ce n'était pas l'excuse idéale, vu que je travaille dans un casino, mais je n'ai pas trouvé mieux à l'époque. Du coup, je consulte régulièrement une psy, mais elle connaît la véritable raison de mon endettement. Elle m'aide à gérer les problèmes avec ma mère.

Les Sallee voulaient que je démissionne de mon emploi au casino, c'est compréhensible, mais c'est mon gagne-pain depuis la fin de mes études. Je ne sais rien faire d'autre. J'ai promis de travailler sur mes problèmes avec la psy et de ne plus jamais jouer. J'ai aussi promis de ne plus aller chez ma mère, car les gens qu'elle fréquente sont dangereux.

Tyler m'a pris en flagrant délit alors que je me rendais chez elle. Bientôt, il va dire où il m'a trouvée, et Lewis saura que j'ai rompu ma promesse.

Gen me prend la main, et je sursaute. Son front se plisse d'inquiétude, mais elle ne me lâche pas.

— C'est moi, Mira. Je veux juste jeter un œil à tes blessures.

Gen m'entraîne dans la salle de bains avec Cali qui ferme la porte à clé.

Il y a à peine de la place pour une personne dans ce cagibi. Pour tenir à trois, Cali enjambe le bord de la baignoire et je suis obligée de m'asseoir sur le couvercle des toilettes.

Cali tente d'ouvrir l'armoire à pharmacie au moment où Gen, accroupie sous le lavabo, se redresse et lui tape le bras.

— Minute, Cali. J'essaie de prendre une serviette.

— Eh bien, j'essaie de prendre la trousse de premiers secours, rétorque Cali.

Elles se chamaillent pendant deux secondes, puis Cali donne un coup de coude à Gen. Cette dernière feint une esquive, et contourne Cali pour atteindre l'armoire.

Je n'ai pas de sœur ni d'amie proche. Regarder Gen et Cali me fait l'effet de pénétrer à l'intérieur d'un club mystérieux. Je n'ai jamais eu d'amis, à part Lewis et Zach, qui s'inquiétaient pour moi.

Je ressens de nouveau cette chaleur dans la poitrine, comme dans la forêt quand j'ai cru que m'a mère m'appelait. J'appuie le bras contre mes côtes. Cette thérapie me ramollit vraiment.

— Je les ai, triomphe Gen en brandissant la trousse de premiers soins ainsi qu'une serviette.

— On devrait peut-être l'emmener aux urgences ou au dispensaire ? s'interroge Cali en me scrutant de la tête aux pieds.

Gen pose la serviette sur mes genoux et m'examine.

— Ses membres bougent normalement, mais ouais, le sang sur son crâne est inquiétant. Et si son cerveau était en train de gonfler ?

Mon quoi ?

— On va nettoyer le sang, dit Cali, puis l'emmener chez un médecin. Je vais chercher des vêtements. À moins que tu penses qu'on doive appeler le 911 ? Est-ce qu'elle doit rester habillée comme ça pour la police ? Pour chercher des indices ?

D'accord, ces filles sont cinglées. Drôles, mais cinglées. Je commence à avoir de la sympathie pour Lewis.

Un coup retentit sur la porte de la salle de bains.

— Une minute, crient Cali et Gen en même temps.

Je réponds à leur précédente question.

— Non. Pas le 911. Ça va aller. Je n'ai pas besoin d'un médecin.

Elles échangent un regard.

— Des vêtements, puis les urgences, dit Cali.

Elle sort en trébuchant, claquant la porte derrière elle. J'ai le temps d'entendre des éclats de voix dans l'autre pièce.

Les garçons s'engueulent ?

Gen tamponne un antiseptique sur un coton et nettoie doucement les coupures sur mes paumes. Mon regard passe de la porte à mes mains écorchées, qui ont pris un coup quand l'homme m'a plaquée au sol.

Je ferme les yeux sur ce souvenir effrayant et je sens une vive douleur lorsque Gen enlève ma veste et soulève ma chemise. Elle me palpe les côtes.

— Aïe !

— Tu te tenais les flancs tout à l'heure. Ça te fait mal ?

Elle retouche l'endroit plus doucement.

J'opine. Ça fait mal, mais je me tenais la poitrine en partie à cause de la chaleur que me procure leur gentillesse.

Cali déboule dans la salle de bains, heurtant le dos de Gen avec la porte.

— Putain, Cali !

Gen regarde par-dessus son épaule, le visage crispé d'agacement.

Cali hausse les épaules.

— Quoi ? Pardon.

Gen baisse ma chemise.

— Ses côtes sont meurtries. Elle en a peut-être une de cassée.

— Et il y a une empreinte de pied dans son dos, ajoute Cali sèchement depuis sa position près de la porte.

Gen secoue la tête, les lèvres pincées et elle laisse échapper un soupir douloureux par le nez.

— Mira, qui t'a fait ça ?

J'enfile ma veste déchirée et l'enroule autour de moi.

— Je vous ai dit. Sans doute l'homme à qui je dois du fric.

— À cause des jeux d'argent ?

Je confirme d'un hochement de tête hésitant. Je n'aime pas mentir. J'ai l'impression d'être sale. Ignoble. Je ne veux pas être cette personne.

Gen a été adorable depuis que je suis arrivée ce soir. Plus gentille que je ne le mérite pour lui avoir montré les crocs les deux premières semaines où elle est sortie avec Lewis. C'était idiot de ma part et j'en ai honte. Lui mentir me fait me sentir encore plus mal.

Après avoir accepté à contrecœur d'enlever ma veste et ma chemise, Cali et Gen nettoient le sang et la terre sur mon visage et mes bras. Cali m'aide à enfiler le sweat-shirt propre qu'elle a récupéré, car lever les bras est un vrai supplice avec mes côtes qui me font un mal de chien. Elle fourre mes vêtements déchirés dans un sac.

Nouveau coup à la porte, plus insistant.

— Mira ? Ça va ? demande Lewis d'une voix bourrue.

— Ça va, je réponds.

— On ferait mieux de l'emmener chez un médecin, dit Cali en ouvrant la porte.

— Je n'ai pas besoin de médecin, je proteste en sortant dans le salon.

Les voix enflammées des gars s'éteignent. Tout le monde reporte son attention vers moi.

Sauf Tyler. Il est assis, le front appuyé sur ses mains jointes, le regard rivé au sol.

Je déglutis, ça me brûle la gorge.

Tyler ne me regardera plus comme il le faisait avant que je ruine notre amitié.

Et voilà, ma vie se désagrège sous mes yeux, preuve que lui et moi venons de mondes différents et que nous n'étions pas faits pour être ensemble. Ce moment intime que nous avons partagé il y a six ans, je l'ai volé par égoïsme parce que je le voulais. Je paie aujourd'hui le prix pour avoir pris ce qui ne m'appartenait pas.

Parce que ce que je ressens encore pour lui et sa manière de m'éviter du regard me font plus mal que tous les coups que j'ai reçus ce soir.

Chapitre Six

TYLER

Lewis secoue la tête, dépité.

— Pourquoi elle est retournée là-bas ? Sa mère…

Il étouffe un juron et grogne de frustration.

— Peu importe. Je n'arrive pas à faire entendre raison à Mira au sujet de sa mère.

Il fait deux pas, puis se retourne et part dans la direction opposée.

Le chalet de Cali, comme elle appelle le cabanon qu'elle a loué, n'est pas idéal pour faire les cent pas. Surtout pour un type de la carrure de Lewis. Je suis plus grand que la moyenne avec mon mètre quatre-vingt-huit, mais le copain de Gen et mon pote Jaeg sont des géants qui me font paraître nabot à côté d'eux.

— Comment t'as su où elle était ?

Je suis assis au bord du fauteuil inclinable, les mains pendantes entre les genoux, tandis que Jaeg et Lewis discutent de la situation. Ils ont l'air surpris que Mira ait des ennuis, mais soit Lewis n'est pas très intelligent, ce qui n'est pas le cas, car il était le premier de la classe l'année où nous avons passé le bac, soit Mira l'a berné. Il me faut une minute pour réaliser que Lewis s'adresse à moi.

Je m'éclaircis la voix.

— Je l'ai vue. Il y a deux semaines. Je faisais du VTT hors-piste et je suis tombé sur un chalet qui semblait abandonné. Mira était assise sur le porche.

— Sa mère était là ? demande Lewis.

J'opine.

— Mira a dit que c'était celui de sa mère. J'ai aperçu une femme là-bas ce soir avec un type. Je ne sais pas si Mira s'y rendait, ou si elle était sur le chemin du retour quand…

Je desserre mes mains crispées.

— Je ne sais pas ce qui s'est passé, mec. Mira n'a pas voulu me parler.

Rien n'a changé entre Mira et moi. Notre relation s'est réduite à l'évitement les dernières semaines de terminale. J'ai sillonné les pistes sur mon VTT jour et nuit jusqu'à ce que je puisse enfin quitter le lac Tahoe et oublier Mira Frasier. Mais pas avant d'avoir accepté l'invitation de Holly Walker.

Je suis allé au bal de fin d'année avec Holly et j'ai couché avec elle. J'étais tellement bourré que je m'en souviens à peine. Une des pires soirées de ma vie. Le lendemain, j'ai vomi mes tripes à cause de l'alcool et de ce que j'avais fait.

— Ça t'apprendra à boire, fiston. C'est une bonne leçon, avait dit ma mère en me trouvant agrippé à la porcelaine des toilettes.

Elle avait à la fois raison et tort. Je n'ai pas picolé autant que certains étudiants avec qui j'étais à l'université, mais je n'étais pas un ange non plus. Je couchais avec n'importe qui, sans avoir de sentiments. Je n'ai jamais laissé personne entrer dans mon cœur comme je l'avais fait avec Mira.

Je secoue la tête pour chasser ces souvenirs et les émotions merdiques qu'ils provoquent. Je n'ai pas besoin de ces conneries en ce moment. J'ai déjà assez de problèmes à régler.

— Pas la peine d'aller à l'hôpital, dit Mira un peu plus tard en sortant de la salle de bains avec Gen et Cali.

— On y va quand même.

Lewis prend ses clés et pousse doucement Mira vers la porte.

Elle lève les yeux avant de sortir et nos regards se croisent un instant. de la fragilité et autre chose traversent son regard.

L'envie de l'accompagner me consume.

Je me force à rester.

Indépendamment de notre histoire passée, je ne veux pas qu'il arrive du mal à Mira. La trouver dans les bois, seule et blessée, m'a chamboulé. Je me sens à nouveau proche d'elle.

Je me pince le haut des cuisses. Mon pouls me martèle la tempe. Je ne veux pas voir Mira souffrir, mais je ne veux pas non plus d'elle dans ma vie. J'ai tourné la page.

Après leur départ, Cali s'assied sur le canapé en face de moi tandis que Jaeger pille le frigo.

— Alors, t'en penses quoi ?

Merde, je suis ailleurs. Elle a dû dire un truc.

— De quoi ?

— Qu'est-ce qui ne va pas ? T'es bizarre depuis que Lewis a reçu l'appel au sujet de la disparition de Mira. Tu la connais bien ? Il se passe quelque chose entre vous ?

— Putain, non.

Elle sourcille. Ouah. Je dois modérer mes emportements. Malheureusement, tomber sur Mira n'est pas le seul événement qui me rend nerveux.

— Il ne se passe rien. Je la connais à peine.

C'est vrai en grande partie, si on omet le rapport charnel.

— *D'accooord.* Alors, qu'en penses-tu ?

Sérieux, de quoi parle-t-elle ?

— Cali, ça a été une soirée éprouvante. Je suis crevé. Va droit au but.

Elle pince la bouche.

— Ton attitude est nulle, Tyler. Tu te comportes comme un trouduc depuis que tu es revenu. À ce propos, *pourquoi* tu es revenu ? Tu ne me l'as toujours pas dit. Je croyais que tu te plaisais à Boulder.

J'ai démissionné de mon poste de professeur de biologie dans le Colorado et je suis retourné au lac Tahoe. Ce n'est plus vraiment chez moi, car notre mère a déménagé à Carson City il y a quelques mois. Mais Tahoe est l'endroit que je considère comme chez moi.

Ma mère n'est pas contente que je n'aie pas de perspective… et vive aux crochets de ma sœur. Dit comme ça, ce n'est pas glorieux. Je ne pouvais pas rester dans le Colorado. Pas après ce qui s'est passé avec Anna.

J'envie ma sœur. Elle a traversé des moments difficiles récemment, mais elle a remis de l'ordre dans sa vie. En attendant, j'ai la tête tellement embrouillée par la culpabilité et la colère que je n'y vois pas clair. C'est la raison de mon retour. Même si je ne vais pas l'expliquer à Cali.

— Tu me manquais. Ce n'est pas une raison suffisante ? dis-je en feignant la sincérité.

Elle plisse les yeux.

— Très bien. Ne me dis rien. Fais juste gaffe à ne pas trop picoler. Ne crois pas que je n'ai pas remarqué le nombre de bières que tu consommes et le nombre de fois où tu rentres bourré, quand tu n'es pas asocial et scotché à ton ordinateur.

Bon sang, il faut que j'aie mon propre appartement. Oui je sors avec des potes et oui, je me plonge dans un projet d'écriture pour ne pas penser à autre chose. Je n'ai pas besoin que ma petite sœur me fasse la morale.

Après Mira, j'ai décidé de ne plus jamais me faire baiser par une fille. C'était *moi* qui les baisais. C'est le problème. J'étais aveuglé, insensible. J'ai fini par blesser quelqu'un à qui je tenais. Anna méritait tellement mieux que moi.

Cali me frappe le bras.

— *Hé*, je râle en me frottant l'épaule, car elle est féroce. T'avais vraiment besoin de faire ça ?

— Sors-toi les doigts du cul. J'ai parlé à Jaeger. On pense que Mira devrait emménager chez nous pendant un temps. Après ce qui s'est passé, ce n'est pas prudent qu'elle reste seule chez elle.

Correction : faire de la recherche d'appart ma nouvelle urgence.

Il n'est pas question que je reste dans le coin si Mira habite ici. C'est la dernière chose dont j'ai besoin. Mais Cali a raison, elle ne doit pas vivre seule. Ce n'est pas sûr. Elle ne peut plus habiter chez Lewis. Gen a emménagé avec lui récemment et d'après ce que j'ai compris, c'est petit chez lui. La cohabitation serait vite gênante. Cali dit que la relation entre Lewis et Gen a mis à mal son amitié avec Mira.

Pas mon problème. Merde, pourquoi je pense à ces conneries ? Je suis avec ma sœur depuis trop longtemps. Je me laisse entraîner dans ces histoires de gonzesses.

— Ouais, bien sûr. C'est chez toi. Fais ce que tu veux. Je logerai chez un pote. Mira peut avoir la mezzanine.

Gen et Cali louaient un deux-pièces avec une mezzanine au-dessus de la cuisine. Elles partageaient la chambre jusqu'à ce que Gen emménage chez Lewis il y a quelques semaines.

Cali soupire, exaspérée.

— C'est de ça que je parle. Si tu écoutais, tu le saurais. Je vais habiter avec Jaeger pour que Mira prenne ma chambre. Tu n'as pas besoin de déménager.

Hein, quoi ?

— Tu veux que j'habite ici ? Avec Mira ?

Jamais de la vie.

— Oui, bêta. Quelqu'un doit la protéger. Gen et Lewis arrivent enfin à prendre le large. Si on ne fait rien pour convaincre Lewis que Mira est en sécurité, il l'emmènera chez lui avec Gen.

— En quoi ça me concerne ?

Cali lève les mains et ses joues s'empourprent, s'approchant de la teinte blond vénitien de ses cheveux. Elle a échappé de peu à la rousseur poil de carotte de notre mère.

— Parce que tu vis ici *gratos* depuis des semaines, tu monopolises la télécommande et tu te comportes comme un vrai trouduc.

— Tu peux arrêter de me casser les noix, Calzone ? C'est pas mon problème, c'est le tien. Démerde-toi.

Cali laisse échapper un soupir de frustration.

— Oh, putain…

Elle déteste que je l'appelle Calzone, mais j'ai l'impression que sa frustration vient plus du fait que je bouscule son plan pour sauver Mira.

Jaeger entre dans le salon.

— Mec, rends service à ta sœur.

Je lui lance un regard noir.

— Et la solidarité masculine alors ?

Il secoue la tête comme si j'avais raté un point crucial.

— Pas avec Cali, vieux. Elle passe en premier.

Et merde. Je ne peux pas contester cette logique. Cali est une emmerdeuse, mais c'est ma sœur.

Néanmoins, il s'agit de Mira. Je ne peux pas faire ce que Cali me demande. J'ai passé quelques heures en présence de Mira ce soir et je ressens déjà des choses que je ne veux pas ressentir.

— Pourquoi elle n'emménage pas chez les parents de Lewis ? je suggère.

Cali hausse les épaules.

— Mira ne veut pas. J'ignore pourquoi.

Et c'est reparti. Mira crée des problèmes. J'ai fui ces conneries. Je ne vais pas retourner en marche arrière dans le feu.

— Désolé, Cali. Je ne peux pas.

— Pourquoi ? Qu'est-ce que t'a fait Mira ?

— Elle en a fait assez pour que je refuse.

Chapitre Sept

MIRA

Lewis m'ouvre la portière passager de la Jeep. Gen tente de monter à l'arrière, mais je lui fais signe de bouger de là et je m'installe avec précaution sur la banquette. D'après l'examen du médecin, je n'ai pas de commotion cérébrale. J'ai des contusions, deux côtes fêlées, et une coupure à la tête que l'infirmière a nettoyée et recousue avec trois points de suture, mais rien de grave.

La police a pris ma déposition. Je leur ai décrit mes agresseurs du mieux possible, omettant l'histoire de la dette envers un usurier. Ça n'aidera pas à les identifier, mais j'ai assez de problèmes, inutile d'en rajouter une couche. Si je n'arrive pas à me sortir du pétrin, je leur dirai. Pour l'instant, je ne veux pas attirer l'attention sur moi.

Tant que je reste à l'écart des endroits sombres et déserts, je peux regagner la somme empruntée et les rembourser. Je vais devoir arrêter de donner de l'argent à ma mère, peu importe ses supplications. Et ne plus lui rendre visite dans des endroits glauques. Trop dangereux. Je dois être intelligente à partir de maintenant.

— Mira, dit Gen avec un grand sourire sans doute

authentique, ce qui est inhabituel pour moi, car toutes les jolies filles du lycée cherchaient à s'élever en me rabaissant. Je viens de recevoir un texto de Cali. Elle propose de t'héberger jusqu'à ce que la police trouve les types qui t'ont fait ça.

Sur le moment, je ne sais pas quoi répondre. Je ne suis pas habituée à recevoir de l'aide de quelqu'un d'autre que Lewis et ses parents.

— Merci, mais elle n'est pas obligée de faire ça. Je serai bien chez moi.

Lewis secoue la tête, me fixant dans le rétroviseur.

— Non, Mira. Soit tu restes chez Cali, soit chez moi, mais tu ne rentres pas chez toi. Tu peux toujours dormir chez les parents…

— Pas question, je le coupe. Ça pourrait les mettre en danger.

Lewis soupire.

— Mira, ce sont tes parents aussi. Ils t'aiment et veulent te protéger.

John et Rebecca ne sont pas mes parents. Ce sont des personnes généreuses et aimantes que je ne remercierai jamais assez de m'avoir sauvée quand j'étais enfant. La dernière chose que je souhaite, c'est leur attirer des ennuis en envoyant des brutes épaisses chez eux. Je ne suis pas non plus ravie à l'idée d'attirer ces mêmes brutes chez Cali.

Lewis m'observe à nouveau dans le rétroviseur.

— C'est dangereux pour toi de vivre seule en ce moment. Pas après ton agression.

Gen lui donne un coup de coude dans les côtes, et il pince les lèvres. Elle se tourne sur le siège avant pour me regarder.

— Mira, Lewis ne dormira pas s'il ne te sait pas en sécurité. Tu le connais. Il va se pointer chez toi toutes les heures pour vérifier que tu vas bien. Il t'appellera jusqu'à ce que ton téléphone explose.

Lewis est protecteur. Il a toujours été comme ça. C'est quelque chose qui me plaît chez lui, mais je vois où Gen veut en venir. Lewis a le droit d'avoir une vie normale, ce qui est impossible s'il se fait du mouron et met tout le reste de côté pour veiller sur moi. Je serais plus en sécurité chez Cali que seule chez moi. Du moins pour ce soir. Ces hommes m'ont abandonnée dans les bois. Je suis presque sûre qu'ils ne savent pas où je suis en ce moment, mais je ne prendrai pas le risque qu'ils le découvrent. Je trouverai une autre solution demain, mais pour cette nuit, personne ne sait que je suis chez Cali, pas même ma mère. On n'est jamais trop prudent.

— Qu'a dit Cali exactement ? Ça ne la dérange vraiment pas que je dorme chez elle ?

Gen pouffe.

— Non. Elle est trop contente d'avoir une excuse pour squatter le sublime chalet de Jaeger au bord du lac. Crois-moi, ce n'est pas un sacrifice pour elle.

— Très bien, merci alors. Je vais dormir chez Cali cette nuit.

Gen sourit à Lewis, qui lui sourit en retour, le clair de lune permettant de voir l'adoration briller dans ses yeux.

Je détourne la tête.

J'étais terrifiée, puis anesthésiée, après que les hommes m'ont rouée de coups. Même les blessures douloureuses n'ont pas ébranlé mes nerfs. Mais ça, cette effusion d'amour de mon meilleur ami pour la femme qu'il désire au point d'ériger un mur entre nous, c'est trop. Je sais que ce n'est pas tout à fait comme ça. Ma psy dit que ma relation avec Lewis n'était pas saine et que nous avons besoin de poser des limites, mais j'ai l'impression d'être seule.

Je déteste être seule.

J'ai de mauvais souvenirs de solitude.

Lewis se gare dans l'allée du chalet de Cali. Jaeger sort au moment où nous descendons de la Jeep. Il est tard et il fait nuit, mais le porche éclaire suffisamment pour le voir charger des bagages à l'arrière d'un pick-up. Cali sort de la maison et sourit en nous voyant.

J'ai cru Gen quand elle a dit que je pouvais rester ici, mais c'est rassurant de voir l'expression enjouée de Cali.

— On est prêts, dit-elle joyeusement. J'ai enlevé mes vêtements de la chambre, Mira, et j'ai laissé des produits dans la salle de bains.

Ça me semble beaucoup de chamboulements pour une seule nuit. Je m'en veux qu'elle se soit donné autant de mal.

Tyler sort, un sac en bandoulière. Mon visage s'échauffe et la décharge émotionnelle que je ressens en sa présence me parcourt à nouveau les veines.

Il lorgne la valise à l'arrière du pick-up de Jaeger.

— Je croyais qu'on était d'accord, dit-il tout bas à Cali. Je ne reste pas ici. Tu devras garder un œil sur elle.

Tyler vit avec Gen et Cali ?

Oh, ça ne va pas le faire.

— Personne n'a besoin de rester avec moi, interviens-je.

Je ne vais pas devenir un cas social pire que je ne le suis déjà. Je n'ai pas besoin qu'on veille sur moi. J'ai juste besoin d'un endroit où me poser jusqu'à ce que je trouve une autre solution. Dormir chez Cali ce soir, d'accord. Mais certainement pas avec Tyler.

Il fronce les sourcils.

— Tu ne peux pas rester toute seule, Mira.

Je comprends qu'il s'est senti obligé de m'aider quand il m'a trouvée dans les bois, mais pourquoi s'inquiéter maintenant ? Il m'a clairement fait comprendre qu'il ne m'aime pas et qu'il ne veut pas être près de moi.

— Mais si, je peux. Personne ne sait que je suis ici. Ça ira. C'est juste pour une nuit.

— Mira, dit Cali, tu peux rester au chalet autant que tu veux. Tyler veillera sur toi.

Elle jette un regard noir à son frère.

Tyler roule les épaules et tire sur le devant de son t-shirt.

Mon Dieu, ce tic. Il avait l'habitude de le faire quand il était nerveux ou agité, je ne sais plus trop.

Je m'amusais à essayer de provoquer ce tic quand il m'aidait à faire mes devoirs. Je balayais *accidentellement* mes longs cheveux sur son épaule en me penchant en avant pour loucher sur une équation ou frôlait sa cuisse du bras en me baissant pour prendre un crayon dans mon sac à dos.

Le coin de ma bouche tressaille. Le fait de troubler Tyler, si décontracté en apparence, a toujours provoqué un emballement de mon cœur. C'est peut-être pour ça que j'ai pressé les lèvres sur son cou quand il me portait dans les bois. Malgré tout ce qui s'est passé, l'étincelle est toujours là, et je suis toujours accro à elle. Seulement Tyler semble plus à cran maintenant. Il ne faut pas grand-chose pour l'énerver, et pas dans le bon sens du terme. Habiter ensemble, même pour une courte période, serait un désastre total.

Tyler ne projette pas cette image du gentil garçon sans histoires comme à l'époque où il me donnait des cours. J'ignore la cause de ce changement, mais j'ai toujours su qu'il avait une profondeur qu'il ne montrait jamais. Le tic laissait entrevoir le vrai Tyler. Il se contrôlait tellement en public qu'il dévoilait rarement son côté sanguin et irritable.

Mais je l'ai entrevu quand on étudiait, et surtout la nuit où on a couché ensemble.

Je ferme les paupières et inspire profondément. Je ne peux pas penser à cette nuit quand je suis près de lui. Ça me rappelle toutes les choses que j'ai perdues.

Tyler lâche son sac sur la dalle de ciment du porche et foudroie sa sœur du regard.

— Cali, tu ne peux pas proposer ton chalet à Mira pour qu'elle se sente en sécurité, puis te barrer. Quelqu'un doit la protéger. Jaeger et toi devez rester avec elle.

La mâchoire de Cali se crispe.

— Jaeger bosse dans son atelier de menuiserie qui se trouve à côté de *sa maison*, Tyler. Il sera absent la plupart du temps, et moi aussi. Je travaille toute la journée et après, je vais à mes cours du soir. Il n'y en a qu'un qui n'a rien à foutre en ce moment.

Tyler grogne.

Je suis tellement fascinée par la dispute entre frère et sœur que j'en ai oublié qu'ils se prennent le chou à cause de moi. Merde, c'est carrément humiliant. Je n'ai pas besoin de baby-sitter.

— Attendez une minute, interviens-je, mais Cali et Tyler n'en ont rien à cirer.

Leurs yeux ne se tournent même pas vers moi. Ils continuent de se fusiller du regard.

Tyler ramasse son sac et rentre dans le chalet.

Cali tape dans ses mains.

— Contente que ce soit réglé.

— Qu'est-ce qui est réglé ?

J'ai la sensation d'avoir soudain un gros nœud à l'estomac et ça n'a rien à voir avec la nausée résiduelle due aux coups de bottes dans le ventre que m'ont infligés ces enflures.

Cali se tourne vers moi.

— Tyler va rester avec toi, Mira. Pour te protéger.

Oh, merde.

C'est le pire scénario possible, mais je n'arrive pas à trouver une solution alternative. Mon cerveau est passé en mode panique.

Tout le monde s'active autour de moi, ramasse des affaires et les jette dans les coffres de voiture, tandis que je reste en état de choc, d'abord sur le porche, puis dans le salon après que Cali m'a poussée à l'intérieur.

Lewis enlace mes épaules raides.

— Je reviendrai dans la matinée. On ira chercher ta camionnette et prendre des affaires dans ton appart.

Je m'accroche un peu trop longtemps, et il me serre à nouveau.

— Tu es en sécurité ici, Mira.

Ce qu'il ne réalise pas, c'est que je n'ai pas peur que ces abrutis reviennent. Il est improbable qu'ils me localisent chez Cali ce soir. Seulement je ne veux pas qu'on me laisse seule avec *Tyler*.

Interprétant mal mes réticences, Lewis et Gen s'en vont, me pensant en sécurité. Cali et Jaeger décollent peu après. Je suis toujours plantée au milieu du salon quelques minutes plus tard, passant au crible mon cerveau embrouillé pour comprendre comment on en est arrivé là. Tyler et moi, seuls. Habitant ensemble. Je ne voudrais pas que ces gars me trouvent ici avec Cali, et la mettent en danger. Mais Tyler et moi sous le même toit, ça met en danger mon équilibre émotionnel.

Tyler balance son sac à dos derrière le fauteuil relax et part à grandes enjambées dans la cuisine. Il bouscule les produits dans le frigo, les bocaux se tamponnent sur les clayettes en métal, les bouteilles s'entrechoquent. Il m'ignore. Je reste les bras ballants tandis qu'il sort une

Sierra Nevada et fait sauter le bouchon avec un décapsuleur.

La colère vive contrôlée et la bière dans sa main sont un obsédant rappel d'une vie passée. Mais à l'époque, il s'agissait de ma mère ou d'un type qu'elle fréquentait, alcoolique et agressif.

Ça ne va pas du tout. Je cramponne mon ventre nauséeux et m'enfonce dans le canapé.

— Tu ne peux pas rester ici, Tyler.

— M'en parle pas, marmonne-t-il.

Je lève les yeux au moment où il entre dans le salon.

— Non, vraiment. Va chez un ami. Personne n'a besoin de savoir que tu n'es pas là.

Il fronce les sourcils et me dévisage, inébranlable, en tétant sa bière.

— Primo, ça se saura. Et deuzio, tu ne peux pas rester seule. Cali a raison. Je suis la meilleure personne pour veiller sur toi.

— Tu es la *pire* personne.

Tyler s'approche à grands pas et pose violemment sa bouteille sur la table à côté du canapé. Je sursaute, alors que je me targue d'avoir les nerfs solides. Faiblesse passagère. Le passage à tabac, revoir Tyler…je suis à côté de mes pompes ce soir.

Il me surplombe, planant comme une menace.

— Mettons les choses au clair. *Tu* m'as chié dessus, même si la façon dont tu as profité de moi n'était pas désagréable.

Il ricane. Je soutiens son regard. Une colère familière m'envahit.

— Si c'est ce que tu penses, alors pourquoi tu m'aides ?

Il se penche plus près, comme pour cracher son venin, mais alors il se passe un truc. Nous sommes trop près. Son odeur flotte vers moi, un mélange de bière, mais aussi d'huile de vélo, de lessive à linge et *lui*, l'odeur naturelle de Tyler, qui sent si bon.

J'ignore si mon expression change, ou s'il la sent aussi, l'étincelle qui s'allume toujours entre nous, mais ses yeux s'assombrissent. Il se redresse lentement et ramasse sa bière sur la table, détournant le regard.

— Ne te mêle pas de mes affaires, Mira, et je ne me mêlerai pas des tiennes.

Il sort par la porte de derrière et la claque dans son dos. Je reste assise là immobile, parce que je ne peux plus bouger. Pas après ce qui vient de se passer.

Chapitre Huit

TYLER

J'ai très mal dormi cette nuit. Je m'en voulais d'avoir déversé ma frustration sur Mira. Je n'aurais pas dû lui rentrer dans le lard. Mais merde. Mira et moi vivant sous le même toit ? C'est n'importe quoi.

Il n'y a aucun doute que Mira est en danger. Ce que je veux savoir, c'est pourquoi. D'après Lewis, elle doit de l'argent. Je ne pige pas. Mira peut demander aux parents aisés de Lewis de la dépanner. Ça n'a pas de sens qu'elle se tourne vers un usurier plutôt que vers sa famille.

Je me frotte les yeux et regarde le plafond. Il doit y avoir un moyen d'arranger ça. Si j'y arrive, je pourrai virer Mira de chez Cali et retrouver une vie normale. Ma nouvelle « vie normale » n'est pas exactement un long fleuve tranquille, pas après le Colorado ; c'est une fuite. La maison de Cali est devenue mon refuge, et la présence de Mira détruit ma paix.

Cali a raison à propos de ma consommation d'alcool, et j'ai essayé d'y aller mollo ces derniers temps, mais mes bonnes résolutions sont parties à vau-l'eau hier soir. Je n'ai pas bu autant qu'avant, mais j'ai quand même descendu quatre bières sur le patio avant que mon esprit se calme suffisamment pour que je puisse traîner ma carcasse jusqu'à la mezzanine et m'écrouler.

Tout ce qui concerne Mira m'angoisse à mort, au point de vouloir balancer mon poing dans le mur ou défoncer une porte. Le genre de colère refoulée qui a besoin d'un exutoire.

Vivre avec elle va me faire mourir prématurément.

— Putain…

— Tu as dit quelque chose, Tyler ?

La voix douce de Mira s'élève jusqu'à la mezzanine.

Comme j'ai dit, pas de paix.

— Non, rien, je grommelle et me redresse en me pinçant l'arête du nez.

J'ai supporté les émissions de télé-réalité à la con de ma sœur et de Gen, leur monopolisation de la salle de bains, mais vivre avec Mira est… Merde, comment en suis-je arrivé là ?

Il fut un temps où ma vie était chouette, pas extraordinaire, mais sympa. Aujourd'hui… aujourd'hui, je ne vois rien de bien se dessiner à l'horizon.

Une odeur d'épices flotte dans l'air, de la cannelle et du réglisse. Je balance mes jambes vers le plancher de la mezzanine, les genoux touchent mes épaules, car le matelas est par terre. J'attrape un jean et mon regard se pose sur le t-shirt froissé que je portais hier. En temps normal, je me balade torse nu le matin.

Merde, je ne vais pas changer mes habitudes. Si je n'ai pas changé pour ma fiancée, je ne changerai pas pour Mira.

Cali a raison, je suis un trouduc. Mais je le savais déjà. C'est devenu évident après la débâcle au Colorado. Je ne pourrai jamais arranger les choses avec Anna. Je l'ai perdue à jamais. Mais je peux me ressaisir et m'améliorer, devenir un type meilleur.

Je presse la main contre mon front, luttant contre la migraine qui s'intensifie à chaque pulsation cardiaque, et je regarde autour de moi. Ce n'est pas le grand luxe ici : un matelas sur le plancher avec deux étagères murales encastrées de chaque côté, mes fringues éparpillées partout, mais j'ai fini par aimer cet endroit. Il est exigu et ça me rappelle que je n'ai pas besoin de grand-chose pour vivre.

J'enfile mon jean et descends l'échelle. Je devrais commencer à payer un loyer à ma sœur. Quand elle était croupière au Blue Casino, elle se faisait de bons pourboires, mais c'est fini. Cali ne gagne plus autant qu'avant, et Gen et elle ne vivent quasiment plus ici. Ça m'amuse de les faire râler, mais je ne suis pas un profiteur. Je vais participer au loyer. J'ai des ronds de côté. Beaucoup, en fait. Je ne voulais pas être seul, c'est tout. Ça me fait passer pour une gonzesse, mais j'avais besoin de retrouver mes racines et de *me* retrouver après le Colorado. Il y a un truc spécial au lac Tahoe. Peut-être parce que c'est ma ville natale, c'est tout.

Au bas de l'échelle, je me retourne et trouve Mira debout au milieu du salon qui attache ses longs cheveux noirs en queue de cheval.

Ses mains s'immobilisent quand elle me voit. Elle détourne le regard, mais pas avant de les promener de mes épaules nues jusqu'à la taille basse de mon jean.

Il y a du mouvement sous ma ceinture, et je lutte pour ne pas me rajuster. *Merde.*

Peut-être que me trimballer torse nu le matin n'est pas une si bonne idée. Mira est une très belle fille, et son coup d'œil furtif a envoyé les mauvais signaux à mon corps, qui est partant pour soulager les tensions dues à toute cette angoisse refoulée.

Mira me frôle en allant dans la cuisine, traînant une

chaise dans son sillage. Elle grimpe sur le premier barreau du dossier et ouvre un placard du haut, la chaise grinçant et oscillant sous elle.

Super. Elle va se tuer toute seule.

— Qu'est-ce que tu fais, Mira ?

L'irritation perce dans ma voix. La vue qu'elle m'offre dans son short de pyjama ne fait qu'accroître mon agacement.

Mes yeux s'attardent sur ses jambes lisses et galbées, les coupures sur ses bras, les pansements sur son crâne et le bout de l'oreille. Elle est blessée, fragile. Seulement, elle ne se comporte pas comme une personne invalide. Elle se déplace avec vivacité de si bon matin. Elle semble en forme, et mes parties masculines, frétillantes à cette heure, approuvent. J'ai beau me dire que ce n'est pas jouable, qu'elle est le pire choix possible. Mon corps étouffe cette voix.

Putain d'hormones. Comment est-il possible que j'aie encore une attirance physique pour cette fille ?

La mante religieuse mâchouille la tête de son partenaire. Sacrée gratitude post-coïtale. Pourquoi les hommes doivent-ils supporter ces conneries ? Et pourtant, j'y crois. Je vais devoir me rappeler continuellement comment était Mira au lycée parce que mon pénis a son propre cerveau.

Quand Mira atteint l'étagère en haut du placard, son short remonte plus haut. La courbe de ses fesses est bien visible, ses longues jambes s'amincissent jusqu'à ses chevilles délicates. Je lève les yeux, et elle me regarde fixement.

— Tu pourrais m'aider, tu sais.

Cette vie commune est la pire torture physique et mentale que je puisse imaginer.

— À faire quoi ?

Elle montre la dernière étagère du placard.

— Attraper ce mug.

Chez Cali, il y a tous les mugs du monde. Cali et Gen ont leurs préférés, et Mira semble avoir choisi le sien aussi. Ça doit être un truc de gonzesses.

Je m'approche et me place derrière elle, en posant les mains sur le comptoir de chaque côté de son corps, jusqu'à ce que mon torse touche son dos.

— Lequel ? je lui souffle dans l'oreille.

Elle déglutit, en pointe un en particulier.

— Celui-là.

En gardant une main sur le comptoir, j'attrape le mug *Cher Karma, j'ai la liste de ceux que tu as ratés*, et le lui tends.

— Merci, dit-elle sans bouger d'un pouce.

Ce n'est pas malin, mais je suis un mec et elle est magnifique, alors je respire son parfum. Une odeur de vanille et de fleurs, comme hier soir, avec un je-ne-sais-quoi d'intangible qui m'attire toujours. Les cellules de mon corps hurlent : *elle, elle. Maintenant.*

Je leur dis de fermer leur gueule.

Ça a toujours été comme ça avec Mira. Dès le premier cours particulier où nous nous sommes assis l'un à côté de l'autre, j'ai trouvé qu'elle sentait bon. Je n'ai pas pu m'empêcher de respirer son parfum à l'époque. Je ne peux pas m'en empêcher maintenant.

Mais je ne la toucherai *pas*.

C'est de la pure cruauté. Par nature, mes phéromones préhistoriques identifient l'odeur et les formes de cette fille, parmi toutes les belles femmes qui existent, comme étant les plus attirantes du monde.

Mira se cambre, pressant ses fesses contre mon bas-ventre, signe peu subtil qu'elle veut que je bouge. Et cela n'aide pas à masquer la réaction physique gênante de mon corps.

Son visage est proche, à quelques centimètres, suffisamment proche pour que la luisance de sa lèvre inférieure sur laquelle elle se passe la langue attire mon attention. Ça et son odeur. Si l'on ajoute à cela son corps souple collé contre ma poitrine et d'autres zones, une série de souvenirs se bousculent dans mon esprit… Mira nue sous moi, mes lèvres s'abreuvant de la moiteur de ses cuisses…

La chaleur envahit mon entrejambe. Je bande comme un dingue, des frissons me parcourent l'échine.

— Attends.

Je déplace ma main du comptoir au-dessus de ses fesses pour la stabiliser pendant que j'attrape une autre tasse.

Elle scrute mon choix. Un mug portant la légende *Gaule du matin* griffonnée sous une image de canne à pêche.

Ses lèvres pleines esquissent un sourire.

— Classe, dit-elle d'un ton sarcastique.

Ma main et mon corps sont toujours collés contre elle, et sa respiration s'accélère. Pas si insensible, finalement.

Je ne doute pas une seconde qu'elle sente mon désir.

Elle s'éclaircit la voix.

— J'aimerais boire mon thé maintenant.

Je recule en levant les mains en signe de reddition, le mug de la gaule dans une main.

— Fais-toi plaisir.

J'appuie sur l'interrupteur de la cafetière que j'ai remplie la veille, et j'ajuste furtivement mon jean. Comment vais-je pouvoir rester loin d'elle alors qu'elle sent si bon ? Personne ne devrait sentir aussi bon le matin. Et puis son regard farouche et revanchard. Pourquoi ça m'excite autant ? Était-ce déjà le cas avant ? Je ne me souviens pas avoir été attiré par des garces, mais Mira a toujours eu du succès. À un moment donné, j'ai cru qu'elle avait une douceur innée cachée, mais j'avais tort. Tellement tort.

Je m'éloigne du comptoir, de la cuisine, de son odeur envoûtante.

De l'air. Voilà ce dont j'ai besoin. D'air et de distance.

Mira sort de la cuisine avec sa tasse de thé et s'assied sur le canapé du salon.

Mon Dieu. En plus, c'est une buveuse de thé. De toutes les raisons pour lesquelles nous ne sommes pas compatibles, celle-là est fondamentale. Je ne peux pas vivre avec une buveuse de thé.

— Combien de temps tu penses rester ici ?

Pas délicat, mais peu importe.

Elle suspend le mouvement du mug Karma vers ses lèvres rouge sombre, et hausse les épaules.

— J'avais prévu de ne rester qu'une nuit quand je pensais être avec Cali, mais maintenant je ne sais pas. Ce n'est pas l'idéal, mais…

Elle perçoit mes traits tendus et laisse échapper un soupir, me lançant un regard noir.

— Lewis a raison. Je ne peux pas rentrer chez moi, Tyler.

Devant mon air déconfit, elle pose son thé sur la table.

— Merde, jure-t-elle férocement en se levant. Ça ne m'enchante pas plus que toi.

Puis elle sort en trombe du salon et disparaît dans la chambre.

Elle en ressort quelques instants plus tard avec les vêtements qu'elle portait hier roulés en boule dans ses bras, et claque la porte de la salle de bains derrière elle.

Oh ! Plus susceptible que dans mon souvenir.

J'allume mon ordinateur portable au moment où les tuyaux de la douche se mettent à grincer et vibrer sous la maison.

J'ai déjà bien avancé dans ma relecture quand Mira sort de la salle de bains, ses longs cheveux mouillés tombant en mèches épaisses dans son dos, ce qui rehausse la beauté de son visage.

Mes doigts se figent sur le clavier, mon souffle se bloque dans ma gorge. Elle a enlevé le pansement de l'oreille, la blessure semble se cicatriser normalement. Le sweat-shirt qu'elle a emprunté hier cache ses courbes que je devine sans les voir — et que mes yeux cherchent désespérément avant qu'elle disparaisse dans la chambre.

Je prends un livre au hasard dans les piles qui s'entassent le long du mur de la salle à manger et je feuillette *La neurobiologie de l'olfaction*, en essayant de me concentrer sur les mots plutôt que sur la fille derrière la porte de la chambre. Une Jeep rouge s'arrête dans l'allée.

La bagnole de Lewis.

Il klaxonne, et Mira sort de la chambre, court vers la porte et la claque plus vite que son ombre.

Je m'enfonce dans mon siège, la tête inclinée vers le plafond. Je respire à fond pour la première fois depuis que j'ai trouvé Mira dans la forêt la nuit dernière.

Ça ne marchera jamais.

Chapitre Neuf

— Je ne peux pas vivre avec lui, Lewis.

Lewis fronce les sourcils en me conduisant à mon studio.

— Pourquoi ? Tyler est un mec bien.

Et c'est là le hic. Tyler est un mec bien, même s'il s'efforce d'être un sale con. Il ne se rend pas compte que je connais son petit jeu. J'y joue tous les jours. Je sais séparer le bon grain de l'ivraie. Tyler ne me dupe pas. Il est complexe, c'est certain et il lui est arrivé quelque chose que j'ignore, mais il n'est pas celui qu'il prétend être. Pour commencer, il n'avait pas besoin de rester avec moi hier soir. Si c'était un vrai crétin, il m'aurait laissée seule comme tout enfoiré qui se respecte.

Non, Tyler est un mélange de type bien et de feu. Ce feu était là toutes ces années, mais caché, et jamais aussi brûlant que la nuit de la fête chez Holly Walker. Je n'étais pas prête pour ça alors. Je ne suis pas prête maintenant non plus.

— Ce n'est pas une bonne idée qu'on vive ensemble, Tyler et moi. On ne s'entendait pas vraiment au lycée.

Lewis me jette un coup d'œil, le front plissé, confus.

— Il ne t'a pas donné des cours de soutien pendant deux ans ? Je croyais que vous vous aimiez bien, pas que tu avais réellement besoin de son aide. Je ne sais toujours pas pourquoi tu ne m'as pas laissé te donner des cours.

Lewis était l'un des meilleurs élèves de l'école, mais j'avais des vues sur Tyler, alors…

Je frotte une tache sur la porte, de la boue de mes semelles, feignant la désinvolture.

— Il m'a aidée pendant un an et demi. Et je ne voulais pas t'embêter avec mes devoirs. Tu passais tout ton temps à étudier, tu n'avais pas besoin d'une autre raison d'avoir le nez dans les livres. Les cours avec Tyler ont fonctionné pendant un temps, mais ensuite on s'est disputés. Juste avant que vous passiez votre bac. Il me déteste aujourd'hui.

Lewis me regarde à nouveau, un peu perplexe.

— Je ne pense pas qu'il te déteste, Mira. Donne-lui une chance. La maison de Cali est l'endroit le plus sûr pour toi en ce moment. Tu l'as dit toi-même : personne ne sait que tu es chez elle. Tyler a pris un congé sabbatique et il vit là-bas. C'est le mieux placé pour avoir un œil sur toi.

Je pourrais protester que je n'ai besoin de personne pour me protéger, mais même moi, je dois admettre que je suis dans la merde jusqu'au cou. Je me suis réveillée ce matin avec des sueurs froides après un cauchemar impliquant les hommes de la forêt. Dans mon rêve, ils ne se contentaient pas de me tabasser. Je me suis réveillée avant que le type ne m'étrangle à mains nues.

— Ouais, d'accord.

— Bien. Raconte-moi maintenant. J'ai compris que tu ne voulais pas parler devant tout le monde hier, ni même à la police, mais je veux connaître les détails. En fait, on ferait mieux de raconter toute l'histoire à la police, y compris le fait qu'on a remboursé le type il y a quelques semaines. Le prêteur sur gages ne doit pas être impliqué dans cette affaire, mais on ne sait jamais.

J'avais tellement d'échéances en retard quand j'ai parlé à Lewis et ses parents de l'argent. Ils ont insisté pour qu'on rembourse le type tout de suite. Ça m'a rendue malade de leur emprunter de l'argent, mais je ne pouvais pas m'en sortir sans aide. Je leur ai demandé juste assez pour que l'usurier ne me harcèle plus.

— Je dois plus que cela, dis-je.

— Mira, grogne Lewis.

Ce qui ne lui ressemble pas ; je l'ai vraiment énervé.

— Comment ça, tu dois plus ?

— Environ le double.

— Le double de la somme ?

Son regard passe de moi à la route, puis revient sur moi quand il tourne dans la rue de mon immeuble et gare sa Jeep dans l'allée, sous l'abri de voiture. Il coupe le moteur et se tourne vers moi.

— Comment t'as pu perdre autant ? Tu as rejoué depuis ?

— Non.

Il soupire.

— C'est une bonne chose. Ta psy arrive à te raisonner ?

— Oui, elle y arrive. Elle m'aide à résoudre mes problèmes.

Ce qui est vrai. Je la vois chaque semaine et nous passons en revue tous mes problèmes avec ma mère.

— Tu dois encore combien exactement ?

— Encore douze. Je ne voulais pas t'inquiéter, je m'empresse d'ajouter. Je pensais que si je te disais le montant total, tu flipperais. J'ai donné la moitié au type, en pensant qu'il arrêterait de me harceler jusqu'à ce que j'économise le restant de la somme.

— Tu dois à un tueur à gages encore *douze mille balles* ? Tu déconnes, Mira ? Comment t'as pu dépenser autant dans les casinos ?

Il s'empoigne la nuque.

J'appuie ma tête contre la vitre, contemplant la benne à ordures à côté de l'abri de voitures.

— Un prêteur sur gages. Et j'ai arrêté maintenant.

Pas question que je donne encore de l'argent à ma mère.

— Donc les hommes qui t'ont tabassée étaient envoyés par ce type ? Pourquoi tu ne m'as pas dit la vérité ? Tu as conscience de la dangerosité de la situation ? Mes parents et moi, on l'aurait remboursé, Mira. On doit le dire à la police. Et je vais te donner le reste de l'argent.

— Arrête Lewis. Tu dois me laisser faire. J'ai un plan pour rembourser ma dette.

Enfin, un embryon de plan.

Il me dévisage.

— Tu ne comprends pas, Mira. Tu aurais pu *mourir* hier soir.

Je ferme les yeux un instant parce qu'il a raison. Mais je ne peux pas continuer à dépendre de Lewis pour résoudre mes problèmes. Oui, je travaille avec la psy à faire évoluer la relation avec ma mère, mais aussi à ne pas dépendre de Lewis et de sa famille pour tout.

— Laisse-moi quelques semaines pour étudier des pistes. Un poste intéressant vient de se libérer. Je voulais un horaire normal depuis un moment. Ce poste paie mieux et c'est un travail de bureau. Si je réduis mes dépenses et décroche un meilleur salaire, je sais que je peux me débarrasser de ces types. Ça ira vite, je suis super économe.

— Quand tu ne joues pas, grommelle-t-il. Tu es économe à mort. Raison pour laquelle cette histoire n'a aucun sens.

Il me regarde. Me regarde *vraiment*, et je me demande s'il voit la vérité.

Je détourne les yeux.

— En fait, poursuit-il, tu ne dépenses déjà presque rien. Je ne vois pas comment tu pourrais faire plus d'économie.

J'ouvre la portière et je sors, rejoignant Lewis derrière la Jeep.

— Le type à qui je dois du fric est un salaud, mais il accepte les mensualités. Il fait payer des intérêts de ouf, mais ça vaut le coup. J'ai pris du retard la dernière fois ; je vais respecter les échéances cette fois. J'en suis capable, je le sais. Tu ne peux pas me tirer de toutes les galères. Même ma psy dit que je dois arrêter de dépendre de toi.

Il affiche un air résigné. Mes paroles ont fait mouche. Lewis m'a demandé pendant des semaines de suivre les conseils de ma psy. Il ne peut pas changer son fusil d'épaule et me dire maintenant de ne pas l'écouter.

Il se frotte à nouveau la nuque et s'étire le cou, comme si notre conversation lui avait donné une crampe. Ce n'est pas facile pour Lewis de me laisser gagner en autonomie. La dépendance va dans les deux sens.

Il laisse tomber son bras raide le long du corps. Nous nous mettons en marche vers mon immeuble.

— Deux semaines, Mira. Je te donne deux semaines pour trouver un plan. *À condition* que tu vives chez Cali, n'ailles pas voir ta mère et colles aux basques de Tyler. Je paierai le loyer de ton studio.

— Tu n'as pas à…

— Pas de discussion. Pas d'exception à la règle.

Nous montons les escaliers jusqu'à mon appartement au deuxième étage, et je sors les clés.

— Tu n'auras pas à dédommager Cali pour le chalet, ajoute-t-il. Tyler a prévenu Jaeger par texto qu'il va payer le loyer pendant l'absence de Cali. Voilà ce que je te propose. Sinon, je paie cet homme, et tu vas dans un centre de traitement des addictions *au jeu.*

Il insiste lourdement sur le dernier mot.

Lewis n'est pas idiot. Je suis sûre qu'il soupçonne ma mère d'être derrière tout ça, mais s'il n'aborde pas le sujet, alors moi non plus. Il m'accorde peut-être le bénéfice du doute. Ou bien il ne veut pas affronter les conséquences de la vérité.

J'ouvre la porte de mon appartement et nous entrons. C'est meublé chichement. Une causeuse et une table d'appoint. Une petite étagère avec plus de bibelots que de livres, un vase qui contenait le bouquet de mon diplôme de fin d'études secondaires, un petit panier tressé Washoe que ma mère m'a donné avant de perdre sa maison.

Je me tourne vers lui.

— Mais vivre avec Tyler…

Lewis hausse les épaules.

— À toi de choisir. Ce sont mes conditions.

Je ne sais pas trop comment il pourrait m'envoyer en cure de désintox sans mon consentement, car je suis adulte, mais au moins il me laisse essayer de résoudre le problème à ma façon. Ça va à l'encontre de son instinct primaire, qui consiste à me tirer d'affaire quoi qu'il en coûte.

— Bon, d'accord.

Il balaie la pièce du regard.

— Où est ta valise ?

J'indique le placard près de mon lit et Lewis tire ma valise de l'étagère du haut pendant que je prends des vêtements dans un tiroir.

Il avise la poignée et la roue cassée, et secoue la tête.

— Des économies… Il t'en faut une nouvelle.

Je jette les vêtements sur mon lit.

— Ça ira.

Lewis dézippe la valise.

— Que faisais-tu dans les bois ? Tyler a dit qu'il t'a trouvée près d'un chalet où vit ta mère.

Il arque un sourcil.

— Tu m'avais promis de ne plus aller chez elle.

Je m'y attendais.

— J'allais lui rendre visite, dis-je à contrecœur.

J'omets de préciser que je lui apportais de l'argent. C'était vraiment idiot de ma part. Je ne peux pas continuer de lui donner du fric et rembourser ma dette.

Il grogne.

— On en a parlé. Elle ne peut que te faire du mal. Elle est égoïste.

Il a raison, mais je ne veux pas être une mauvaise fille parce que j'ai une mauvaise mère. Pour autant, je ne risquerai plus ma vie. Je suis responsable de mes actes, comme dit la psy. C'est un équilibre fragile.

— Ce n'est pas aussi facile que tu le penses. Si Becky faisait une erreur, tu pourrais la laisser tomber pour toujours ?

Sa mâchoire se crispe.

— Tu sais que ça n'a rien à voir.

La mère de Lewis est incroyable. Elle est aimante et vous apporte son soutien sans en faire trop. Elle m'a montré l'exemple de la femme que je veux être.

— Ma mère est aussi faillible que n'importe qui d'autre.

Il attrape une pile de fringues pour les mettre dans la valise, son regard s'arrête sur les sous-vêtements en dentelle. Il les laisse tomber comme si c'était des braises chaudes.

— Je crois que je vais attendre dans la cuisine pendant que tu finis ta valise.

Lewis s'éloigne de la lingerie redoutable et sort de la chambre, mais il s'arrête à la porte.

— Ce que j'allais dire, c'est que ma mère essaie d'être un bon parent. Dans son cas, elle réussit la plupart de temps. Ta mère ne t'a jamais fait passer en premier. Elle ne pense qu'à elle, et elle t'entraînera dans sa chute si tu la laisses faire. Tu parles de ta mère avec la psy ?

— Bien sûr.

Je sors un jean et quelques hauts et les ajoute à la pile dans la valise.

— Qu'est-ce qu'elle dit ?

J'évite son regard, j'hésite.

— Mira ?

— La même chose que toi. Que ce n'est pas une relation saine. Que même si ma mère ne me fait pas du mal intentionnellement, ses actions s'en chargent, et que je dois prendre les décisions en fonction de mon bien-être et non du sien.

— Tu devrais écouter ta psy.

Je lève les yeux au ciel.

— Tu dis ça parce qu'elle confirme ce que tu penses.

— Ce n'est pas vrai. Je ne veux que ton bonheur.

— Je sais. Je vais essayer. Mais je ne peux pas la rayer de ma vie.

Il se masse la nuque.

— Essaie au moins de prendre tes distances. Ta mère attend trop de toi.

S'il savait…

———

Tyler

Quelques minutes après que Mira se soit engouffrée dans la Jeep de Lewis, on frappe à la porte. Je m'arrête mi-chemin de la mezzanine et ramasse mon t-shirt sur le parquet. Je l'enfile avant d'ouvrir la porte récalcitrante d'un coup sec.

Une femme aux cheveux noirs grisonnants et à la peau tannée et ridée se tient sur le seuil. Malgré son vieillissement physique prématuré, elle a dû être belle à une époque. Des yeux clairs, des pommettes hautes et pleines.

Je ne suis pas surpris. Après tout, c'est la mère de Mira, la femme que j'ai aperçue dans le chalet hier soir.

Elle scrute le salon derrière moi.

— Mira crèche ici ?

Sa voix est légèrement rauque, un peu traînante.

Bonjour la politesse…

— Pardon, qui êtes-vous ?

Je sais qui elle est, mais je veux qu'elle soit sur la défensive. Avec les réponses évasives de Mira, je ne suis pas contre la manipuler un peu pour comprendre ce qui se passe. Je parierais ma couille droite que cette femme le sait.

Elle me regarde de haut en bas comme si c'était moi qui avais des fringues sales et une haleine fétide.

— Je cherche ma fille. Elle vit ici ? La gamine est pas venue hier soir. Elle était censée m'apporter quelque chose.

— Dites-moi ce qu'elle était censée vous apporter, et je veillerai à lui transmettre le message.

Ses yeux se rétrécissent.

— Dis-lui juste que je suis passée. Et que je ne suis pas contente.

Elle ponctue la fin de sa phrase par un regard furieux et tourne les talons.

— Mira s'est fait agresser en allant chez vous, dis-je.

La femme s'arrête et regarde par-dessus son épaule.

— Votre fille n'est pas venue parce qu'elle s'est fait tabasser.

Une lueur fugace traverse son regard. Ou alors c'est la lumière qui se déplace à travers les arbres.

— Qui lui a fait ça ?

Je hausse les épaules comme si ça ne me concernait pas, mais ça me bouleverse. Je ne supporte pas qu'on frappe une femme. Rien à voir avec Mira.

— Ouais, ben, elle aurait dû venir quand je lui ai demandé. Si elle avait pas tardé, ça serait peut-être pas arrivé.

Ma mâchoire se tend. Sa mère donne l'impression que Mira méritait d'être tabassée. Ça me fout hors de moi que cette femme réagisse comme si elle se fichait de sa fille.

— J'ai *dit* qu'elle était blessée. Gravement.

La femme se tord les mains et détourne le regarde.

— Ben, elle est en vie, non ?

Je secoue la tête. *Putain, c'est pas croyable.*

— Très bien, madame. Je lui dirai que vous êtes passée.

Je vais pour fermer la porte, mais la mère de Mira, rapide malgré son air hagard, glisse prestement une basket blanche pourrie contre le chambranle, pour m'empêcher de fermer.

— Dis à Mira de ne pas tarder.

Je scrute son visage.

— Comment vous avez su où la trouver ?

Elle détourne le regard.

— J'ai attendu près de la maison de ce Lewis et je l'ai suivi.

Et elle n'a pas vu Mira partir d'ici avec lui ?

Ça dépend jusqu'où elle a suivi Lewis. Mira a filé rapidement… pour me fuir. Peut-être que sa mère a seulement vu la Jeep de Lewis s'éloigner du chalet de Cali et a voulu vérifier par elle-même. Trouver le port d'attache de Mira.

Elle est sale, probablement ivre ou défoncée, mais pas stupide.

— Vous devriez appeler Mira si c'est tellement urgent. Je ne sais pas quand elle reviendra.

Ni *si* elle reviendra. Mira pourrait décider de séjourner ailleurs maintenant qu'elle sait que nous allons devoir cohabiter.

— J'peux pas. J'ai pas de téléphone.

Elle se retourne et descend l'allée vers une grosse berline déglinguée.

— Dis-lui simplement que je suis passée. Elle saura quoi faire, ajoute-t-elle sans se retourner.

Si Mira n'était pas allée seule voir sa mère, ces hommes ne l'auraient pas coincée dans les bois. De quoi la mère de Mira a-t-elle si désespérément besoin au point de faire courir un danger à sa fille ? Quel genre de mère fait ça ?

Merde. Je savais que ça arriverait. C'est pourquoi je ne peux pas vivre avec Mira. Je ne veux pas m'inquiéter de ce qui se passe dans sa vie.

Mais si je découvre la vérité et trouve une solution au problème de Mira, je pourrai peut-être mettre un terme à cette histoire. Mira sera en sécurité, elle pourra déménager, et la vie sera belle.

Enfin, pas belle, mais de retour à la normale.

Chapitre Dix

MIRA

Je tire ma valise défoncée sur son unique roulette sur les derniers mètres jusqu'au placard de Cali, puis jette un œil dans le salon. Assis à table, Tyler ne lève pas les yeux de son ordinateur portable. Je ferme discrètement la porte et appuie le front contre le bois frais. J'ai le sentiment que je vais passer beaucoup de temps seule dans cette chambre, à éviter Tyler.

J'ai récupéré quelques affaires chez moi et j'ai ma camionnette, mais je ne me sens pas apaisée. Ces hommes dans la forêt m'ont foutu une sacrée trouille. Je ne sais pas trop à quelle place se situe la cohabitation avec Tyler sur la liste, mais elle est tout en haut de la colonne *situations indésirables*. Je suis plus en sécurité avec Tyler que seule, mais je n'aime pas ça.

J'ai dit à Lewis que j'avais un plan, mais maintenant que je suis assise sur le lit dans la chambre de Cali, à tenter d'en établir un pour de bon, j'ai les mains qui tremblent. Je les presse ensemble pour évacuer mon énergie nerveuse et prends mon téléphone pour chercher un job. Le premier auquel je postule est celui que j'ai mentionné à Lewis. Je remplis plusieurs autres candidatures pour des postes qui semblent payer davantage, en supposant que quelqu'un vante exagérément mes mérites pour que je décroche un entretien.

Au bout d'une heure, je décide de m'accorder une pause dans l'isolement que je me suis imposé. J'ai rempli dix candidatures en ligne avec mon iPhone (une galère sans ordinateur) et j'estime que c'est un bon début. En plus, j'ai faim.

J'ouvre la porte de la chambre, m'attendant à voir Tyler à table devant son ordinateur, ignorant ma présence.

Mais non.

Il est assis sur le canapé, un bras étendu sur le dossier, et fixe un point devant lui. Il ne me regarde pas, mais j'ai l'impression qu'il m'attendait.

Ça commence mal. La meilleure façon de cohabiter, c'est de s'éviter.

Je passe devant lui pour me préparer un sandwich, avant de retourner dans ma chambre d'isolement quand ses mots me stoppent net.

— Ta mère est passée.

Je sens le regard dur de Tyler. Quand je lève les yeux, son visage affiche un air suffisant. Il m'a prise totalement au dépourvu, et même moi, je ne suis pas assez bonne actrice pour masquer ma surprise. Comment ma mère a-t-elle découvert où je vis ? Elle est maligne quand elle veut quelque chose, et elle n'a pas eu son argent, donc…

Mes pensées doivent se lire sur mon visage, car Tyler ajoute :

— Elle a suivi Lewis pour te trouver.

Merde. Elle me piste maintenant ?

— A-t-elle dit ce qu'elle voulait ?

Je le sais. De l'argent, c'est toujours l'argent, mais je veux savoir si *Tyler* le sait.

— Elle dit que tu as quelque chose pour elle. Elle n'est pas contente que tu ne sois pas venue chez elle hier soir.

Il étale ses pieds devant le canapé et s'appuie sur ses avant-bras, me fixant.

— Je lui ai dit ce qui s'est passé et pourquoi tu n'es pas venue.

Super. Je n'aime pas que ma mère soit au courant de mes affaires. Ça a tendance à empirer les choses.

— Et ?

— Et rien. Elle veut ce que tu devais lui apporter. C'est tout.

Il y a une lueur d'inquiétude dans ses yeux.

J'inspire à fond, change d'appui. Je connais ce regard. La compassion. Parce que j'ai une mère qui ne se soucie pas de moi comme le ferait une mère normale. Je comprends que sa réaction part d'un bon sentiment, mais ça me met toujours mal à l'aise. Je ne veux pas inspirer la pitié, et surtout pas à Tyler.

— Autre chose ? je réponds froidement.

— Ouais…

Il se lève et sonde mon regard, ses yeux pâles sont sombres, puis il demande :

— Qu'est-ce qui se passe, bordel ?

L'intensité de son regard me pétrifie – jusqu'à ce que je reprenne mes esprits et fonce dans la cuisine. J'ouvre brutalement la porte du frigo, et j'attrape à tâtons du pain, du jambon et d'autres ingrédients pour me préparer un sandwich pour lequel j'ai soudain perdu tout appétit. Pourquoi faut-il qu'il fourre son nez dans mes affaires *maintenant* ?

— Il ne se passe rien. Ne te mêle pas de ma vie, Tyler, dis-je sans regarder le mec dont les yeux me brûlent le dos.

— Foutaises. Tu mens.

Je tourne la tête vers lui.

— Tu ne me connais pas.

Il se penche en avant.

— Faux. Je te connais *intimement*, si tu te souviens bien.

L'air que j'inspire me brûle les poumons, en surchauffe comme tout mon corps. Je n'arrive pas à croire qu'il ait parlé de *ça*.

Il hausse les épaules.

— Je te l'accorde, tu es probablement sortie avec une foule de mecs.

Je déglutis, la gorge serrée, la colère m'oppressant la poitrine.

— Et à moins que tu n'aies aussi couché avec certains de tes amis… Lewis peut-être ?

Il hausse un sourcil, et je le foudroie du regard.

— Non ? Intéressant… Eh bien, j'imagine que ça signifie que je connais une facette de toi qu'il ignore.

Quel est le rapport avec tout ça ? Et pourquoi il est si salaud ? Ce n'est pas le Tyler dont je me souviens. Il était doux, gentil. Là, il est dur et enragé, des ondes de colère émanent de lui.

Tyler plisse les yeux et m'examine d'une manière qui se veut analytique, mais ce crétin me fait frémir.

Je déteste qu'il me fasse cet effet.

— Tu as un regard oblique quand tu mens.

Il scrute mon visage, s'attarde sur ma bouche.

— Et tes joues rougissent au centre quand tu es nerveuse – ou excitée.

Je fulmine de rage, ignorant les palpitations que ses mots provoquent dans mon ventre. Comment ose-t-il analyser mon langage corporel ?

— Je ne rougis pas quand je suis excitée.

Il se penche plus en avant, ses doigts puissants s'appuyant sur le comptoir en face de moi.

— Si. Tu veux que je te fasse une démonstration ?

Oh, c'est à la fois une menace et une tentation.

Cette conversation part dans une mauvaise direction. Je dois reprendre le dessus. Tout au moins une emprise sur l'effet qu'il me fait. Que dit ma psy déjà ? Personne ne peut rien me faire ressentir malgré moi. J'ai le contrôle de mes émotions.

Tyler sait observer, écouter comme personne. J'aimais cette qualité chez lui, mais je vois aujourd'hui le revers de la médaille. Je ne veux pas qu'il trifouille dans mes pensées et mes émotions. Maudit bonhomme qui essaie de percer mon esprit.

— Laisse-moi tranquille, Tyler.

Je me tourne et attrape le sachet de pain.

— Non.

Ce n'est pas le volume de sa voix, mais le ton qui me fait faire demi-tour.

— On ne peut pas vivre ensemble, alors tu dois me dire la vérité pour que tu puisses partir d'ici en toute sécurité.

Je croise les bras. Il n'est pas question que je lui raconte mes galères.

Il détourne le regard et soupire.

— Je le garderai pour moi si c'est ce que tu veux. Mais tu dois être honnête avec moi. C'est la seule solution. Que ça te plaise ou non, on est condamnés à rester ensemble jusqu'à ce que tu déménages.

———

Tyler

ON POURRAIT CROIRE à m'entendre que je ne cherche qu'à faire partir Mira de chez Cali, mais c'est bien plus profond. Mira a été ma première : mon premier coup de foudre, la première fille avec qui j'ai couché, et curieusement, elle compte beaucoup pour moi. J'ai besoin de savoir qu'elle va s'en sortir.

Je vois le côté abrasif de Mira comme tout le monde, mais je serai toujours fasciné par le côté tendre qu'elle ne montre à personne. La fille douce et enjouée que j'ai vue transparaître sous la carapace.

Alors oui, je veux qu'elle parte de chez Cali, mais je veux aussi l'aider. Je jurerais qu'elle ne dit pas la vérité, et si j'arrive à la convaincre de me faire confiance, ne serait-ce qu'un peu, je pourrai peut-être nous sortir de cette situation merdique.

Elle se frotte les bras. Ses épaules se voûtent légèrement, réaction atypique de la part d'une nana qui garde la tête haute en toutes circonstances. C'est comme si le poids du monde avait brisé sa détermination.

Mira passe devant moi et entre dans le salon. Pendant un instant, je pense qu'elle va retourner dans sa chambre sans me parler. Mais ce n'est pas ce qu'elle fait. Elle s'arrête devant le canapé et s'assied au centre.

Je la rejoins et m'installe dans le fauteuil inclinable en face d'elle, attendant la suite, car à la façon dont elle se tient, les bras enroulés autour de ses côtes, je la sens vulnérable. J'ai le don d'énerver Mira. Si je veux la vérité, j'ai intérêt à fermer ma gueule.

Elle reste silencieuse pendant un long moment. Elle se tourne sur le côté et regarde par la fenêtre, une tristesse infinie assombrit ses jolis traits. Son air abattu me frappe en plein cœur, chassant l'air de mes poumons. Je veux la protéger, tordre le cou à ce qui lui cause une telle détresse.

Je pensais bien qu'elle mentait au sujet de quelque chose, qu'elle s'était mise dans une merde noire, mais bon sang, de quoi s'agit-il ? Mira ne se recroqueville pas sur elle-même et ne recule devant rien. Ce qui la tracasse est grave.

Elle lève les yeux et me lance un regard furieux, qui me déstabilise pendant une seconde. C'est le genre de regard auquel je suis habitué de sa part, mais elle vient de décider de me confier ses ennuis. Je suis prêt à la protéger et à me battre pour elle, mais elle me mate comme si elle préférerait que *je* sois mort.

Dois-je m'étonner de ses contradictions ?

— Ce que je vais te dire ne doit pas sortir d'ici, Tyler. Jamais. C'est un secret entre nous deux. Personne ne doit savoir.

— On est déjà passés par là. J'ai fait mes preuves.

Indélicat, mais vrai. Personne ne sait que nous avons couché ensemble. Enfin, à part les lycéens qui ont dû voir sortir Mira de la chambre les cheveux ébouriffés.

Le centre de ses joues rosit et mon cœur s'éveille à la vie.

Ça marche encore. C'est toujours aussi craquant. J'adore avoir le pouvoir de la faire rougir. Il y a quelques avantages à vivre avec Mira, finalement.

— Ne fais pas le malin.

— Trop tard.

Elle lève les yeux au plafond.

— Tu acceptes ou pas ?

— Je ne le dirai à personne. Alors, crache le morceau.

Elle s'assied en avant et passe une jambe sous ses fesses, mouvement qui fait rebondir ses seins… et voler mon cerveau en éclats.

Concentre-toi, mec. Je remonte à contrecœur les yeux vers son visage.

— Tu sais à quel point Lewis et moi sommes proches ?

Je hoche la tête et elle détourne le regard, se mord l'intérieur de la joue.

— Il n'est pas au courant de ce que je vais te dire.

Quand je dis que personne ne doit savoir, c'est vraiment *personne*.

Cela éveille ma curiosité. Lewis et Mira sont proches ; ils *étaient* proches. Je ne sais pas où ils en sont aujourd'hui. Je pensais qu'ils étaient ensemble au lycée, mais c'est faux puisqu'elle dit qu'elle n'a jamais couché avec lui. Ce qui est une surprise pour moi. J'aurais juré que Mira et Lewis étaient en couple à un moment donné. Mais je n'ai cru à cette rumeur que lorsque Holly a balancé que Mira couchait avec nous deux. J'aurais aimé savoir qu'il n'y avait rien entre eux à l'époque. Si j'avais su la vérité, Mira et moi aurions pu rester amis.

Elle concentre toute son attention sur moi.

— Je ne dois pas d'argent à cause du jeu.

C'est la première information que j'ai obtenue d'elle jusqu'à présent.

— Mais tu dois de l'argent ?

Elle hoche la tête.

— Lewis m'a répété pendant des années de rester loin de ma mère. S'il savait, il flipperait grave.

— Tu donnes de l'argent à ta mère ?

Sa mâchoire se décroche, et je hausse les épaules.

— Elle en avait vraiment après ce que tu avais pour elle. L'argent est une puissante motivation.

— Je l'ai aidée à rembourser des sales types. Elle m'a dit qu'ils la tueraient si elle ne leur donnait pas l'argent dans la semaine. Je l'ai crue. Les vermines avec qui elle traîne sont effrayantes, et elle semblait désespérée.

Son regard erre nerveusement.

— Quoi d'autre ?

— Puis elle m'a redemandé du fric, soupire Mira en secouant la tête. Honnêtement, je ne sais pas comment ma mère paie ses factures. Elle ne travaille pas. J'ai continué de lui donner de l'argent, mais j'ai commencé à être à court de fonds. Un mois, je n'ai pas pu payer mon loyer. J'ai emprunté à un usurier en ville. J'ai remboursé avec ma paie suivante.

Elle baisse les yeux et replace une mèche qui s'est échappée de sa queue de cheval.

— J'ai dit à ma mère que je ne pouvais plus l'aider après cet incident.

Je retiens mon souffle, attendant la suite, car mon instinct me dit que ça va être pire.

Mira me regarde droit dans les yeux, sans filtre, même si elle veut jouer la dure.

— Je n'ai pas eu de nouvelles d'elle pendant deux mois. J'ai commencé à m'inquiéter. Je l'ai cherchée et quand je l'ai trouvée… elle avait un bras cassé, un œil au beurre noir… Elle ne voulait pas me parler. Elle me tenait responsable de ce qui s'était passé.

Mira tripote la bordure effilochée de son short en jean, sa voix tremblote.

— Je n'ai pas su si elle s'était fait frapper pour l'argent ou pas, mais je ne pouvais pas prendre le risque de la laisser tomber à nouveau. Je lui ai dit que si elle avait besoin de liquide, j'avais des économies, ce qui était faux.

Elle lève les yeux comme pour me convaincre.

— J'avais un boulot et personne à ma charge. Je pensais pouvoir m'en sortir, mais j'ai pris de plus en plus de retard de paiement. J'ai fini par demander à ma mère de chercher quelqu'un pour l'aider. Elle avait eu un problème récurrent de cocaïne. Je me suis dit que l'argent partait dans la came. Je lui ai donné des dépliants de centres où elle pouvait faire une thérapie, mais elle ne les a pas pris. Elle a refusé de se faire aider. Je ne savais pas quoi faire d'autre.

— Un problème *récurrent* de cocaïne ?

Sa naïveté me sciait littéralement. La mère de Mira,

la junkie, utilisait sa fille, une fille désespérée d'avoir l'amour de sa mère. Évidemment, Mira ne pouvait pas dire non.

Je remue la mâchoire, essayant d'étouffer ma colère. Je tire sur le col de mon t-shirt et m'enfonce dans mon siège en fixant le mur. J'ai envie d'engueuler la mère pour avoir profité de sa fille. Mais au lieu de ça, je dis :

— Lewis m'a dit que tu consultais un psy ?

Ses yeux s'assombrissent.

— Je ne suis pas folle, Tyler.

— Je n'ai pas dit que tu es folle.

Elle n'est pas cinglée. Mira a juste trop de poids sur les épaules. Les toxicos sont de sacrés boulets. Ma mère a travaillé dans les casinos pendant des décennies. Je l'ai vue perdre des amis à cause de la drogue et de l'alcool. Elle nous a fait peur, à Cali et moi, en nous interdisant de mettre le nez dans cette merde.

— Tu ne peux pas aider ta mère si elle continue à se droguer, Mira. Tu as besoin de quelqu'un pour t'ouvrir les yeux.

Les siens s'écarquillent, son visage devient écarlate.

OK, j'ai peut-être parlé un peu durement.

— Va te faire foutre, Tyler.

Putain, pourquoi je me donne la peine de l'aider ?

— C'est déjà fait.

Elle se détourne.

— Tu n'oublieras jamais cette nuit-là ?

Je ne sais pas pourquoi j'en parle. C'est idiot. J'imagine que ça me met encore en colère, ce qui m'exaspère.

— Tu peux, toi ?

— Non, répond-elle contre toute attente.

Ses bras se relâchent et elle me regarde.

— Je sais que ma mère est une plaie. Lewis m'a demandé pendant des années de rompre le lien. Je ne pouvais pas le faire à l'époque. J'en suis toujours incapable. Elle est ma seule famille.

— Tu as Lewis et ses parents.

— Ils ne sont pas ma *vraie* famille. Ils ne sont pas obligés de m'aimer.

— Non. Ils t'aiment parce qu'ils le veulent.

Mira me regarde fixement pendant un long moment, comme si elle m'avait vraiment entendu. Incroyable.

— J'essaie, Tyler, dit-elle. Je ne lui donnerai plus d'argent, quoi qu'il arrive, d'accord ? Même si elle ne veut plus me parler. Ou si…

Sa poitrine se soulève en tremblant tandis qu'elle inspire.

— Quand ces hommes m'ont piégée dans les bois, c'était censé être mon dernier versement. J'allais lui dire que je ne pouvais plus le faire, mais ensuite…

— Ces connards t'ont tabassée pour l'argent que tu dois *à cause de ta mère*.

Sa bouche se tord.

— Je suis au courant des détails. Pas besoin de me le rappeler. Je sais à quel point ça craint. C'est fini ces conneries pour moi. En fait...

Elle se penche en avant, ses yeux se troublent.

— Je vais prendre un nouveau travail. Deux, si je peux. Je vais travailler jour et nuit pour rembourser ma dette. J'ai déjà envoyé des candidatures et j'ai une bonne piste au Blue.

Mes épaules se tendent. C'est une mauvaise blague ?

— *Le Blue Casino ?* La boîte qui a viré ma sœur ? L'endroit où Gen a failli se faire violer ? Tu déconnes, Mira ?

Son exaspération est visible.

— Merde, je ne peux pas faire la fine bouche. C'est un poste d'assistante de direction. J'ai peu de chance de le décrocher, mais ça paie bien. Si je travaille la nuit comme croupière et le jour comme assistante au Blue, je serai capable d'économiser une tonne de fric pendant les prochains mois.

Je déteste l'idée qu'elle ait postulé un emploi au Blue. C'est comme se jeter dans la gueule du loup.

— Tu ne peux pas travailler au Blue. Cet endroit est dangereux.

— C'est un poste de cadre. Ce n'est pas à l'étage. Je ne serai jamais là-haut. En plus, j'ai peu de chance d'obtenir le poste.

Je secoue la tête, me fichant de sa logique ou de son *manque de logique*.

— Non. Pas là-bas.

— Tu n'as pas ton mot à dire, Tyler !

Elle se lève d'un bond, sa main soutient ses côtes blessées pendant une seconde avant de se planter sur sa hanche, comme si sa colère primait sur son corps endolori qui n'est pas encore guéri.

— Je t'en ai parlé parce que tu m'emmerdais à fouiner dans ma vie. Je le regrette maintenant. J'aurais dû savoir que je ne peux pas te faire confiance.

Elle ne peut pas *me* faire confiance ? Je me lève et traverse la pièce jusqu'au comptoir, ramasse mon portefeuille et mes clés. Je grimpe quelques barreaux de l'échelle de la mezzanine, j'attrape une chemise à manches courtes par terre que j'enfile par-dessus mon t-shirt.

— Tu veux être seule ? Très bien. Je me casse d'ici.

Chapitre Onze

Je commande une autre bière à la serveuse de l'Avalanche pendant que mon pote Phil plie une part de pizza en deux et s'en fourre une bonne partie dans la bouche.

— Tu vis avec une nana ? marmonne-t-il la bouche pleine.

Je balaie du regard la pizzeria bondée de clients locaux qui prennent un verre à la recherche de notre serveuse. Ça ne fait que trente secondes que j'ai commandé, mais j'ai urgemment besoin de cette deuxième bière.

Mira doit partir. Sinon, on va s'entretuer. Ce qui implique que je dois lui trouver un endroit où crécher. Tous mes potes du coin se sont soudain mis en ménage avec leur copine. Mes possibilités sont limitées, mais pas celles de Mira. Elle pourrait habiter chez les parents de Lewis, où elle a grandi. Elle préfère juste s'entêter à rester.

Parce que c'est une emmerdeuse.

— Je dois la faire partir, mec. J'peux pas vivre avec cette fille. Tu ne la connais pas.

— T'as pas dit qu'elle était belle ?

Je l'ai dit ? Merde.

Phil arque un sourcil, et je tire sur le devant de mon t-shirt. *Il fait chaud dans ce bar ou quoi ?*

— Ce n'est pas la question.

Il avale une gorgée de bière et s'essuie les mains sur les serviettes fines comme du papier à cigarette.

— Le meilleur moyen de se débarrasser d'une meuf, c'est d'en trouver une autre.

— Je n'ai pas besoin d'une autre fille, pestai-je. Je veux que celle qui pollue mon air s'en aille.

— Ouais, j'ai pigé, mec. C'est ce que je dis. Amène une autre nana. Cette fille, Mira, elle va se foutre en rogne et se barrer.

Oh, merde. Pourquoi ai-je pris la peine d'exposer la situation à mon vieux pote de lycée ? Phil est un super vététiste, mais il n'a pas inventé la poudre.

— Non, elle ne sera pas jalouse. Je ne l'intéresse pas, dis-je en détachant les syllabes.

Il fut un temps où *j'intéressais* Mira et je ne l'ai compris que lorsque j'étais pratiquement en elle.

Je secoue la tête. N'importe quoi.

Phil avale sa pinte en m'étudiant.

— Ça n'a pas d'importance, vieux. On est tous des animaux à ce niveau. Elle va se montrer territoriale. Les mecs aiment en découdre jusqu'à ce qu'ils aient le dessus.

Il ricane.

— Les femmes, en revanche… elles sont manipula-trices, mon pote, et bruyantes. Elles crient et tapent du pied jusqu'à ce que tu battes en retraite. Ne cède pas. Quoi que tu fasses, garde l'ascendant. Amène une autre fille dans les murs. Mira comprendra. Elle comprendra qu'elle a perdu son territoire et elle partira de la maison ou en restera éloignée le plus possible.

Seigneur, je me prends une leçon de biologie par mon

vieux pote du coin qui n'a jamais quitté le lac Tahoe. Le pire, c'est que certaines de ces conneries paraissent sensées.

— Tu oublies un point, Phil. Je ne veux pas vivre avec Mira. Si ça l'énerve et qu'elle évite la maison, on sera quand même sous le même toit. Et en quoi remplacer Mira par une gonzesse lambda solutionne mon problème ? Je ne suis pas comme toi et tes potes. Je ne veux pas vivre avec une fille, en dehors de ma sœur, mais c'est différent. Tu comprends ce que je veux dire.

Phil lève les mains en l'air.

— Hé, je suis une mine à idées. Si t'es impuissant, c'est ton problème.

La jolie serveuse blonde profite de ce moment pour poser ma pinte sur la table, et sa lèvre se retrousse quand elle débarrasse le verre vide. Je la regarde en secouant la tête, comme pour dire : *n'écoute pas cet abruti.*

Elle part et je me penche vers Phil.

— Parle moins fort. Je n'ai pas de problème d'érection. D'où tu sors ça, putain ?

Phil hausse les épaules.

— Tu as dit que cette fille, Mira, t'a coupé les couilles.

Se souvient-il de tout ce que je dis ? Il est clair que je parle sans réfléchir.

— Je voulais dire au sens figuré. Crois-moi, bander n'est pas un souci. Tout est en parfait état de marche, et ça fait partie du problème, je marmonne.

— Oh, oh, s'exclame Philip en frappant la table et en se penchant en arrière sur sa chaise. Voilà le cœur du problème. T'as envie d'elle et elle ne veut pas de toi, alors tu ne veux pas vivre avec elle.

— Quoi ? Non. Ce n'est pas ça du tout.

Merde, c'est ça ?

— Le problème, c'est qu'on est incompatibles et…

— L'un de vous est compatible en tout cas.

Il reluque mon entrejambe.

Je m'arrête au milieu de mon discours et dévisage avec incrédulité mon pote débile.

Primo, pourquoi il mate mes noix ? Deuzio, il a peut-être raison. Le fait que j'aie encore une attirance physique pour Mira m'horripile. Ça me met carrément dans une humeur de chien.

Cette conversation me file la migraine. Quelque part, la suggestion de Phil me tente de plus en plus.

Je scrute la salle. L'Avalanche est une pizzeria très fréquentée. Les filles débarquent ici en short et tongs avec des débardeurs moulants, maquillées comme des voitures volées. C'est un lieu de drague facile. Pourquoi ne pas séduire une fille et la ramener à la maison ce soir pour tester la théorie de Phil ? Ça ne peut pas faire de mal. Son idée est craignos à mort, mais vu les circonstances, je peux faire une exception.

Je finis ma seconde pinte. Je ne me suis pas envoyé en l'air depuis un moment, et c'est peut-être pile-poil ce dont j'ai besoin.

———

LACY TRÉBUCHE sur le seuil de la porte.

— Oups, chuchote-t-elle trop fort dans mon oreille.

— Doucement, ma belle. Assieds-toi sur le canapé, tu seras mieux.

Quand j'ai dragué notre serveuse à l'Avalanche, j'ai cru qu'elle serait marrante. Un corps sexy, un joli minois, une attitude avenante, tout ce qu'il faut pour passer un bon moment.

Le seul hic ? Lacy est une poivrote.

Dès que son service s'est terminé à vingt-trois heures, elle a commencé à s'enfiler des pintes. *Phil* a eu du mal à la suivre. J'ai lâché très vite. Quelqu'un devait nous ramener à la maison.

Lacy était tellement beurrée quand on est partis que j'ai décidé de l'emmener cuver chez moi. Il n'est pas question nous envoyer en l'air. Les filles bourrées ne m'excitent pas, mais ça ne veut pas dire que je les abandonne à leur triste sort. Pas quand je leur ai payé à boire. Je suis en partie responsable.

Je la guide jusqu'au canapé où elle s'écroule comme une poupée de chiffon.

C'est un désastre. Je n'aurais jamais dû écouter Phil.

— Je vais te chercher un verre d'eau.

— Une bière ? balbutie-t-elle.

J'en ai dans le frigo, mais Lacy n'en verra pas la couleur.

— Désolé, je n'en ai plus.

Je lui apporte de l'eau et m'assieds à côté d'elle. Elle se vautre sur moi et pendant un moment, ça ne me dérange pas. Ça fait un bail que je n'ai pas tenu une fille. J'ai oublié combien c'était agréable.

Je passe un bras sur ses épaules et elle glisse une main sous ma chemise, me caresse le ventre et le torse. Je suis d'accord pour les caresses, mais toujours pas pour le sexe en état d'ébriété.

— Lacy, je ferais mieux de te ramener chez toi une fois que tu auras bu quelques verres d'eau. Il y a quelqu'un chez toi ? Une colocataire peut-être ?

Ça ne me plaît pas de la déposer et la laisser seule dans son état.

— Nan. Tu veux venir ? J'ai acheté un nouveau mate-las. Il est énorme.

Elle me mordille le menton.

— On peut faire toutes sortes de choses sympas dessus.

— Ah, non. Je pensais juste dormir. Je suis crevé.

Les coins de sa bouche s'affaissent.

— Oh.

Une seconde plus tard, les lèvres de Lacy sont sur les miennes, et elle entreprend de déboutonner mon jean. Le baiser n'est pas mauvais compte tenu de son ébriété, mais je ne ressens… rien.

Pas la moindre étincelle. Mais si mon cerveau n'est pas attiré par les filles saoules, mon corps n'a jamais eu de problème pour réagir.

Jusqu'à ce soir.

J'ai une nana chaude comme les braises qui veut attraper mon bazar, mais la meilleure partie de moi ne répond pas. En fait, j'ai envie que cette fille s'évanouisse pour que je n'aie pas à gérer la situation. Ce qui est complètement dingue. Qu'est-ce qui m'arrive ?

Le bruit de la serrure de la porte d'entrée attire mon attention, mais Lacy a toujours le bras autour de mon cou, la langue dans ma gorge. La porte s'ouvre avant que j'ai le temps de nous démêler.

Mira entre et se fige, ses clés pendent de sa main. Son regarde se pose directement sur la main de Lacy plongée dans mon jean. C'est petit chez ma sœur. Le canapé n'est qu'à quelques mètres de la porte d'entrée.

Lacy s'aperçoit que quelqu'un est entré et s'écarte pour respirer, me rendant l'usage de la parole.

— Salut, dis-je à Mira.

Autant tirer parti de la situation. C'était mon plan après tout.

Faisant preuve d'un peu de pudeur, Lacy sort la main de mon pantalon et se redresse, ou plutôt vacille, car sa tête doit sacrément tourner.

La bouche de Mira se crispe. Elle passe devant nous

pour aller dans la cuisine, allume les lumières. Elle fait claquer les portes des placards comme si elle cherchait quelque chose ou voulait faire du boucan.

— C'est ta copine ? chuchote bruyamment Lacy.

— Ma colocataire.

Elle sourit.

— Oh, tant mieux.

Elle jette un coup d'œil autour d'elle comme si elle constatait seulement la petitesse du chalet.

— Il y a un endroit où on peut aller ?

Je songe à la mezzanine, juste pour sortir de la ligne de mire, mais je ne pense pas que Lacy réussira à monter l'échelle dans son état. Et je ne suis pas sûr de vouloir découvrir ce qu'elle a en tête. Je n'aime pas éconduire les filles. Elles ont tendance à devenir plus agressives, comme Lacy l'a montré avant l'arrivée de Mira.

En même temps, je suis tenté de continuer à tester la théorie de Phil. Pendant un moment, j'ai eu l'impression que Mira n'était pas seulement furieuse de me voir, mais qu'elle était furieuse de me voir avec une autre fille. Et c'est prometteur. Si elle pense que vivre avec moi lui réserve ce genre de mauvaises surprises, elle se résoudra peut-être à déménager chez les parents de Lewis.

— C'est tout petit ici, dis-je à Lacy. On est coincés sur le canapé. Ma coloc va sûrement aller rapidement dans sa chambre de toute façon.

Elle fait une moue flirteuse.

Je joue avec les mèches de Lacy quand Mira se dirige vers la salle de bains. Quelques minutes plus tard, elle passe devant nous, entre dans sa chambre et claque la porte.

— Merde, dit Lacy. T'es sûr que c'est pas ta petite amie ?

— Totalement.

Je me penche pour l'embrasser.

Je suis soudain optimiste à l'idée que Lacy reste pour la nuit. Je ne vais pas coucher avec elle, mais ça ne me dérangerait pas de la tenir et de l'embrasser. Ça me manque. Et comme il n'y a pas d'étincelle, je n'ai pas besoin de m'inquiéter des suites de *cette* relation.

Chapitre Douze

MIRA

Je frotte mes yeux ensommeillés et les plisse face au soleil qui traverse les rideaux merdiques de la fenêtre de la chambre de Cali. Je n'en reviens pas de Tyler. *Enfoiré*. Cette fille déboutonnait son pantalon. Ce que j'ai vu en rentrant hier soir est plutôt évident.

Je me retourne et boxe mon oreiller pour le regonfler.

D'accord, j'avais juste besoin de frapper quelque chose.

Il ne pouvait pas trouver un autre endroit où emmener son coup d'un soir ? J'aurais pu arriver à n'importe quel moment pendant leur petit interlude. Tu ne fais pas ces cochonneries quand tu vis en coloc. C'est une question de respect.

Je parie qu'il a ramené cette fille juste pour m'emmerder. Je n'aurais jamais dû parler à Tyler de mes ennuis avec ma mère. Si je l'avais laissé se poser des questions, il ne m'aurait probablement pas embêté avec cette histoire de boulot. Nous ne nous serions peut-être pas disputés.

On aurait dit qu'il espérait que j'allais arriver à ce moment-là. Comme s'il avait prévu son coup. Je me fais peut-être des idées, mais il aurait pu au moins aller chez elle au lieu de l'amener ici.

Mais même cette idée me dérange. *Argh.*

Je tends l'oreille en direction de la porte. Aucun bruit ne filtre du salon. Il est tôt, sept heures peut-être. Tyler dort probablement. Je pose le menton sur mon oreiller, au-dessus de mes mains en croix, et je fixe le réveil.

Une, deux, trois minutes s'écoulent.

Si Tyler se comporte comme un connard sans gêne, pourquoi devrais-je être une colocataire polie ? Je vais devenir folle si je reste ici toute la matinée, à attendre le départ de son rencard.

Je souris. Je suis prête à parier que mon expérience de garce est supérieure à son expérience d'enfoiré.

Je saute du lit, j'enfile des chaussons-chaussettes, et m'attache les cheveux en queue de cheval. Tyler veut ramener une fille à la maison et la peloter sur notre cana-pé ? Très bien. Mais il va devoir subir le désagrément d'avoir une colocataire lève-tôt.

J'ouvre la porte de la chambre et déambule dans le salon. Seulement mon cœur chavire et toute idée de repré-sailles s'envole.

Tyler est sur le canapé, la fille d'hier soir à moitié couchée sur lui, la tête blottie dans son cou. Il lui enlace la taille d'un bras. Ils dorment. Sa belle gueule est renversée sur l'accoudoir, ce qui lui donne un air enfantin et doux.

Heureusement, ils sont habillés ; sinon, je l'aurais tué. L'idée de Tyler nu avec une fille… je ne veux même pas y penser. Le voir comme ça me fait suffisamment souffrir. Il a quitté la ville. Je n'étais pas censée subir ce genre de spectacle.

Maudit soit-il. Je détourne le regard et avale la boule dans ma gorge. Voir Tyler avec une fille me poignarde à un endroit où je ne ressens jamais de douleur. Il est profond, secret, et si bien protégé que même les conneries de ma mère n'y pénètrent pas. Mais le manque de tact de Tyler réussit à le transpercer d'un seul coup. Car j'ai envie d'être la fille blottie dans ses bras.

J'entre dans la cuisine et sors un bol et des céréales. Je n'hésite pas à faire du bruit quand je pose le lait sur le comptoir et remplis la bouilloire d'eau. Deux minutes plus tard, j'entends du mouvement et l'écho d'une conversation étouffée. La fille va dans la salle de bains et s'y enferme.

Je m'assieds à table, ignorant Tyler à quelques mètres de moi dans le salon. Son rencard ressort et attend près de la porte qu'il mette ses chaussures et prenne ses clés. Puis, le grincement de la porte d'entrée qui se referme résonne dans toute la maison.

Je pose ma cuillère et serre les poings.

Tyler est parti depuis des années. Évidemment, il a tourné la page. C'est normal, je le sais, mais le constater de mes yeux est insupportable.

Je prends une profonde inspiration et j'essaie de faire le vide dans ma tête. Mon cœur n'accepte pas le retour de Tyler pour ce qu'il est : temporaire. Il sera bientôt reparti. Cette cohabitation forcée n'est qu'un mauvais moment à passer, une brève parenthèse dans sa jolie vie. Ça ne signifie rien pour lui.

La mâchoire serrée, je mâche les céréales croustillantes et rugueuses contre ma langue, tentant d'endurcir mon cœur contre la douleur causée par la cohabitation avec Tyler.

J'ignore combien de temps je fixe la baie vitrée avant que la porte d'entrée s'ouvre et qu'il entre. Pendant un instant, je vois l'incertitude dans ses yeux. Puis il affiche un sourire faussement jovial.

— Bonjour.

Je me lève et me rends dans la cuisine, jetant le reste des céréales dans l'évier.

— Tu ne peux pas ramener des filles à la maison tant qu'on habite ensemble, dis-je, lui tournant le dos.

J'entends le cliquetis de ses clés sur le comptoir. Je me dévisse le cou et les vois au même endroit que plus tôt. Il remet ses chaussures à la place où elles étaient quand je suis sortie de la chambre ce matin.

Il a ses petites habitudes. Le fait de le remarquer m'horripile.

— Pardon ? s'offusque-t-il. Je fais ce que je veux. À ma connaissance, je suis célibataire.

J'ouvre le robinet et colle mon bol sous l'eau, le frottant vigoureusement.

— Ce n'est pas le sujet. Cet endroit n'est pas assez grand pour des soirées pyjama.

Je le sens marcher derrière moi, comme il l'a fait hier matin. Trop près, son corps me frôle le dos.

— Ça t'embête de me voir avec d'autres femmes ? me murmure-t-il dans l'oreille d'une voix rauque et sensuelle.

Je pose le bol et le contourne pour aller de l'autre côté de la cuisine, en prenant soin de ne pas le toucher.

— Bien sûr que non.

Il s'appuie contre les placards, son beau visage exprimant la détermination, les bras croisés sur sa puissante poitrine.

— Dès que j'aurai trouvé un autre emploi, je travaillerai jour et nuit. Je serai rarement à la maison. Tu peux te retenir jusque-là ?

Un ange passe tandis qu'il continue de m'étudier. Je déteste ne pas savoir ce qu'il pense en ce moment précis. Je suis sûre que ça ne me plairait pas.

— Non, je ne pense pas pouvoir. En plus, ma sœur et Gen logent chez leur petit ami. Va falloir t'y faire. *Ou* alors… oh, j'ai une idée : tu pourrais emménager chez les Sallee.

Pas question. Si ces hommes sont dangereux pour moi, ils le sont pour les gens que j'aime.

Tyler est un grand gaillard. Il saurait se battre.

— Gen et Cali sont les meilleures amies du monde. C'est normal que vous ayez cohabité sans problème. Toi et moi…

Il franchit les quelques mètres qui nous séparent, affolant le pouls dans ma gorge. J'agrippe le bord du comptoir.

— Toi et moi quoi, Mira ?

Grand blanc dans ma tête. Je ne sais pas ce que nous sommes l'un pour l'autre. Tellement plus que la raison le voudrait, et tellement moins que ce qu'il a partagé avec cette fille facile qui vient de partir.

— Rien. On n'est rien. Seulement, ne ramène pas de filles pendant que je suis là. Ou prépare-toi à ce que je fasse pareil. Tu verras que ça va vite se bousculer au portillon.

Chapitre Treize

Je me gare devant la maison des Sallee, encore furieuse après Tyler. Il me provoque et ça marche. Mais je ne faiblirai pas. Il ne gagnera pas la partie.

Je coupe le moteur et j'aperçois John qui bricole dans le garage quatre places qu'il utilise pour ses petits travaux de menuiserie. C'est une maison à deux étages dans le pur style Tahoe, avec vue sur la forêt. Située à un pâté de maisons du lac, elle est grande pour le quartier, mais pas ostentatoire.

John et Becky sont riches, mais on ne le devinerait pas. Ils ont le mode de vie et les activités d'une famille de la classe moyenne. Le chalet deux pièces que Lewis s'est récemment construit est modeste aussi. Chez les Sallee, il n'est pas question d'argent ; il est question de la famille et des personnes que l'on aime. Ce qui accentue mes problèmes et la médiocrité de ma famille d'origine, constituée historiquement de salopards d'égoïstes.

Je sors de la voiture et je respire l'odeur de Tahoe, et l'essence unique de la propriété des Sallee : un mélange d'aiguilles de pin, de ciment chaud et de lauriers-roses que

Becky a plantés sur le côté de la maison. Un flot d'images estivales traverse mes pensées. Les jours heureux où tout était si simple.

Les guerres au pistolet à eau avec Lewis et ses amis étaient des choses sérieuses quand nous étions enfants. Ils savaient instinctivement comment m'asperger en pleine face, alors j'utilisais des attaques furtives et Becky comme zone de sécurité. Les garçons ne mouillaient pas Becky, et s'ils le faisaient, elle riait de bon cœur et leur ordonnait d'arrêter. Si je me concentre, je sens encore la crème solaire au beurre de cacao de Becky, je me souviens du débardeur et du short usés qu'elle portait pour jardiner ou se prélasser sur une chaise longue en nous regardant jouer. Mes meilleurs souvenirs viennent de cette maison et de cette famille, et non de la réserve Washoe où je suis née.

Même si je n'ai rien contre la réserve. Certains des amis proches et collègues de John y vivent. Mais comme partout, il y a toujours un petit groupe qui ne se conforme pas, qui n'essaie pas. C'est la bande avec laquelle ma mère traînait, en plus de la vermine qu'elle côtoyait quand elle n'était pas dans la réserve. Ils étaient pires.

John me tourne le dos, mais je sais qu'il a conscience de mon arrivée. D'abord, ma camionnette pourrie est aussi bruyante qu'une tondeuse à gazon, et puis il s'est arrêté de scier quand je me suis garée. Il m'attendait.

Il se tourne et sourit à mon approche.

— Salut, ma chérie. Je commençais à me faire du mouron pour toi.

J'enroule les bras autour de sa taille, et il plante un baiser au sommet de mon crâne. John est grand, mais pas autant que Lewis. Ses yeux ont des rides profondes à cause des sourires qu'il dispense, mais avec ses pommettes hautes et sa mâchoire carrée, il est séduisant, le bougre.

Quand il était plus jeune, John Sallee faisait tomber

comme des mouches les dames du lac Tahoe et de la réserve, avec ses cheveux noir de jais et son sourire ravageur... jusqu'à ce que Becky lui tape dans l'œil. John n'avait aucune chance face à Becky. Presque trente ans plus tard, elle est toujours aussi éblouissante et ne se laisse pas faire. Cette femme incarne le meilleur des deux mondes. Elle a la beauté, la grâce et la force. Elle ne laissera jamais un homme la piétiner. Elle donnerait sa vie pour sa famille. Elle est affectueuse, sûre d'elle et intelligente. Tout ce que j'aimerais être.

— J'ai fait un petit tour avant de venir, lui dis-je.

En réalité, je voulais m'assurer que personne ne me suivait, alors j'ai fait un détour pour venir ici. Un homme habillé tout en noir marchait dans la rue non loin du chalet de Cali quand je suis partie. Je n'ai pas vu son visage, mais sa taille et sa carrure m'étaient familières. Horriblement familières. Ça aurait pu être n'importe qui, mais le frisson qui m'a secouée en le voyant m'a rendue parano.

Mes blessures guérissent bien, mais je n'ai pas oublié ce que ces hommes m'ont fait. Je suis sûre que les salauds à qui je dois de l'argent savent déjà où vivent mes proches, mais je ne vais pas pointer une flèche sur eux.

Le visage de John se crispe.

— J'aimerais que tu m'appelles quand tu es en retard.

J'ai vingt-deux ans, mais il s'inquiète toujours. Comme un père. Tout ça parce que j'ai déjà disparu et que ça a eu des effets désastreux.

Quand j'avais seize ans, je ne suis pas revenue dans les temps d'une visite chez ma mère. Lewis m'a trouvée chez elle, tabassée par l'un de ses mecs. Depuis lors, John et Becky imaginent tout de suite le pire quand je n'arrive pas à l'heure prévue.

Ils m'aiment. Parfois je ne le vois pas parce que j'ai

peur de regarder. Peur qu'ils disparaissent devant mes yeux.

Je presse mon visage contre le col de la chemise de John comme pour faire durer le câlin, alors qu'en réalité, je lutte pour réprimer ces satanées larmes brûlantes qui apparaissent trop souvent ces derniers temps.

Qu'est-ce qui m'arrive ? Je suis toute sentimentale. C'est ridicule. Bien sûr que John se fait du souci pour moi. Il s'en est toujours fait. Je suis désaxée, mes émotions sont à fleur de peau parce que Tyler est de retour en ville et me fait chier à la moindre occasion.

Ces retrouvailles avec lui ne sont pas ce que j'imaginais quand je rêvais de nous dans mes fantasmes de lycéenne. Il n'est pas follement amoureux de moi. Il se pourrait même qu'il me *déteste*. L'alchimie que je ressentais à l'époque est toujours là, et super déconcertante. Mais rien n'est jamais simple avec Tyler. Il n'était pas comme je l'imaginais la nuit où je l'ai séduit. Il n'est pas comme je l'imagine maintenant.

Je respire l'odeur apaisante de John. Un mélange de la lessive qu'utilise Becky et de l'après-rasage épicé qu'il porte d'aussi loin que remontent mes souvenirs. Totalement réconfortant, totalement familier.

Je le regarde en souriant.

— Pardon. Je n'ai pas réfléchi. Je t'appelle la prochaine fois.

Son visage s'illumine.

— Viens.

Il jette sur un tabouret le chiffon jaune qu'il tient, et nous marchons vers la porte qui sépare le garage de la cuisine.

— Lewis et Gen sont déjà là. Ils vont être contents de te voir.

Mes épaules ne se tendent pas comme lorsque Gen a

commencé à venir. Elle est belle, genre top-modèle, grande et sublime. Quelque chose dans son allure classique m'a rappelé les filles avec qui j'allais au lycée. J'ai cru qu'elle se comporterait comme ces espèces de pétasses. Mais elle n'est pas du tout comme ça. Et plus je la côtoie, plus je m'en rends compte.

Malgré ma réaction initiale, j'aime bien Gen. J'avais peur de la passion de Lewis pour elle au début. Il s'est focalisé sur elle comme un laser. J'ai cru que j'allais le perdre à cause de cette fille. Mais j'aurais dû faire confiance à l'instinct de celui qui est comme mon frère. Gen est géniale. À ma grande surprise, j'aime bien la voir.

Dans la maison, Becky sort un plat du four au moment où John ferme la porte derrière nous. Elle a cuisiné, mais pas un truc appétissant. Ça ressemble à des éponges visqueuses recouvertes d'épices. Elle me sourit.

— Chouette, tu es là, ma fille. Juste à temps pour les aubergines au four. Elles sont bourrées de vitamine B pour nous garder en bonne santé et heureux.

Je l'embrasse en zyeutant les aubergines avec méfiance.

— Vraiment ? Où sont ces petites quiches que tu nous sers d'habitude ?

— Oh, ce sont des produits surgelés. Ce plat est fait maison, et il est bon pour la santé.

Je lui lance un regard dépité.

— Arrête. Goûte au moins.

— D'accord, mais on doit limiter la bouffe saine par ici. Parfois un peu de gras fait du bien au corps.

— Mira, me gronde-t-elle d'un ton pas du tout sérieux.

— Je suis un bec sucré, et tu me proposes des aubergines. Mon corps est en état d'hypoglycémie sans les conservateurs et le sucre transformé qui m'ont nourrie ces vingt-deux dernières années.

Becky rit et pose la casserole sur le comptoir.

— Lewis, elle appelle. Viens ici et mange le plat que je me suis donné du mal à préparer. Mira ne lui accorde pas l'amour qu'il mérite.

Lewis entre dans la pièce et capte le regard que je lui lance. Le visage calme, il examine les masses violettes et gluantes.

— T'as innové, maman ?

Becky pose une aubergine sur une serviette et lui tend. Il croque un bout et mâche, l'air pensif.

— C'est bon, s'étonne-t-il. Tu devrais goûter, Mira.

Euh. Lewis est un genre d'homme-poubelle qui avale tout et n'importe quoi, mais il dirait probablement quelque chose si c'était dégueu. Et je ne veux pas vexer Becky.

Je prends la serviette qu'elle me tend. J'ai faim, alors je croque… c'est salé, mou, et ça a un goût… pas bon du tout.

Je réprime un haut-le-cœur et regarde Lewis. Il est tout rouge et cache un sourire hilare derrière son poing.

Salaud.

J'avale la bouchée visqueuse qui semble se solidifier dans ma gorge.

— Becky, je t'aime, mais ne me fais plus jamais manger ce truc.

Elle plaque les poings sur sa taille.

— Mira, ça ne peut pas être si mauvais.

— T'as goûté ?

Son expression devient chagrine.

— Eh bien, non.

Je sourcille.

— Très bien, dit-elle en croquant une bouchée d'aubergine.

Sa bouche se tord sur le côté, puis elle marche d'un pas souple vers l'évier, se penche et recrache tout ce qu'elle a dans la bouche d'une manière pas du tout féminine qui nous fait éclater de rire, Lewis et moi.

Je frappe le bras de Lewis.

— Enfoiré. Tu m'as bien eue.

Il me serre dans ses bras en rigolant encore.

Becky se tamponne gracieusement la bouche avec une serviette.

— Dégoûtant. C'est bon pour la poubelle.

John, qui nous observait en faisant semblant de fouiller dans le tiroir des couverts, s'approche et prend sa femme dans ses bras avec gratitude. Personne, à part Becky, n'est fan de sa phase « bouffe saine », mais on l'aime quand même.

Becky lance un regard noir à John. Il lève les mains en signe de reddition et s'éloigne en souriant.

Un homme avisé.

Normalement, j'adore manger chez les Sallee et me gaver de nourriture. Vu la dernière invention de Becky, elle va peut-être laisser tomber cette idée d'alimentation saine.

— Une mauvaise recette ne veut rien dire, dit-elle à personne en particulier. Je vais trouver une recette d'aubergine délicieuse que vous allez adorer.

Ou peut-être que cette phase saine ne va *pas* cesser tout de suite. Je suppose que je vais être affamée pendant un moment.

Lewis et ses parents ressortent dans le jardin pour voir les plantes que Becky veut que les gars déplacent, et Gen revient d'un pas nonchalant du salon. Elle tient son téléphone portable, ses jolis cheveux noirs ramenés en queue de cheval mettent en valeur ses yeux noisette.

— Tu as de la chance d'avoir été au téléphone, je lui dis. Mes intestins pourraient ne jamais se remettre de ce légume prétendument comestible que Becky a essayé de nous faire avaler.

Je pointe du doigt le plat d'aubergine qui n'a pas encore été jeté. Si Becky pense que le chien va le manger, son ego va en prendre un coup. Ceinturon, qui adore Gen et la suit partout quand elle est à la maison, ce traître de chien, est trop intelligent pour tomber dans le panneau.

— Je n'avais pas un bon pressentiment sur ce plat, dit Gen. Il est possible que j'aie programmé le coup de fil à mon père en fonction du minuteur de la cuisine.

Je reste bouche bée.

— Waouh, Gen. Je ne t'aurais pas crue aussi sournoise.

Elle sourit jusqu'aux oreilles.

— Impressionnée ?

— Ouais. Je t'ai sous-estimée. Rappelle-moi de ne plus jamais faire de toi mon ennemie jurée.

Gen pouffe et se met à fouiller dans les placards de la cuisine.

Je gratte Ceinturon, ainsi nommé en raison de la bande de fourrure blanche qui fait le tour de sa taille. Il daigne enfin me faire la grâce de me frotter avec sa truffe. Je lui soulève le museau jusqu'à ce que nous nous regardions d'œil humain à œil canin.

— Ça te ferait mal à la truffe de me faire la fête quand j'arrive, de temps en temps ?

Il expire un souffle de chien et se met à côté de Gen.

C'est pas cool. Et si Gen n'était pas si gentille, je serais offensée que même le chien préfère sa compagnie à la mienne. N'y voyez pas un parallèle du genre Lewis préfère Gen à moi. C'est sa petite amie. Évidemment qu'il veut passer du temps avec elle. Si j'avais quelqu'un dans ma vie, je voudrais être avec lui aussi. Cela dit, je ne connais pas vraiment ce sentiment. Tyler ne coche certainement pas cette case.

Je me dis que c'est le bon moment pour lui parler du Blue Casino. Parce que nous sommes seules et que je suis une grosse dégonflée qui espère que la copine de Lewis lui dira que j'ai postulé là-bas pour que je n'aie pas à le faire moi-même. Lewis ne se gêne pas pour me gueuler dessus. Alors que Gen est à l'abri de sa colère, car il vénère le sol qu'elle foule.

— Dis-moi, Gen. J'ai envoyé ma candidature à un poste administratif au Blue Casino.

— C'est vrai ? dit-elle en regardant par-dessus son épaule la porte grande ouverte, avant de se retourner, visiblement inquiète. Tu sais que j'ai eu une mauvaise expérience là-bas, non ? Genre, *très* mauvaise.

Je détourne le regard et essuie les miettes sur le comptoir.

— Je sais. Je suis navrée. Je ne t'ai rien dit, mais je me suis sentie très mal quand je l'ai appris.

Un cadre de la direction a tenté d'agresser sexuellement Gen quand elle travaillait comme serveuse au Blue. Elle l'a échappé belle, et ça a bouleversé tout le monde. Ça m'a bouleversée.

Mais ce qui est arrivé à Gen ne m'arrivera pas. Je ne suis pas douce comme elle. Je ne suis pas vulnérable, sauf quand je suis prise à partie par une poignée de collégiennes brutales, ou par des hommes patibulaires au milieu des bois... ou quand mon amour d'enfance débarque au lac Tahoe au moment où je m'y attends le moins.

D'accord, je suis aussi vulnérable que n'importe qui d'autre, mais je suis un peu plus bagarreuse que Gen. Le fait est qu'il n'y a aucune chance qu'il m'arrive quelque chose en pleine journée dans un lieu bondé.

Je croise son regard inquiet.

— Ça me fait de la peine que tu aies vécu ça. Mais ton agression a eu lieu à l'étage du casino. Ce poste est dans les étages, au siège du Blue.

— Oui. Et c'est là que Drake travaillait. Je ne pense pas…

—J'ai besoin de ce boulot, Gen.

Un silence pesant remplit la pièce. Gen m'étudie. Je suis tendue. Stressée et inquiète de savoir comment je vais me sortir de la merde dans laquelle je me suis fourrée.

Elle soupire, lisant probablement mon émotion.

— Drake est en congé forcé jusqu'à son procès. Tu devrais être en sécurité, mais il peut y avoir d'autres vicelards au Blue. Il s'en est tiré tellement de fois. Je ne sais pas, j'ai toujours pensé qu'il se passait des trucs bizarres là-bas.

— Le casino doit enquêter. Ils ne peuvent pas se permettre un autre scandale.

— Peut-être.

Elle n'a pas l'air convaincue.

— Il y a peu de chances que j'obtienne le poste, mais je dois me bouger. Je ne gagne pas assez d'argent pour rembourser mes dettes.

— Lewis ou ses parents pourraient…

Je secoue la tête.

— Non.

Ça n'a peut-être aucun sens pour Gen, mais il y a des sujets sur lesquels j'ai progressé avec ma psy. J'étais bloquée, cramponnée à Lewis et à sa famille. Ils m'ont sauvée, mais ça ne veut pas dire qu'ils doivent m'aider toute ma vie. J'essaie d'assumer la responsabilité de mes actes. Emprunter de l'argent à des prêteurs véreux pour sortir ma mère d'une situation difficile qui est probablement liée à la consommation de substances illégales ? Pas très malin. C'est moi l'imbécile, et j'ai besoin de m'en sortir seule.

Gen regarde autour d'elle, semblant en proie à une lutte intérieure.

— Tu dois faire ce que tu penses être juste. Je m'inquiète pour toi, c'est tout. Les Sallee t'aiment et ils veulent t'aider.

— Je vais m'en sortir seule, Gen.

Elle ferme les yeux et soupire. Après un moment, elle tape du doigt sur le comptoir.

— Si tu obtiens le poste au Blue, dit-elle lentement, fais-le-moi savoir. J'ai une amie sur place. Maryanne. C'est la serveuse en chef qui supervise l'étage du casino, et c'est une alliée qu'il faut avoir là-bas.

— Nessa et Zach travaillent au Blue aussi. Je ne serai pas seule.

Zach a rencontré Nessa quand elle a commencé à travailler au Blue, et elle est devenue petit à petit membre de la bande. C'est maintenant une habituée des soirées tacos de Zach. Nessa et moi ne sommes pas proches, mais on a passé quelques moments festifs ensemble.

Gen appuie la tête sur sa main, le coude sur l'îlot de la cuisine.

— Tu sais, il y a sûrement d'autres emplois. Tu as regardé partout ?

— Oui, mais on est au lac Tahoe. À part les casinos, il n'y a pas grand-chose qui paie bien pour quelqu'un qui n'a qu'un diplôme d'études secondaires.

Elle acquiesce, compréhensive.

— Je vais prévenir Maryanne. Voir si elle peut te pistonner pour que tu aies le poste.

Elle cligne des yeux, le front plissé comme si elle avait des doutes.

— Ce serait génial, dis-je avant qu'elle ne puisse changer d'avis.

J'attrape une pomme coupée en tranches sur le plateau d'apéritif et je la mets dans ma bouche, puis la mâche en fronçant les sourcils. Le garde-manger des Sallee contenait pas mal de cochonneries avant. La phase bouffe saine de Becky est comme un régime forcé.

Gen secoue la tête devant l'assiette d'amuse-gueule et se remet à fouiller dans les placards. Elle sort un sac de crackers de riz. Ce n'est pas l'aliment transformé le plus prometteur, mais c'est mieux que les fruits et les légumes.

Je pioche un cracker dans le sachet.

— Tu ne penses pas que ce sera louche si Maryanne soutient ma candidature ? Les costards-cravate à l'étage et les employés du casino travaillent en parallèle, pas tellement ensemble.

Et c'est un autre problème. J'ai tâté le terrain auprès de quelques personnes au travail. Ils ont dit qu'il était peu probable que le casino me permette de garder mon emploi si je décidais de travailler dans un autre établissement. Une sorte de conflit d'intérêts. Je vais essayer de faire jouer mes relations, mais ça se présente mal.

— Nan, dit Gen, en ouvrant le frigo et en fouillant dans un bac. Maryanne est une dure à cuire. Elle gère les serveuses du casino, mais elle est aussi influente à l'étage. Je crois que la direction a peur d'elle.

Gen fait une pause.

— Elle fait carrément peur. Elle m'a bizutée à mort quand je suis arrivée ici. Puis quelque chose a changé dans son comportement, dit-elle en reportant son attention sur le bac. C'était peut-être à cause de Drake, mais elle a montré un autre visage et maintenant on est amies.

Gen plonge la main dans le frigo, son visage s'illumine lorsqu'elle en sort un aliment emballé dans du plastique. Elle le pose sur l'îlot.

Mes yeux s'illuminent devant le morceau de fromage à moitié entamé. J'ai fouillé cette cuisine de fond en comble pendant des jours sans trouver le moindre acide gras. Gen passe pas mal de temps chez les Sallee si elle sait où trouver les réserves de gras dont j'ignore l'existence.

— J'aime bien Maryanne, continue Gen. Elle me fait penser à la mère de Cali et Tyler. Sans chichi, pragmatique. Il faut juste éviter de te la mettre à dos.

Je me suis toujours demandé comment était la mère de Tyler. Le fait que Gen le sache et que je l'ignore me rappelle la distance qui me sépare de Tyler. On vit peut-être ensemble, mais ça ne veut pas dire qu'on est proches.

Je ne sais pas pourquoi ça me rend triste, mais c'est le cas.

Gen me tend la tranche de fromage que je reluque.

— Si quelqu'un peut faire bouger les choses, c'est Maryanne.

Chapitre Quatorze

Une semaine plus tard, je réalise que Maryanne n'a pas seulement le bras long au Blue. C'est carrément une rock star. Elle a glissé un mot en ma faveur pour le poste, et j'ai été appelée, ce qui est un miracle quand j'y pense. La description du poste d'assistante du directeur des ressources humaines ne le précise pas, mais les candidats ont généralement un diplôme universitaire, ou au moins une expérience préalable dans le domaine, et je n'ai ni l'un ni l'autre.

J'ai prétendu ne pas vouloir faire d'études supérieures quand les Sallee ont proposé de me payer la fac, car je n'étais pas sûre de réussir. La seule fois où j'ai eu l'impression d'être intelligente, c'est quand Tyler m'aidait pour les maths au lycée et j'ai mis ça sur le compte de sa pédagogie.

À l'aide d'une brosse adhésive oubliée par Cali, j'enlève les peluches de la jupe crayon noire et du chemisier blanc que Gen m'a prêtés pour l'entretien de ce matin. J'ai des chaussures à talon noires, donc je n'ai pas eu besoin d'en emprunter – heureusement, car je ne fais pas la même pointure que Gen. Elle est mince, mais grande. La jupe est un peu large à la taille et aux hanches, et j'ai dû rouler les manches de la chemise, mais l'ensemble fonctionne. Par contre, mes pieds pointure 38 dans les escarpins 40 de Gen, ça ne l'aurait pas fait.

J'ai changé trois fois de coiffure ce matin : queue de cheval, chignon et natte. Aucune ne me ressemblait et chacune était pire que la précédente. J'en fais trop, et j'ai peur qu'à la minute où j'entre dans le Blue, tout le monde devine l'imposture. D'une manière ou d'une autre, je dois passer cet entretien et prouver que je suis à ma place.

Je retire les épingles de mon dernier désastre capillaire et opte pour une simple raie sur le côté, laissant mes cheveux retomber en vagues souples dans mon dos. Ma coiffure habituelle. Si on ne peut pas être fidèle à soi-même, à qui peut-on l'être ? Autant commencer par la coiffure.

Je sors de la chambre. Tyler tape sur son ordinateur assis à la table de la cuisine. Il est torse nu, les cheveux ébouriffés d'un côté, bref, l'image du mec sexy au réveil.

Je gémis intérieurement. C'est la pire des tortures d'avoir sous les yeux l'éternel objet de mes désirs. À la fois proche et résolument hors de portée.

Certes, je pourrais avoir Tyler physiquement, puisqu'il semble être devenu un coureur de jupons, mais j'ai toujours voulu plus avec lui. C'est bien le problème.

Malgré mes menaces, il a ramené une fille différente chaque soir cette semaine, l'enfoiré. J'ignore combien de temps elles restent ou ce qu'il fait avec elles. Je ne veux pas le savoir. Alors je m'enferme dans ma chambre, les écou-teurs dans les oreilles, me coupant du monde par instinct de conservation. J'essaie de m'insensibiliser à Tyler. Je pourrais mettre ma menace à exécution et ramener des mecs à la maison. Ce n'est pas exclu. Je suis juste trop occupée pour le moment.

Tyler lève la tête et manifestement, il n'en croit pas ses yeux. Il passe en revue ma tenue, puis il fronce les sourcils d'un air soupçonneux.

— Où vas-tu ?

— Ça ne te regarde pas.

J'attrape mon sac à main noir, un peu trop usé pour l'occasion, mais tant pis.

— Si. Je garde tes secrets, non ?

Je le regarde avec incrédulité. A-t-il toujours été aussi manipulateur ? Avant, il était si gentil et conciliant.

Pourquoi ne pas lui dire après tout ? Il ne peut pas me dicter mes actes, même s'il semble penser le contraire.

— J'ai un entretien.

Tyler lève lentement les mains du clavier de son ordinateur portable et se tourne vers moi, m'offrant une vue imprenable sur son torse musclé. Sa peau est plus claire que la mienne, le duvet de poils sur ses bras légèrement bronzés est brun doré. Ses épaules sont plus larges qu'elles ne l'étaient au lycée, sa poitrine est ciselée. Tyler était un beau gosse à l'époque. C'est devenu un homme incroyablement séduisant, mais j'essaie de ne pas y penser, même si ce n'est pas toujours évident.

Je déglutis, me forçant à regarder ses yeux. Il semble trop soucieux de m'interroger pour remarquer mon trouble.

— Où se passe ton entretien ?

Il finira par le savoir, que Gen le mentionne ou qu'il le découvre parce qu'il lit en moi. Je n'aurais jamais pensé que ce serait pénible d'être avec un mec aussi observateur.

— Au Blue Casino.

Je vérifie l'heure sur mon téléphone. Je ne veux surtout pas être en retard pour mon entretien.

Ne pouvant résister à mater son torse une dernière fois, ou sa réaction, que j'anticipe vive, je jette un coup d'œil vers lui. Il fronce les sourcils, ses épaules et les muscles du *Torse* sont tendus et légèrement bombés.

Il ne peut pas mettre un t-shirt ? Comment suis-je censée me concentrer s'il se trimballe comme ça ?

— Mira, on en a parlé. Tu ne peux pas travailler au Blue, dit-il calmement, bien que sa posture et la tension qui se dégage de lui racontent une autre histoire.

— Mais si, je peux.

J'applique du gloss et presse les lèvres. Son attention est distraite momentanément, ses yeux se focalisant sur ma bouche.

Tant mieux. Je suis contente de ne pas faire exception. Je commençais à croire que j'étais la seule nana que Tyler Morgan ne voulait pas ramener chez lui.

Il se remet devant son ordinateur et recommence à taper.

C'est tout ? Pas de dispute ?

Eh bien, merde, ce n'était pas drôle. Je pensais qu'il s'énerverait plus que cette faible protestation.

Je lève les yeux au ciel. Il souffle le chaud et le froid, il est furax, il est distrait. Ce nouveau Tyler part dans tous les sens et j'ai du mal à suivre. Donc je ne vais même pas essayer. Je prends mes affaires et je sors.

———

JE NE SAIS PAS TROP COMMENT j'imaginais un entretien d'embauche au Blue Casino, mais certainement pas que ça ressemblerait à un casting de télévision. Le nombre impressionnant de candidats dans la salle d'attente me donne mal à la tête. Je n'aime pas être seule, mais la foule m'étourdit.

Je déteste que les autres m'approchent de trop près. Ça me fait flipper.

Je dégage une mèche de cheveux de mon visage comme si tout cela ne me dérangeait pas. Le gars à côté de moi sourit. Le genre de sourire qui dit : *j'aimerais bien savoir de quelle couleur est ta petite culotte, alors si on se retrouvait après ?*

Il porte un costume sur mesure, une mallette avec une sangle est posée à côté de ses pieds gainés de cuir luxueux. Il sort son téléphone et fait défiler l'écran, jetant un coup d'œil toutes les deux minutes pour voir si je l'observe. Ce n'est pas le cas, mais je sens son regard chaque fois qu'il vérifie et cela n'arrange pas ma paranoïa.

La femme à côté de moi, environ mon âge, mais beaucoup plus classe dans une jupe évasée avec une veste courte assortie, est moderne et sophistiquée. Je suis complexée par ma jupe crayon trop large et mon sac à main ruiné.

Je le fourre sous mon siège d'un coup de talon et croise les mains sur mes genoux. Qu'est-ce qui m'a pris de poser ma candidature à ce poste ? Tous ceux qui attendent leur entretien boxent dans une autre catégorie. *Idiote, idiote…* je n'ai rien à faire ici.

Le responsable du recrutement a fixé des rendez-vous rapprochés pour tester chaque candidat au cours d'un entretien rapide de dix minutes. Arrivée en avance, je suis sérieusement tentée de repartir. Il est impossible que le directeur me rappelle après m'avoir rencontrée et avoir vu ma tenue vestimentaire. Et une fois qu'il aura passé en revue mon expérience ? C'est fini. Je n'avais aucune raison de postuler pour ce travail. C'était une perte de temps.

— Mira Frasier ?

Je sursaute en entendant mon nom. Comme beaucoup de Washoe, j'ai un nom de famille aussi européen que les gens qui ont volé notre terre. C'est l'histoire de ma vie, le cul entre deux chaises. Comme ici, maintenant.

Pendant un moment, je réfléchis à mes options. Fuir ? Pas vraiment mon style. Je suis plus du genre à affronter la situation, quelles qu'en soient les conséquences. Mais pour l'instant, la fuite semble une bonne alternative à l'humiliation extrême et la perte du peu de fierté qu'il me reste.

Puis je me souviens de l'argent que je dois… ct pourquoi je vis avec Tyler. Ouais, je ramperais pour avoir ce boulot.

J'inspire à fond et je me lève, lissant les plis de ma jupe. Le dragueur balade les yeux sur mon corps, me matant le cul quand je me penche pour ramasser mon sac. Je l'emmerde, lui et tous les yuppies BCBG de la salle d'attente. C'est la tête haute que je suis l'hôtesse dans un grand couloir.

Elle porte un tailleur marine ajusté qui bouge à peine quand elle marche, mais ses cheveux sont d'une teinte démente, un rouge foncé, presque violet. Elle est raccord avec l'environnement et le business limite obscène des casinos. Nous tournons au bout du couloir. Une femme se tient à l'entrée d'un grand bureau, et m'accueille avec un sourire affable. Je suis étonnée. D'après mon expérience, la plupart des directeurs sont des hommes, vautrés derrière un bureau imposant, qui s'attendent à être servis.

La directrice fait à peu près ma taille, donc dans la moyenne. Sa silhouette est légèrement plus ronde, mais elle possède toutes les courbes que les hommes apprécient. Elle a des cheveux soyeux, blond châtain, et des yeux brun doré. Superbe coloration. J'ai toujours trouvé joli le mariage du blond avec les yeux marrons.

— Salut Mira, je suis Hayden Tate, la nouvelle directrice des ressources humaines.

Elle me tend la main et je la serre. Je la suis dans la pièce et m'assieds face à son bureau de taille modeste et sans prétention.

Les murs des deux côtés de la pièce sont tapissés d'étagères qui croulent sous les bouquins, et il y a d'autres livres empilés sur le sol. Sur un mur, une peinture abstraite colorée tranche avec la déco du Blue. Je me demande si c'est un tableau que Hayden Tate a apporté de chez elle. C'est un portrait abstrait dans les rouge et brun du torse d'une femme qui se tient le ventre, les épaules arrondies. Aucun des tableaux du Blue ne figure un personnage. Ce ne sont que des gribouillis ou des taches, ou des traits de pinceaux sur la toile qui se revendiquent de l'art abstrait. Ce tableau est cru quelque part. On ne sait pas si la femme se relève ou s'effondre.

— Désolée pour la foule là-bas, dit Hayden en s'asseyant alors que ma nervosité s'apaise. Ce service a subi des départs massifs ces derniers temps.

Elle détourne le regard et redresse une pile de papiers d'un geste raide.

— On accélère le processus d'embauche pour le poste d'assistante, qui nécessitera sans doute de travailler le soir et le week-end, en fonction des activités du casino. Ça serait un problème pour vous ?

Je secoue la tête.

— Non. J'ai l'habitude des horaires à rallonge. Et je peux travailler le week-end.

J'ai trop de temps libre maintenant que Lewis voit Gen. J'apprécie que Cali me laisse loger chez elle, et je me suis même habituée à l'idée de vivre avec Tyler. Mais depuis qu'il est en mission Don Juan, toute excuse pour ne pas être dans les parages me convient.

Hayden étudie mon visage, et il me faut toute la volonté du monde pour ne pas gigoter.

Elle jette un œil à la feuille de papier devant elle sur le bureau.

— Il est écrit ici que vous avez travaillé dans un casino

local pendant les quatre dernières années. Vous êtes passée du poste d'hôtesse à celui de croupière.

Elle lève les yeux.

— Je vois deux autres postes entre ceux de croupière et d'hôtesse, chacun avec des niveaux de responsabilité croissants.

Pour ne pas m'ennuyer, j'ai cherché de nouveaux emplois représentant un défi pour moi. Et j'ai eu besoin de plus en plus d'argent au fil des ans pour aider ma mère.

— Il s'agit d'un poste administratif, poursuit Hayden. Ça ne veut pas dire qu'il n'y a pas de possibilités d'avancement, mais je veux que vous compreniez les critères de mon offre.

Elle énumère les tâches liées au poste qui, je dois l'avouer, sont du chinois pour moi.

— Je comprends, dis-je en hochant la tête comme si c'étaient des tâches que je pouvais assumer.

— On manque de personnel aux ressources humaines, ainsi qu'à l'hôtellerie. L'assistant que j'embauche jonglera entre les deux services jusqu'à ce qu'un remplaçant soit trouvé pour le service d'hôtellerie.

Je vais occuper deux postes pour lesquels je n'ai aucune expérience ? Peu importe, je n'ai aucune chance d'obtenir le job. Mon CV montre clairement que je n'ai pas les compétences requises. Elle doit tenir le même discours à tous les candidats.

— Maintenant que vous savez ce que je recherche, parlez-moi un peu de vous, Mira. Pourquoi voulez-vous passer de la salle de jeu aux étages de la direction ?

Je lui raconte des conneries sur le fait que j'aimerais un poste aux possibilités d'évolution plus importantes.

— C'est très bien, dit-elle. Je garderai votre candidature sous la main quand je conclurai la première série d'entretiens.

Hayden s'est montrée sympa, mais tout cet entretien semble écrit, comme si elle suivait un script. J'espérais avoir une chance pour le poste, mais au fond de moi, je n'y ai jamais cru. Pas après avoir vu mes concurrents dans le hall.

Je vais devoir trouver un autre plan. Cette piste est un fiasco.

Quelqu'un gratte à la porte du bureau. Hayden lève les yeux.

— Drake, dit-elle en guise de salut, affichant un sourire rigide.

Je ne connais pas Hayden, mais je perçois son malaise en voyant l'homme qui se tient dans l'embrasure de la porte.

Elle l'a appelé Drake. Ça ne peut pas être le même Drake que celui dont Gen m'a parlé ; il est censé être en arrêt de travail.

— Bonjour.

Drake jette un coup d'œil rapide à Hayden, puis son regard se pose sur moi.

C'est plutôt un bel homme. Il porte un costume sombre avec une cravate rayée bleue qui fait paraître ses yeux ambrés un peu trop démoniaques à mon goût. Son regard m'évalue sans gêne, un examen complet. Pire que celui du type dans la salle d'attente, car il y a une dimension possessive derrière de regard de cet homme. Comme s'il croyait qu'il pouvait m'avoir quand il voulait.

Ces pensées inquiétantes me traversent l'esprit, mais ce n'est pas pour ça que mon estomac se retourne et que mes mains sont moites. C'est l'homme qui s'approche de Drake devant la porte de Hayden qui happe toute mon attention et me terrifie.

Je suis à deux doigts de sauter par-dessus le bureau et

de déplacer n'importe quel objet imposant entre moi et ce type.

Parce que je le connais.

L'homme à la veste en jean.

La brute qui m'a coursée dans les bois, plaquée au sol, écrasée sous lui, puis qui m'a tabassée. *Cet* homme à la veste en jean.

Veste-en-Jean marmonne quelque chose à l'oreille de Drake tout en louchant sur moi, et le regard de Drake devient encore plus impudique, si c'est possible. Il sourit, mais c'est un sourire narquois, comme s'il connaissait tous mes secrets, comme Tyler. Seulement j'ai bien plus confiance en Tyler qu'en ce Drake, ce qui en dit long, car Tyler est sur ma liste noire.

— T'es ici pour un entretien d'embauche, *Mira* ? dit Drake.

Il m'appelle par mon prénom bien que nous n'ayons pas été présentés. Parce qu'il me connaît, ou parce que Veste-en-Jean lui a dit quelque chose ?

Je dois me barrer d'ici. *Tout de suite.* Je regarde autour de moi, mais je peux soit me recroqueviller dans un coin derrière Hayden, soit me faufiler en courant entre les deux armoires à glace qui barrent la porte. Autrement dit, c'est du suicide. Impossible d'échapper à la situation sans confrontation.

Les yeux de Hayden vont de Drake à moi.

— Vous vous connaissez ?

— Si on veut, répond évasivement Drake.

Je sens le regard de Hayden sur moi. J'ai le visage rouge et je ne veux pas regarder Drake ou Veste-en-Jean. Elle fait le tour du bureau et se place devant moi d'une manière presque protectrice.

Quel est le rapport entre ce Drake et l'espèce de salopard maléfique à côté de lui ? Ça n'a pas de sens.

Gen et Tyler m'avaient avertie de ne pas venir ici. Postuler pour ce travail est peut-être la pire décision que j'ai prise jusqu'à présent. Parce que si c'était pour tomber sur Veste-en-Jean, j'aurais mieux fait de rester chez moi. Ou de quitter le pays.

Mais je n'ai nulle part où aller. Personne vers qui me tourner…

Garde ton calme. Rien ne sert de courir… Je n'aurai jamais ce boulot. Je dois juste attendre la fin de l'entretien. Veste-en-Jean ne m'attaquerait pas dans un lieu public, n'est-ce pas ? *N'est-ce pas ?*

— Mira se présente au poste d'assistante, dit Hayden.

Merde, ne lui dis pas ça. Ces hommes n'ont pas besoin d'en savoir plus sur moi qu'ils n'en savent déjà.

Elle relève le menton.

— C'est une solide candidate et je suis heureuse de la recevoir aujourd'hui.

Non, non, non ! Je ne suis pas une solide candidate. Qu'est-ce qu'elle raconte ? Elle ne fait qu'empirer la situation.

— Mais mon entretien est fini, dis-je de but en blanc en attrapant mon sac. J'allais partir.

J'essaie de contourner Hayden.

Elle fixe Drake d'un œil noir.

— Vous savez, Mira, dit-elle en reportant son attention sur moi. Je commence à penser que vous êtes la candidate idéale pour le poste.

Ma mâchoire se décroche. Hayden fixe Drake.

— Vous êtes aussi qualifiée pour ce poste que je l'étais pour le mien.

Je regarde Drake, puis Hayden. Il se passe quelque chose. Et je suis certaine de ne pas vouloir en faire partie.

— Tu as l'intention d'engager une assistante sans qualifications, Hayden ? ironise Drake.

Normalement, j'aurais été offensée par cette déclaration, vraie ou non. Mais il est hors de question que j'intervienne dans ce merdier.

Hayden croise les bras.

— Ce ne serait pas la première fois. Et on ne peut pas juger du mérite d'un candidat à partir d'un bout de papier. Certains ont des qualités cachées qu'un diplôme ne reflète pas. Tu n'es pas d'accord, Drake ?

Il ne sourit pas. Il la fusille du regard et je ressens le besoin urgent de *la* protéger cette fois.

Je n'ai jamais été protectrice. Je me fous de tout le monde, qu'ils aillent au diable. Enfin, sauf Lewis. D'accord, et Zach aussi… et les Sallee. D'accord, il y a quelques personnes à qui je tiens.

— N'importe qui peut obtenir un diplôme universitaire, mais je cherche une personne avec une éthique et des règles morales. C'est plus important, continue Hayden.

Drake sourit sournoisement et brosse des peluches invisibles sur la manche de son manteau.

— Si tu le dis, Hayden. Viens me voir quand tu auras fini.

Il s'en va.

Veste-en-Jean ne le suit pas immédiatement. Il sourit, en me regardant fixement.

— On se reverra, Mira.

Et merde. Peut-être que je devrais songer sérieusement à quitter la ville. L'idée me séduit de plus en plus.

Hayden traverse le bureau et ferme la porte derrière les deux hommes, puis s'adosse contre le bois.

—Je peux être franche avec vous ?

Franche ? Dans quoi me suis-je fourrée ? Je ne veux pas qu'elle soit franche, je veux me barrer d'ici. Je suis dans un monde tordu. Sans queue ni tête. Cet endroit est censé être un établissement professionnel, pas un repaire de tueurs à gages.

Hayden continue de parler avant que je ne trouve un moyen de la décourager.

— Je suis nouvelle ici. Toute nouvelle, dit-elle en regagnant son siège. Ils viennent de m'engager pour remplacer le directeur des ressources humaines qu'ils ont viré, débite-t-elle à toute allure en mangeant les mots. J'ai trouvé étrange d'être embauchée ici juste à la sortie de l'école de commerce. Ce poste devrait normalement revenir à un candidat diplômé, avec plusieurs années d'expérience pratique, mais ce n'est pas ce qu'ils ont fait. Ils avaient besoin de quelqu'un tout de suite. Et ils m'ont engagée.

Elle s'assied et me fait signe de l'imiter. J'obéis à contre-cœur, reprenant ma place en face d'elle.

— Après avoir accepté, pensant que j'étais la fille la plus chanceuse du monde, j'ai découvert pourquoi le poste était vacant et pourquoi ils avaient besoin de le pourvoir si rapidement.

Elle se penche vers moi et baisse la voix.

— Le casino fait l'objet d'une enquête pour harcèlement sexuel. Le dernier directeur des ressources humaines n'a pas donné suite à de multiples plaintes concernant l'un des cadres de la direction.

Le regard de Hayden se dirige vers la porte, disant silencieusement ce qu'elle ne veut apparemment pas admettre à voix haute, mais que j'ai déjà compris. Drake est le cadre en question.

— Honnêtement, je suis comme vous, dit-elle d'un ton conspirateur. J'ai la bonne attitude et la motivation. J'ai du cran, mais je n'ai pas les qualifications requises pour le poste. La direction s'en fichait. Ils m'ont engagée parce que je suis une femme et qu'ils devaient rapidement redorer leur blason. Et parce qu'ils pensaient que je serais malléable.

Elle sourit sans humour.

— J'incarne les efforts et le visage des Relations Publiques du Blue Casino pour sauver la réputation de l'entreprise.

— Vous êtes une femme, donc ils ne peuvent pas être misogynes s'ils vous engagent à un poste de direction, dis-je en retournant son sarcasme.

Elle se rassied.

— Exactement.

Ce n'est pas du tout ce que j'avais prévu en venant aujourd'hui. Je m'étais préparée à un entretien gênant en raison de mon manque de qualifications. Je n'avais pas prévu ce résultat. Tomber sur Drake – *le* Drake. Tomber sur mon agresseur des bois. Ça fait beaucoup.

— Je suis navrée pour vous, Hayden. Sincèrement.

Je m'apprête à lui dire que je ne peux pas travailler ici, même si elle me voulait vraiment et ne se contentait pas de narguer Drake, mais je ne peux pas m'empêcher d'ajouter :

— Vous devriez peut-être envisager de démissionner. J'ai l'impression que vous travaillez avec une belle bande d'enfoirés.

Hayden éclate de rire.

— Mira, vous êtes parfaite.

— Pardon ?

J'ai juré et insulté son employeur. Elle est folle ?

— Je cherche plus qu'une assistante. Je cherche quelqu'un qui a la tête sur les épaules. Quelqu'un qui peut prendre des initiatives, qui a les bonnes réactions en situation de stress. Ces recommandations, dit-elle en tapotant le papier devant elle, indiquent le genre de personne que je recherche. Maryanne Boeman est très respectée dans ce casino, et elle vous a chaudement recommandée. Sa lettre de référence est dithyrambique.

Bon sang, comment Gen a fait ça ?

— Votre expérience professionnelle dans un grand casino est également utile.

Non, elle ne va pas conclure que…

Hayden croise les mains sur son bureau.

— Mira, j'aimerais vous embaucher comme assistante.

Chapitre Quinze

Quand Hayden me propose le poste, je dis la première chose qui me vient à l'esprit.

— Pourquoi voudriez-vous m'engager ? je demande en pointant un doigt vers la porte. Vous avez entendu Drake. Il a dit que j'étais *sans qualifications*.

Je ne connais pas Drake, mais j'ai l'impression que lui me connaît ou sait des choses sur moi.

Merde. Pourquoi fallait-il que Veste-en-Jean soit ici aujourd'hui ? Il portait une tenue décontractée. Je ne pense pas qu'il travaille au Blue. Ou peut-être que si, mais pas à l'étage des bureaux.

Ça ne présage rien de bon.

— C'est bien pour ça que je vous veux, répond Hayden.

C'est l'entretien le plus bizarre que j'ai jamais passé.

— Écoutez, poursuit-elle, je ne sais pas ce que Drake manigance, mais j'ai de sérieux soupçons. Il est dans les bureaux pour quelques jours pour transmettre en personne les subtilités de son poste de direction. Il ne devrait pas du tout être là, mais le PDG a un faible pour lui. Il pense que les poursuites vont être abandonnées. Mais même le directeur ne peut pas l'autoriser à travailler pendant l'enquête de police.

Elle me regarde comme si elle plaidait une affaire. Ce qu'elle ne sait pas, c'est qu'il m'est impossible d'accepter son offre. On perd notre temps toutes les deux.

— Vous manifestez une bonne dose de méfiance envers Drake, ce qui fait de vous une solide candidate pour le poste. Si Drake s'en sort au tribunal, vous ne vous laisserez pas subjuguer par sa personnalité, contrairement à beaucoup de femmes dans ce casino.

Oh, voilà qui attire mon attention.

— Les femmes *apprécient* ce type ? Après ce qu'il a fait ?

— Pour autant que je sache, oui. Un bon nombre.

Qu'est-ce qui cloche chez ces nanas ?

Je secoue la tête et me concentre sur le principal problème. Je ne peux pas accepter ce boulot. Je ne peux pas être au même endroit que ces types. Mais je m'en tiens à un argument logique.

— Vous avez vu mon CV. Je n'ai pas de diplômes, et je n'ai jamais travaillé dans un bureau.

— Vous êtes qualifiée dans tous les domaines où j'ai besoin que vous le soyez, dit-elle en se rasseyant, avec un regard déterminé qui m'effraie. Je fais confiance à quiconque se méfie de Drake. Vous êtes intelligente et bosseuse, sinon vous n'auriez pas gravi les échelons dans les casinos où vous avez officié. Je peux vous former, et je préfère former quelqu'un qui a ma confiance.

Oh mon Dieu, elle est sérieuse.

Mais non. Impossible. Je ne peux pas accepter sa proposition.

— En plus, ajoute-t-elle avec un sourire diabolique, vous êtes une femme, ce qui devrait plaire à la direction.

C'est mieux pour l'image. Et assez lucide pour ne pas vous laisser manipuler par cet homme.

Elle pointe un doigt vers la porte.

— Sans parler des autres types comme lui dans l'entreprise.

— Il y en a d'*autres* ?

Gen a évoqué cette possibilité. Ça semblait difficile à croire, mais maintenant…

— Oh, une tripotée.

Hayden fait une pause.

— Mais peut-être que je ne devrais pas vous le dire.

— Non, ne vous inquiétez pas. Ça n'a pas d'importance. Je ne peux pas accepter ce travail.

Elle sourcille, son expression révélant pour la première fois une incertitude, qu'elle balaie aussitôt.

— Quelles que soient vos réserves, je les dissiperai.

Hayden est jolie, féminine et elle a une voix délicate, mais c'est une dure à cuire.

J'aimerais pouvoir travailler pour elle. Elle serait une patronne cool. Je respecte le fait qu'elle ne veuille pas s'écraser devant ces abrutis, mais je secoue la tête.

— Je ne peux vraiment pas. Et même si je pouvais…

Je jette un coup d'œil vers la porte. Même si Drake est sur le départ, il n'y a pas moyen que je travaille dans un endroit où Veste-en-Jean traîne ses guêtres.

— En tant que directrice, j'ai de l'influence, peu importe ce que Drake vous a fait croire avec ses tactiques d'intimidation. Je suis désolée pour cette interruption. Il aime rabaisser les autres. Mais il ne me fait pas peur, et le casino doit soutenir mes décisions. Je suis garante de leur image. Si nous travaillons en équipe, vous et moi, nous formerons des alliances avec d'autres collègues dignes de confiance pour changer les choses ici.

Ça ne semble pas professionnel, ça semble fou. Il y a

quelque chose de fondamentalement mauvais dans cet endroit, compte tenu des allégations d'agression – que je sais factuelles –, et de la présence dans les bureaux de la brute épaisse qui m'a tabassée dans les bois. Mais cette déclaration en elle-même, *d'autres collègues dignes de confiance*, laisse penser qu'une guerre fait rage au Blue. Le bien contre le mal. C'est quoi ce boxon ?

Hayden ne baisse pas les bras, donc je vais être directe.

— Sincèrement, Hayden, je vous remercie de m'offrir le poste. Je sais que ce serait une sacrée promotion pour moi, mais ça n'a pas d'importance. Drake est la raison même de mon impossibilité de travailler ici. Cet homme avec qui il était… je ne peux pas être près de lui. En fait, je dois rester aussi loin de lui que possible.

— Je comprends, dit Hayden, bien que son expression dise le contraire.

Elle ne peut pas comprendre. Mon argument est vague. Je ne lui ai donné aucune information pertinente. Et je n'en donnerai pas.

Une lueur apparaît dans ses yeux. *Merde.* Je n'aime pas ce regard. Combatif.

— Mira, Drake ne fera plus partie du paysage pendant un moment. Et si je m'assure que l'autre homme ne revienne pas non plus ?

Je ne devrais pas l'encourager, mais je suis curieuse.

— Vous pouvez faire ça ?

— Oui.

Je ne peux pas envisager d'accepter ce travail. Avec Drake qui peut passer de temps en temps, un homme en lien avec Veste-en-Jean ?

Je secoue la tête. Trop dangereux.

— Et je vous offre une prime à la signature, ajoute-t-elle. Que diriez-vous de cinq mille dollars ?

Ahhh, merde. Juste *merde.*

De tout ce qu'elle aurait pu dire pour me convaincre d'accepter le poste, des trucs que je pourrais facilement refuser, il faut qu'elle sorte le seul argument qui change tout.

En rentrant au chalet, je trouve Tyler qui fait les cent pas dans le petit salon comme Lewis la nuit où Tyler m'a ramenée ici. Pire, il est habillé et ses cheveux sont peignés.

Le monde ne tourne pas rond.

Les cheveux de Tyler sont perpétuellement en bataille, et il porte rarement une chemise à la maison, du moins depuis que je suis là. Ça ne m'étonnerait pas qu'il se trimballe à moitié à poil juste pour me faire rager. Mais ce look professionnel ? Il se passe quelque chose.

— Où étais-tu ? demande-t-il comme s'il ne connaissait pas déjà la réponse à cette question.

Je pose mon sac miteux.

— Tu as subi un traumatisme crânien pendant mon absence ? Tu sais où j'étais. J'ai passé un entretien d'embauche.

— Au Blue. Tu es restée là-bas tout ce temps ? s'étonne-t-il.

C'est quoi, l'Inquisition ? Je me remets à peine de ce qui s'est passé au casino. Je n'ai pas besoin que Tyler me cherche des poux.

— Oui.

J'enlève mes talons et me rends pieds nus dans la cuisine pour me servir un verre d'eau. Quand je me retourne, Tyler est face à moi et me coince contre l'évier.

J'inspire, ce qui me fait inhaler son odeur, un mélange de Tyler et de savon. L'odeur que j'aime.

Pour une fois, il recule comme s'il se rendait compte

qu'il se tient trop près de moi, ou peut-être détecte-t-il les étincelles que mon corps produit.

— T'es partie longtemps. Il s'est passé quelque chose ?

Je hausse les épaules. Si je réponds non, ce serait un mensonge éhonté, et bizarrement, je n'ai pas envie de mentir à Tyler. Il est doué pour repérer les bobards. C'est drôle, il est le seul que je ne peux pas mener en bateau.

— Que veut dire ce haussement d'épaules ?

— Rien, dis-je en le poussant pour me diriger vers ma chambre. Enfin, oui, il s'est passé quelque chose, mais rien d'important.

Tyler me suit et s'appuie contre l'embrasure de la porte, arborant une expression grave.

— C'est à moi de décider si c'est important ou pas.

Mes doigts s'immobilisent sur le bouton du col de mon chemisier. Je suis émoustillée par ses mots, ce côté protecteur et viril. Aucune hésitation dans sa voix. Il pense vraiment savoir ce qui est bon pour moi. Mais le gentil Tyler me manque, surtout quand ce côté mâle alpha contrarie mes projets.

— Tu permets ? Je me change.

Le regard de Tyler se pose sur mes mains qui déboutonnent la chemise et il cligne des yeux. Il se retourne, croisant ses bras avec raideur.

— N'essaie pas de noyer le poisson, Mira. Je n'ai pas le temps de jouer à ça. Passer un entretien au Blue était une connerie à la base. Puis tu y vas et tu restes là-bas pendant deux heures ? Je veux savoir pourquoi.

Je finis d'enfiler un jean et un t-shirt et lance un regard noir… à son dos.

— Comment ça, tu n'as pas le temps ? Tu n'as pas de boulot. Ce n'est pas le temps qui te manque. Et pourquoi tu veux savoir ? Tu étais inquiet pour moi, Tyler ?

C'est ironique. Évidemment. Tyler ne s'inquiéterait jamais pour moi.

Il se retourne lentement, le visage déformé par un sourire grincheux et sardonique, qui est sexy à mort. Le souvenir de sa bouche sur la mienne surgit dans mon cerveau… Je secoue la tête pour chasser cette image.

— Non, je n'étais pas inquiet, proteste-t-il, mais il y a une pointe d'hésitation dans sa voix. Seulement je ne veux pas être tenu responsable s'il t'arrive quelque chose. Alors tu dois arrêter de prendre des décisions idiotes.

Je lève l'index.

— Tu viens de me traiter d'idiote ?

Il tambourine du pouce sur le montant de la porte, mais ne s'excuse pas.

— Je n'ai pas besoin d'un garde du corps.

Je m'avance vers lui pour sortir de la chambre, mais il ne bouge pas, et son corps occupe tout l'espace de la porte.

— Tu permets ? dis-je aux biceps lisses qui dépassent de la manche courte de sa chemise et me bloquent le passage.

Si je n'étais pas si énervée, j'admirerais volontiers son bras musclé. Mais le membre incriminé appartenant à Tyler, j'ai envie de le mordre.

Bon sang, il est exaspérant.

— Bouge de là, je grogne.

Des mains puissantes me saisissent les épaules et me poussent jusqu'à ce que l'arrière de mes genoux heurte le lit et que mes fesses atterrissent sur le matelas.

— Pas avant qu'on ait une petite discussion, Mira.

Un frisson m'électrise la colonne vertébrale et se niche dans mon bas-ventre. Tyler s'assied à côté de moi. Je ravale un soupir. Il est trop près. Ça a été une journée de merde et je suis vulnérable.

— Dis-moi ce qui s'est passé au Blue, murmure-t-il d'une voix douce.

Cette voix, sa présence apaisante, c'est ce qui m'a attirée chez lui il y a des années. Et c'est dangereux. Il n'y a qu'à voir où ça nous a menés.

— Rien, je réponds obstinément.

Un doigt se glisse sous mon menton, levant mon visage vers une mâchoire masculine sans rapport avec le jeune garçon que j'ai connu.

— Dis-moi.

Mon regard remonte sur son visage, attiré par des yeux auxquels je n'ai jamais pu résister, dont la force et la sincérité sont aussi fascinantes aujourd'hui qu'il y a six ans.

— J'ai accepté le poste.

Chapitre Seize

TYLER

Quoi ? Elle n'est pas sérieuse, j'espère.

— Comment ça, tu as accepté le poste ? Tu as passé un entretien, Mira. Les casinos comme le Blue n'embauchent pas aussi vite. Qu'est-ce que t'as encore fait ?

— Mon Dieu, Tyler ! Qu'est-ce que tu insinues ?

Elle me pousse et se relève, puis entre dans le salon en me frôlant.

Je n'ai pas perdu la main. Sauf que d'habitude, quand les filles invoquent les cieux, c'est que je fais un truc qui les excite, et elles emploient des exclamations comme *oh, mon Dieu* et *oh, Seigneur* mélangés à des petits cris *encore, encore.* Mais ça n'est pas arrivé depuis longtemps, car en dépit des apparences, je ne me suis pas envoyé en l'air depuis des siècles.

J'emboîte le pas à Mira, qui pivote pour me faire face.

— C'est si difficile de croire que quelqu'un veut de moi ?

Sa voix est forte, mais ses yeux trahissent sa vulnérabilité.

Elle pense que personne ne veut d'elle ? Elle est folle ? Tout le monde veut Mira.

Je tente d'apaiser ma colère, contre elle, contre moi-même.

— Tu ne peux pas accepter ce travail, Mira.

Elle me foudroie, ses yeux lancent littéralement des éclairs. Elle est belle, putain.

— Je peux. Je l'ai fait.

Ce n'est pas ce que j'ai envie d'entendre. Et je ne veux pas qu'elle fasse sa tête de mule.

Je me pince l'arête du nez. Je dois me ressaisir. Je trouverai une solution si j'arrive à me calmer pour réfléchir.

Mira a besoin d'un travail mieux rémunéré que son boulot actuel. Je comprends ça. Je repousse l'idée qu'elle ait pris ce boulot au Blue juste pour me faire chier. Gen et Cali s'y sont fait harceler sexuellement, et pourtant Mira se fait embaucher là-bas ? Elle sait que c'est l'endroit le plus dangereux où travailler. Mais lui dire ce qu'elle doit faire n'est pas efficace non plus. Elle fera exactement le contraire.

Je dois la combattre sur son propre terrain. Elle s'attend à ce que je lui donne des ordres et me comporte comme un gros con, car c'est ce que j'ai fait jusqu'à présent. Et je dois avouer que ça a foiré.

Alors je vais faire l'opposé.

Donc la féliciter pour son embauche ? Putain, *réfléchis*.

Je dois la protéger ; merde, ça vient d'où cette idée ? Je dois m'assurer qu'elle ne court aucun danger. Le seul moyen de la faire partir de chez Cali, c'est de veiller à ce qu'elle ne risque rien ailleurs.

Je fais craquer mon cou et me passe la main sur le visage. Très bien. Je ne vais rien dire sur son nouveau job. J'ai un plan B. Heureusement que je n'ai pas perdu de temps après son départ ce matin. J'ai passé quelques coups de fil et avancé des pions pour que Mira n'ait pas d'ennuis.

Je prends mes clés sur le comptoir, j'enfile mes Vans et noue les lacets.

Mira me suit du regard.

— Où vas-tu ?

Ah, elle aimerait bien le savoir ? OK, je vais lui dire. Puis la laisser ruminer.

— Au Blue Casino.

— Quoi ? Je te l'interdis, Tyler. J'ai besoin de ce boulot. Elle me rattrape alors que j'arrive à ma voiture.

J'ouvre la portière rouillée d'un coup sec et me tourne vers elle, prenant en plein cœur la rougeur de ses joues et la beauté intense de son regard qui font en général fondre ma détermination, mais pas aujourd'hui.

— Ne t'inquiète pas Mira. Il ne s'agit pas de ton travail. J'ai quelque chose d'autre à faire au Blue.

———

Mira

Je n'ai jamais découvert ce que Tyler avait à faire là-bas, mais cela n'a pas d'importance, car j'ai reçu par courrier une offre officielle pour le poste d'assistante. Son intervention n'a pas compromis mon avenir professionnel.

J'ai passé les derniers jours à me préparer pour mon nouveau poste. Je suis allée au travail, leur ai expliqué la situation et ils m'ont laissée partir, comme mes collègues l'avaient prédit. Ma boss était déçue, mais elle a compris l'attrait d'une augmentation de salaire. Lewis n'était pas heureux non plus, mais une fois que je lui ai assuré que Drake était en congé forcé jusqu'aux conclusions de l'enquête sur les accusations de harcèlement, il s'est détendu.

Lewis est sûr que la justice va le clouer au pilori et qu'il ne s'en sortira pas indemne.

La seule chose qui m'inquiète maintenant, c'est le comportement de Tyler. Il est bizarre, il disparaît pendant des heures. C'est mieux si on reste loin l'un de l'autre, mais il y a un truc qui cloche. Tyler est passé du mode « je me mêle de tes affaires » au mode « fais ce que tu veux. » Cela éveille ma méfiance. Je ne sais pas s'il est fâché ou s'il prépare un coup tordu.

Il ne comprend pas ma situation. Je ne pouvais pas refuser la somme qu'Hayden m'a proposée. La prime de cinq mille dollars couvre presque la moitié de ma dette restante. Ce qui a scellé mon sort, c'est le salaire annoncé. Presque le double de ce que je gagnais comme croupière. Je ne pouvais *pas* me permettre de refuser le poste.

Tyler a peur que je m'attire des ennuis, mais ça va le faire. J'aurai remboursé ma dette en un rien de temps. Ensuite je pourrai déménager et il sera débarrassé de moi. Merde, il va même me remercier.

J'arrive au casino plus nerveuse que jamais, encore plus que pour l'entretien d'embauche. Je ne veux pas me planter, et même si Hayden a gonflé mon ego en expliquant pourquoi elle voulait m'engager, j'ai peur de la décevoir.

J'entre dans l'ascenseur en me concentrant pour me calmer et ne pas avoir l'air d'une novice débile, quand un bras se glisse entre les portes. Un agent de sécurité entre dans la cabine.

Pas n'importe quel agent de sécurité.

Tyler.

— Qu'est-ce que tu fous là ? je chuchote sèchement. Et pourquoi tu portes cette *tenue* ?

Je n'ai jamais fantasmé sur les agents de sécurité ; les pompiers, euh, oui, j'avoue, mais les vigiles ? Non, dans la famille des beaux gosses en uniforme, ce ne sont pas ceux qui me bottent le plus. Ils occupent le dernier rang dans la hiérarchie de mes préférences.

Mais la tenue de Tyler épouse ses épaules musclées et son torse. La chemise cintrée est rentrée dans la taille étroite du pantalon moulant et—je jette un coup d'œil discret—ça lui fait un cul d'enfer.

C'est un vigile canon. Et il travaille ici. Manifestement. L'enfoiré. Il m'a bien eue.

— Je pourrais te poser la même question. Oh, c'est vrai, dit-il en penchant la tête sur le côté au moment où les portes se ferment. Je l'ai déjà fait.

Je me mords la lèvre, réprimant l'envie de taper du pied.

— Tyler, ce n'est pas drôle. Je suis dans la galère et ce boulot est ma porte de sortie.

Il glisse nonchalamment la main dans la poche de son futal sexy de vigile.

—Je te l'ai dit, Mira : il est dans mon intérêt de veiller à ta sécurité pour que tu puisses déménager. Donc je ne laisserai rien t'arriver tant qu'on habitera ensemble.

Toute ma colère s'envole.

— Pourquoi ? On sait tous les deux ce que tu ressens pour moi. Alors pourquoi tu le fais ?

Il louche sur la robe portefeuille rouge que j'ai empruntée à Cali, son regard s'attarde sur mes jambes. Il hausse les épaules.

— Tu sais ce que je ressens pour toi ?

Je pensais le savoir, mais à la façon dont il me reluque et dont ma poitrine monte et descend rapidement… je suis confuse.

Tyler sent peut-être qu'il m'attire, et il est possible que je l'attire aussi, mais il ne passera jamais à l'acte. Il ne me fait pas confiance, et il m'a clairement fait comprendre qu'il était passé à autre chose.

Les étages défilent sur le pavé numérique avant de se stabiliser. Les portes de l'ascenseur s'ouvrent.

— Tu m'as utilisé, ce qui ne m'a pas dérangé d'ailleurs, dit-il en me faisant un clin d'œil. Mais je n'ai vraiment pas envie de vivre avec toi. Sans vouloir t'offenser.

— Je ne t'ai pas utilisé, je proteste en avançant vers la réception.

Je voulais faire l'amour avec Tyler, parce que j'étais jeune et que je croyais l'aimer. Bien sûr, il ne le sait pas. Il pense que j'ai couché avec tout le monde.

Tyler allait quitter la ville. Il s'est comporté comme un salaud avec moi, m'accusant de coucher avec d'autres mecs. J'ai utilisé ça comme l'excuse dont j'avais besoin pour m'enfuir et protéger mon cœur. Pour le quitter avant qu'il ne me quitte.

— Peu importe que tu m'aies utilisé ou pas. J'étais consentant, dit-il.

Nous nous arrêtons devant la réception, nous jaugeant mutuellement.

— Je peux vous aider ? demande l'hôtesse d'accueil.

Il me faut une seconde pour percuter qu'elle s'adresse à nous.

— Je suis Mira Frasier, la nouvelle assistante de Hayden Tate.

— Et moi Tyler Morgan. Nouveau gardien de l'étage.

Le regard de la réceptionniste passe de moi à Tyler, et se pose furtivement sur son torse puissant mis en valeur par l'uniforme.

— On n'a jamais eu de vigile à l'étage, mais vous arrivez au bon moment. Ils ont renvoyé quelqu'un ce matin, et il faut l'escorter vers la sortie. Vous pensez pouvoir vous en occuper ?

— Je suis là pour ça, répond Tyler se fendant d'un sourire charmeur.

L'hôtesse sourit à en craqueler la couche de maquillage qu'elle porte.

J'ai envie de vomir.

— Par ici, M. Morgan.

Son sourire s'efface.

— Mlle Frasier, attendez ici, je vous prie. Je vais prévenir Mlle Tate de votre arrivée.

J'ai envie de lui dire que ce n'est pas nécessaire, car je me souviens du chemin pour aller au bureau de Hayden, mais je me tais et m'assieds. Violet—ce n'est pas son vrai nom, mais c'est ainsi que je l'appellerai dans ma tête à partir de maintenant—est trop distraite par le séduisant vigile pour me prêter attention.

Tyler prétend qu'il fait ça pour s'assurer que je suis en sécurité afin d'accélérer mon déménagement, mais j'ai du mal à le croire. Surtout qu'il semblait heureux de passer ses journées sur son ordinateur et ses nuits à boire de la bière et à draguer.

Je me fiche de ce qu'il pense, je n'ai pas besoin de sa protection. Et au diable Violet, partie aux abonnés absents, sans doute en train de baver sur Tyler. Je n'ai pas besoin qu'elle m'escorte au bureau de Hayden. Elle m'attend. Elle ne va pas s'étonner que je me présente à sa porte.

Je me lève et longe le couloir. En tournant au coin vers le bureau de Hayden, j'aperçois Tyler. Escortant Veste-en-Jean.

Je me fige.

Veste-en-Jean me déshabille du regard tandis qu'ils approchent. Je me colle contre le mur, les épaules appuyées sur la surface blanche et froide.

— Déjà de retour ? dit-il alors que Tyler et lui arrivent à ma hauteur.

Je ravale la boule au fond de ma gorge sèche et j'essaie

de soutenir son regard. Il passe devant moi, un sourire en coin.

Tyler s'arrête.

— Mira, ça va ?

J'opine tandis que mon cœur s'emballe. J'ignore pourquoi cette brute m'impressionne plus que tous ceux que j'ai rencontrés dans ma vie (les mômes à l'école, les ex de ma mère), mais il me terrifie vraiment.

— T'as pas l'air bien, dit Tyler en surveillant du coin de l'œil son protégé, qui progresse vers la sortie. C'est ce type ? Tu le connais ?

C'est mon expression, ou bien Tyler est médium, parce que son visage se durcit.

— C'est *lui* ? L'un des deux hommes qui t'ont attaquée ?

— Ne fais rien, dis-je soudain paniquée, ce qui est étrange, car je ne panique jamais. Je suis sérieuse, Tyler. Tu l'escortes dehors. Il s'en va. C'est un non-problème. N'aggrave pas la situation.

Je suis à deux doigts de pouvoir rembourser mes dettes. Je veux juste régler cette histoire, et ils me laisseront tranquille. Si je dénonce cet homme à la police, ça empirera la situation, non ? Lui ou son acolyte pourraient s'en prendre à moi. Ou à ma famille.

Le jeu n'en vaut pas la chandelle.

Tyler se penche en avant, me touche la taille. La pression de son contact est possessive et chaude.

— Il en a fait un problème quand il a posé les mains sur toi.

Chapitre Dix-Sept

TYLER

Cette sous-merde que le Blue vient de virer est l'un des fumiers qui ont attaqué Mira ?

L'enflure.

On m'a donné une matraque et le droit d'utiliser le spray au poivre quand je suis en service, mais j'aimerais pouvoir me faire ce type à mains nues et le défoncer. La seule chose qui me retient, c'est que si je perds mon job, je ne pourrais pas veiller sur Mira dans ce cloaque.

— Nom de Dieu, je murmure au plafond.

Respire à fond.

Mira décolle son épaule du mur. Elle garde la tête haute, mais l'effroi brille dans ses yeux.

— Tout va bien. Il est parti.

Putain non, ça ne va pas bien. Elle ne va pas bien. Je n'ai jamais vu Mira aussi effrayée. La seule autre fois où je l'ai vue dans cet état, c'était dans les bois. Putain de merde.

Je tends la main vers elle, mais elle recule et s'éloigne d'un pas chancelant dans le couloir. Elle jette un coup d'œil en direction du connard qui lui a fait peur avant de se donner une contenance et frapper à une porte. Une femme l'accueille, elle entre dans le bureau et la porte se referme.

Je me tourne vers Joe l'Enflure, bouillonnant intérieurement. J'aimerais me défouler sur ce type, mais je dois garder la tête froide.

Je trottine pour le rattraper et lui claque une main sur l'épaule.

— Doucement, mon pote. Tu ne vas nulle part sans ton escorte armée.

Je ne suis pas vraiment armé, mais ça ne me dérangerait pas de lui exploser les rotules à coup de matraque.

Il me jette un œil noir, puis regarde devant lui.

— Comment t'as dit que tu t'appelais déjà ?

Joe l'Enflure mérite de croupir derrière les barreaux pour ce qu'il a fait à Mira.

— J'ai rien dit.

Ce sera facile d'obtenir l'information du Blue.

— Cette fille là-bas ? Ne t'approche pas d'elle, dis-je.

Ce connard me fait un sourire narquois.

— C'est pas ton type. Trop de fougue. Les filles comme elle aiment les hommes à poigne.

Je serre les poings à m'en faire craquer les os. Je pensais que cet emploi serait le meilleur moyen de m'assurer que Mira était en sécurité, et j'avais raison. Regardez qui est apparu dès le premier jour : le responsable en personne de notre cohabitation forcée.

Même si ce type n'avait pas blessé Mira, je pourrais m'en servir d'excuse pour cogner. Mon sentiment de culpabilité importé du Colorado, la coloc avec Mira… je suis remonté comme un coucou. Alors la possibilité d'évacuer toute cette agressivité refoulée dans l'exercice de mes « fonctions » ne semble pas être une mauvaise idée. C'est peut-être le boulot idéal pour moi, finalement.

J'évalue le gus. Il est moins grand que moi, mais il a les épaules plus larges.

— Si tu approches les mains d'elle, je te les coupe. Littéralement.

Joe l'Enflure ricane.

— Oh, j'ai peur. Cette petite que tu protèges s'est mise dans la merde jusqu'au cou. Si tu tiens à ta peau, reste loin d'elle. Traîner avec ce genre de fille n'apporte que des emmerdes. Mais ne t'inquiète pas. Je m'occuperai de Mira le moment venu.

Je dégaine la matraque en caoutchouc et lui cingle l'arrière des genoux.

Il s'écroule par terre en riant.

— Bien joué, mon pote. T'as oublié où tu bosses ? Cette petite démonstration va te valoir la porte.

Merde, je n'ai pas pensé aux caméras de sécurité. Je ne prends pas la peine de regarder autour de moi. Peu importe. Ça valait le coup.

— Lève-toi et marche.

Il se relève en ricanant. Mon détenu ne fait pas d'autres commentaires provocateurs alors que je l'escorte vers la sortie, mais il regarde derrière son épaule en franchissant les portes en verre.

— Je n'oublierai pas de saluer Mira de ta part la prochaine fois que je la verrai.

Garde ton sang-froid.

J'expire lentement. Il me cherche. Je ne peux pas péter un plomb maintenant. Je suis un mec intelligent, pas un homme de Néandertal. Je dois prévoir comment gérer les menaces qui pèsent sur la sécurité de Mira. Me faire virer du travail qui me permet de l'avoir à l'œil ne m'aidera pas.

———

JE SUIS sûr que ma mère ferait une attaque si elle savait que je travaille au Blue. Elle a passé la majorité de sa vie d'adulte à trimer dans les casinos pour que Cali et moi ayons de vêtements à nous mettre sur le dos. Ce n'est pas ici qu'elle espérait nous voir atterrir quand elle nous a payé des études à l'université. Heureusement, je doute que Mira continue de travailler ici après son altercation avec l'enflure ce matin. Cette fille a une pulsion de mort, mais elle n'est pas idiote. Cela dit, je me sentirais bien mieux si je pouvais la voir et le confirmer. Je ne l'ai pas vue de la journée, car j'ai suivi une formation de vigile sur le terrain.

Aujourd'hui, mon patron me présente à tout le monde. Bizarrement, les gens trouvent fascinant qu'un biologiste titulaire d'un master choisisse le boulot payé au lance-pierre d'agent de sécurité. Personnellement, je ne vois pas où est le problème.

— Ici, c'est le dépôt, aussi appelé le centre de sécurité.

Mon patron, un type athlétique d'âge moyen avec une moustache en forme de guidon, me fait franchir une double porte qui donne sur les bureaux du casino. Ce sont les deux seules portes de tout le couloir, à l'exception de la sortie de secours.

J'inspecte le vaste espace caverneux. Un vrai centre de sécurité. On dirait le cerveau central de la CIA. Des centaines d'écrans de télé, grands et petits, montrent chaque centimètre carré du casino, mais pas l'étage de la direction. Apparemment, peu de caméras y sont installées, la majorité filmant les salles de jeu, ce qui explique pourquoi je n'ai pas été viré pour avoir matraqué Joe l'Enflure dans le couloir ce matin.

Une dizaine de personnes occupent les postes de sécurité et communiquent par les microphones fixés à leur casque. L'air est épais ici, comme si le surplus d'équipements électroniques le chargeait d'électricité. J'ai été briefé sur toutes les tâches possibles quand ils m'ont engagé. J'ai aussi eu droit à un long discours sur les règles applicables au personnel du casino, mais là, mon patron me fait un cours sur la confidentialité et la politique en matière de jeu.

— Donc c'est là qu'on travaille ? je demande.

Il éclate d'un gros rire sonore.

— Oh, mec. T'es un marrant, toi. Non, mec, non. Cet endroit est pour les technico. Toi et moi, on est uniquement sur le terrain. On quadrille les tranchées, dit-il en me tapant les côtes. Viens. Je vais te montrer ton territoire.

Quand ils m'ont assigné le poste de gardien d'étage, j'ai espéré qu'ils voulaient dire « dans les étages » du bâtiment, mais apparemment le terme « étage » désigne exclusivement le rez-de-chaussée du casino. Nous sortons du centre de sécurité et mon patron nous fait prendre un chemin détourné qui passe par des cages d'escaliers et des portes privées ; j'aurais probablement besoin d'un plan des lieux pour retrouver mon chemin.

Plus je pense à Mira, plus je crains que ce ne soit pas son dernier jour au Blue. Ce serait tout à fait son genre de garder ce travail malgré le danger qu'il représente. Et si c'est le cas, il me faut un plan B.

— Que penses-tu de ce que j'ai dit plus tôt ? je demande à mon boss. Tu crois qu'ils me donneraient des missions dans les étages des bureaux ?

— Nan, mec. Pourquoi tu traînerais là-bas ? C'est dans la salle de jeu que l'action se passe. Ou les suites.

Il remue les sourcils de façon suggestive.

— Un bon scandale de prostitution, voilà ce qu'il te faudrait pour monter dans les étages.

Qu'est-ce que… ?

— Ouais, mec, ce serait cool (*non*), mais j'ai entendu dire qu'il y a du rififi chez les cadres de la direction.

Mon patron me jette un coup d'œil furtif. Malgré son

attitude décontractée, j'ai l'impression qu'il est sacrément malin.

— Fais attention, mon pote. La direction nous paie. Il n'est pas bien vu d'en dire du mal.

Il ouvre la porte de l'étage du casino. Le vacarme des machines à sous avec tous les buzzers, sonneries, cloches, étouffe nos pas sur la moquette.

— Non, mec…

Merde. Je suis ici depuis quelques heures et je commence déjà à parler comme ce type. J'essaie de fondre dans la masse, cela dit.

— Ce n'est pas ce que je voulais dire. J'ai juste entendu qu'il y avait eu des mesures de répression pour ceux qui embêtent les serveuses.

Mon boss fait un clin d'œil à l'une des serveuses. Son visage se durcit et il me regarde d'un air grave.

— Drake Peterson. Une grosse merde. J'ai toujours détesté ce type. Il a emmerdé ma nana, Kendra.

— Ah mec, c'est bas. Donc tu vois pourquoi je pense qu'il y a un besoin de sécurité. Ma nana travaille au Blue aussi. Dans les bureaux de la direction.

Gros bobard, mais je suis prêt à utiliser tous les angles d'attaque, et celui de la petite amie semble pouvoir fonctionner.

— C'est là que j'ai entendu que le gars travaillait. J'aimerais bien être dans le coin et m'assurer qu'elle va bien.

— Je comprends, ouais, je comprends. Mais tu vois, ils n'ont pas demandé de renforts à l'étage des bureaux.

Renforts ? On est quoi, des forces spéciales ?

— J'ai compris, mais on pourrait être proactifs. Leur demander s'ils ont besoin de gros bras.

Ouais, j'ai dit *gros bras*. Je suis un *agent de sécurité* maintenant.

Mon boss me tape dans le dos.

— Bien vu, Morgan. Je vais appeler les pouvoirs en place et vérifier. Plus on a besoin de troupes, plus je prends du galon, tu sais, avec tous les subordonnés qui bossent sous mes ordres.

J'opine, adoptant une expression docile. Mon boss aime commander, mais c'est un brave type.

— Tu sais, j'ai escorté un gars ce matin pour Mlle Tate, la directrice des ressources humaines. Tu ne connaîtrais pas son nom par hasard ?

— Ronald quelque chose. Un intérimaire.

Il salue d'un signe de tête un groupe de grooms à quelques mètres de là, à qui il va sûrement me présenter.

— Ça me fait penser, dis-je, que Mlle Tate est sans doute la bonne personne à contacter. Elle semble apprécier notre travail.

— Exact, mec. Exact. Elle est nouvelle ici, mais c'est une fille bien. Je vais me renseigner. Bon, viens que je te présente à nos grooms.

Avec un peu de chance, il va la convaincre et je travaillerai plus près de Mira. Pour sa protection, rien d'autre.

Chapitre Dix-Huit

Je m'attends à trouver Mira à la maison en rentrant, mais si son van est bien dans l'allée, le chalet est plongé dans le noir et semble désert.

Où peut-elle être si sa bagnole est là ? Serait-elle allée quelque part avec Lewis ?

Je me déchausse près de la porte et c'est là que je la sens. Sa présence.

Je passe la tête dans la porte entrouverte de la chambre. Mira est assise sur le lit dans sa tenue de travail et regarde par la fenêtre, le dos droit, les mains jointes sur les genoux. Elle ne semble pas avoir remarqué ma présence, bien que j'aie fait suffisamment de bruit pour l'alerter. Elle a le regard dans le vide. Je refermerais probablement et la laisserais tranquille, s'il n'y avait pas eu cet incident dans le couloir du Blue ce matin. Ou l'expression sur son visage. La tristesse, le désespoir.

Merde, elle me tue. Je tire sur mon t-shirt et regarde ailleurs. Je vais vraiment entrer dans sa chambre ?

Je suppose que oui.

J'ouvre la porte en grand pour donner à Mira une

dernière occasion de me jeter, mais elle ne cille même pas. Je m'approche et m'assieds à côté d'elle sur le lit. Tout près de façon à ce que nos cuisses se touchent, parce que, merde, elle commence à m'inquiéter et je préfère l'énerver en la collant plutôt que de voir cette expression fantomatique plus longtemps.

— Mira.

Sa gorge délicate déglutit, mais elle me regarde à peine.

— Ça va ?

Sa poitrine s'affaisse et elle fait oui de la tête, mais je ne la crois pas.

Je me creuse la tête pour trouver un moyen de la rassurer, car elle semble en avoir besoin.

— C'est une chance qu'on ait vu ce type ce matin, finalement. Comme ça, je sais à quoi il ressemble au cas où il reviendrait rôder. Tu pourrais aller à la police. C'est facile d'obtenir son nom et son adresse puisqu'il a travaillé au Blue.

Mes paroles ne la rassurent pas. Elle pince les lèvres comme si elle allait pleurer. Seigneur.

Je ne suis pas rebuté par les larmes des filles. J'ai grandi avec deux femmes, en étant le seul homme de la maison. J'ai vu des larmes prémenstruelles, des larmes de colère, des larmes de manipulation (Cali dans toute sa splendeur). Ces conneries ne me déstabilisent pas. Et j'ai emmagasiné assez de mots de réconfort au fil des ans pour gérer les pleurs féminins. Mais là, le désespoir de Mira me fait perdre mes moyens.

Je fais la seule chose qui me vient à l'esprit pour que nous nous sentions mieux tous les deux. Je passe un bras sur son épaule et je la serre contre ma poitrine. Elle pose la joue sur mon t-shirt, et c'est là que le barrage se rompt.

Mira est une pleureuse silencieuse. Des couinements

discrets de-ci de-là, un hoquet qui lui soulève le dos. Sa façon de pleurer, comme si elle avait l'habitude de cacher ses larmes, me pousse à faire une chose que je n'aurais jamais pu imaginer il y a quelques semaines.

Je l'enlace et lui embrasse doucement les cheveux. Puis je lui lève le visage et j'essuie les larmes qui roulent sur les courbes lisses de ses pommettes.

— Chut, ça va aller. Tout va bien se passer, dis-je d'une voix grave et calme à l'opposé de la tempête qui fait rage en moi.

Mon esprit est en ébullition. Je ne sais pas si tout ira bien, mais je suis prêt à dire *n'importe quoi*, n'importe quoi pour qu'elle se sente mieux. Pour retrouver la Mira fougueuse que je connais et que j'aime… *je déteste*. La Mira teigneuse que j'aime *détester*.

Sauf que ce n'est pas de la haine.

C'est bon de tenir Mira dans mes bras. Comme si c'était naturellement sa place.

Elle s'écarte et s'essuie le visage du revers de sa manche, laissant une trace de mascara sur le tissu. Elle fixe cette trace, et je jure que ses sanglots redoublent.

— Mira, dis-moi ce qui ne va pas.

— Sérieusement, Tyler ? Tu veux vraiment savoir tout ce qui merde dans ma vie ?

J'opine. Je veux vraiment savoir. J'ai toujours voulu savoir ce qui se passe dans la tête de Mira.

Elle serre les poings sur ses genoux.

— Par où commencer ? s'esclaffe-t-elle sans humour. Tiens, par le fait de tomber sur le type qui aurait pu me violer ou me battre à mort dans les bois. C'était une bonne façon de commencer la journée. Puis il y a eu les ricanements de mes collègues féminines à plusieurs moments de la journée… Quand je n'arrivais pas à faire fonctionner le fax ou le transfert d'appel, oh, eh oui, quand j'ai cassé le taille-crayon électrique.

J'arque un sourcil.

— Ne te moque pas de moi, Tyler. J'ai rendu *visite* à John et Lewis à Sallee Construction. Mais je ne me suis jamais assise derrière un bureau, je ne connais pas la différence entre les copies assemblées et groupées. Ni ce qu'est un dictaphone, putain ! Et puis il y avait les hommes qui me lançaient des regards flippants, à l'opposé de ceux des femmes.

Elle me regarde d'un air désespéré, sa poitrine se soulève et s'abaisse.

— Je les ai entendues, Tyler. Les femmes chuchotaient que j'étais habillée comme une SDF.

Elle hoquette sur le dernier mot, et une nouvelle série de larmes éclate.

Merde, merde, comme dirait mon nouveau patron. Je m'implique trop dans cette histoire. Je regarde autour de moi désespérément. Les murs ne me donnent aucun conseil, les salauds.

Je rapproche mon genou de sa jambe et appuie mes avant-bras sur mes cuisses.

— Un dictaphone permet à quelqu'un d'enregistrer un message, comme une lettre ou autre, pour le donner ensuite à taper. Les logiciels peuvent le faire à ta place maintenant, en plus de la saisie.

Elle me regarde d'un air interrogateur.

— J'étais prof. On n'avait pas de secrétaire attitrée. Je faisais ma paperasse tout seul. Quant au code vestimentaire, si tu n'as jamais travaillé dans un bureau, c'est normal que tu n'aies pas les bonnes fringues. On ira faire du shopping ce soir. Certains magasins restent ouverts tard. On devrait pouvoir te trouver quelque chose. Et les femmes te matent et chuchotent dans ton dos parce qu'elles sont jalouses. Prends-le comme un compliment. Les gars, par contre… Des noms. Je veux des noms.

— Vraiment ?

Elle est d'accord pour que je défonce les mecs de son bureau qui la reluquent ? Parce que je vais le faire.

— Tu vas m'emmener faire du shopping ?

Oh.

— Ouais, sans problème. Je ne peux pas te promettre d'être une grande aide. Ne t'attends pas à ce que je choisisse des couleurs ou autre, mais je suis plutôt doué pour garder la porte de la cabine d'essayage.

Ses yeux m'étudient et je réussis à lui arracher un sourire timide.

Ah, merde. S'il est si facile de rendre Mira heureuse, et de la laisser s'enrouler comme une liane autour de mon cœur, je suis un homme mort.

Mira se penche en avant dans une jupe moulante blanc cassé.

— Tu vois ma culotte à travers ?

Elle a un cul parfait. Littéralement le plus beau cul que j'ai jamais vu. Rond mais ferme, rebondi, mais proportionné. J'aimerais saisir ce derrière qu'elle lève vers moi et le mordre à pleines dents.

Cette fille me tue à petit feu.

— Bon sang, Mira, je grogne.

Elle regarde par-dessus son épaule et se redresse.

— Oh, pardon.

Son rougissement semble authentique.

Pour une jolie fille, elle ne sait pas l'effet qu'elle produit sur les hommes. Ou peut-être qu'elle ne réalise pas l'effet qu'elle produit sur *moi.*

Mira ne me demande pas d'autres conseils sur les vêtements qu'elle essaie, parce que je ne fais que mater son corps. J'essaie d'être attentif, mais ce qu'il y a en dessous est trop distrayant.

Elle achète quelques fringues et une nouvelle paire de chaussures, en vérifiant plusieurs fois les étiquettes et en n'achetant que des articles en solde. J'ai envie d'arracher les étiquettes des articles pour qu'elle ne puisse pas regarder et de lui fourrer une liasse de billets dans la main. Je déteste qu'elle ait des problèmes d'argent. Et je ne peux rien y faire, parce que ce serait bizarre que je lui achète des vêtements.

— Laisse-moi t'offrir une glace. Je te le dois bien pour t'avoir traîné avec moi dans les boutiques. Lewis ne ferait jamais ça. Il déteste le shopping.

Moi aussi, mais je ne lui dis pas. J'aurais l'air d'un grand tendre qui ferait tout pour rendre cette fille heureuse. Et ce n'est pas moi. Plus maintenant. Mais Mira avait l'air si triste tout à l'heure. Elle traverse assurément une période difficile en ce moment. Toute personne normale lui aurait proposé son aide.

— Je ne refuse jamais une glace.

Mira dépose ses sacs sur le plancher de mon Land Cruiser, et mes yeux la survolent alors qu'elle se glisse du côté passager. Je grimace lorsque le cuir déchiré de la sellerie s'accroche au tissu de son haut. Elle n'est pas blessée ce soir, alors je ne sais pas pourquoi ça me dérange, mais c'est le cas.

— Je peux te demander quelque chose ?

— Bien sûr, dis-je distraitement, en faisant attention à la route plutôt qu'à la fille qui me fait ressentir des choses que je n'ai jamais éprouvées pour personne d'autre : un instinct de la protection, et un désir si ardent que ma poitrine me fait mal.

— Qu'est-il arrivé à ton père ?

Je hausse les épaules.

— Il a abandonné ma mère.

— Tu lui parles encore ?

— Il appelle de temps en temps. On maintient une relation, mais on n'est pas proches.

C'est bizarre de penser à mon père. C'est plus un étranger qu'un parent. Je suis presque sûr qu'il ne peut pas s'empêcher d'être comme il est. Il n'a jamais subvenu à nos besoins. Il n'arrivait pas à garder un poste rémunérateur. Ma mère travaillait dur quand il était à la maison pour subvenir aux besoins de tout le monde. C'était plus facile après son départ.

— On est plus des potes lointains, j'ajoute. Il m'appelle pour savoir sur quoi je travaille. C'est à peu près toute l'étendue de notre conversation. Et il ne comprend pas du tout Cali. Elle est trop émotive pour lui. Mon père est incroyablement intelligent, au point de ne pas en avoir conscience.

Mon père n'a jamais su montrer son affection, surtout à ma mère. Quand j'étais plus jeune, j'avais peur de devenir comme lui. Mais je ne suis pas comme lui. J'ai des sentiments pour Mira. Beaucoup *trop*, même.

Je pouffe.

— Je ne sais pas. Peut-être que mon père a un léger syndrome d'Asperger ou équivalent. Ça ne me surprendrait pas. Cali est une intello aussi, mais elle manque de pragmatisme. Correction : elle est intelligente tant qu'il ne s'agit pas de maths. Dans ce cas, elle frise la débilité.

— Je suis tout le contraire. Mon intelligence vient de la vie, pas des livres.

Mira dit ça de façon si naturelle que je ne peux m'empêcher de la regarder en fronçant les sourcils.

— Je ne suis pas d'accord. Tu étais bonne en algèbre

au lycée, une fois que je t'ai expliqué les grands principes.
Tu apprends vite.

Elle rabat une mèche de cheveux derrière son oreille, et
un sourire timide étire les coins de sa bouche alors qu'elle
m'indique une place de parking devant le glacier.

Je me gare et nous sortons de la voiture. Je suis Mira
jusqu'à la porte vitrée de la boutique, l'ouvre et la fais
passer galamment devant moi en me demandant pourquoi
je le fais. Ça ressemble à un rencard, mais ce n'en est pas
un. J'ai de la peine pour Mira. Elle a passé une sale journée. Je ne l'ai pas dans la peau, pas du tout.

Nous choisissons nos cornets de glace : praline et crème
pour elle, ce qui étrangement lui va parfaitement. Cela
exige un palais fin. C'est totalement contraire à ce que j'attendais de Mira, alors bien sûr, elle prend ces parfums pour
m'embrouiller la tête.

Je demande un double cornet framboise cookie et je
tends au serveur un billet de vingt. Ma combinaison de
saveurs est un choix sûr.

— Hé, je voulais payer.

Mira regarde le billet de vingt dollars disparaître dans
la caisse et le serveur me rendre la monnaie.

— Tu m'inviteras la prochaine fois.

Elle range son billet dans son petit portefeuille
turquoise dont je remarque qu'il manque la fermeture
éclair. Pourquoi ces petits riens (la valise cassée, les vêtements en solde, le portefeuille abîmé) me dérangent-ils ? Je
ne sais pas, mais ça me contrarie. Énormément, putain.
Elle a vécu dans une famille aisée la majeure partie de sa
vie, mais ça ne semble pas avoir changé sa façon de vivre ni
son rapport à l'argent.

Cette fille ne devrait pas avoir à charge une mère
droguée. Elle ne devrait pas être endettée à cause de cette

femme, ni être obligée de se défendre contre des types comme Joe l'Enflure.

Nous nous installons à une table et je l'observe.

— Pourquoi tu ne dis pas la vérité à Lewis ?

Elle lèche son cornet.

— Il ne comprend pas pourquoi j'aide ma mère. Et ce n'est pas sa faute si je dois de l'argent. C'est à moi de rembourser.

— Ce n'est pas non plus ta faute si tu dois de l'argent.

Ses yeux se tournent vers moi.

— Bien sûr que si. Je l'ai emprunté.

— Tout le monde a besoin d'aide parfois.

Elle se tait un instant, bouge sur son siège.

— Lewis m'a déjà donné de l'argent. La moitié de la somme empruntée. Je rembourserai le reste.

— Seulement la moitié ? Pour ton faux problème d'addiction au jeu ? Elle est bien bonne, Mira, vu que tu as dû mal à dépenser de l'argent pour toi.

Le côté de sa bouche tique en signe d'agacement.

— Tu sais à quel point je me sentais merdeuse de lui demander de l'argent pour payer indirectement la cocaïne de ma mère ? C'était mal de faire ça. Je n'aurais pas dû aller le voir. S'il savait la vérité, il enragerait. Ça fait des années qu'il me dit de rester loin de ma mère. De couper le cordon. Si je ne le fais pas, il va finir par couper les liens avec moi.

— Il ne le fera jamais, rétorquai-je immédiatement.

Elle fixe sa glace sans rien dire.

Cette conversation est devenue beaucoup trop sérieuse. Je n'ai jamais voulu parler à Mira de mon père. Et je n'avais pas l'intention d'évoquer des choses douloureuses pour Mira et de la faire se sentir encore plus mal qu'elle ne l'est déjà.

— Tu devrais accorder plus de crédit à Lewis. C'est un

type bien. Il ne te laisserait jamais tomber parce qu'il est fâché. On n'abandonne pas sa famille, et ce mec te considère comme sa sœur.

— Exactement.

Euh ? Elle est d'accord avec moi ?

— On n'abandonne pas sa famille, poursuit-elle. Quel genre de fille je serais si j'abandonnais ma mère ?

Je me suis tiré une balle dans le pied, là.

— Une fille avisée ? Écoute, je sais que tu ne veux pas de mal à ta mère, mais tu ne peux pas laisser les autres t'utiliser. Et cette femme se sert de toi.

— Je sais. J'y travaille. J'essaie de changer, dit-elle avec un sourire las. Ne parlons plus de ça, d'accord ? Profitons simplement de nos glaces.

J'acquiesce. Je ne veux pas qu'elle se sente encore plus mal, alors je laisse tomber.

Mais mes efforts pour divertir Mira de ses noires pensées n'ont servi à rien. Lorsque nous arrivons à la maison, comme si notre conversation chez le glacier était parvenue à ses oreilles, la mère de Mira est assise sur la terrasse du porche, en train de fumer une cigarette. Il n'y a pas de voiture dans l'allée, mais la vieille guimbarde dans laquelle elle est arrivée l'autre jour est garée dans la rue.

Je jette un coup d'œil à Mira, qui récupère ses sacs dans ma voiture et observe sa mère nerveusement du coin de l'œil.

— Tu veux que je lui demande de partir ?

Elle lève les yeux, surprise. Parce que je demanderais à sa mère de partir ? Merde, oui, je le ferais. Cette femme ne mérite pas Mira.

Elle secoue la tête.

— Non. Je vais lui parler.

Chapitre Dix-Neuf

MIRA

Ma mère a l'air furieuse et hagarde.

— Où étais-tu, ma fille ?

Je jette un coup d'œil à la fenêtre du chalet, mes sacs de courses à la main. Tyler est entré pour nous laisser parler. Je ne le vois pas nous espionner, mais j'emmène tout de même ma mère derrière la maison.

Elle louche sur mes sacs en traînant les pieds dans la terre et les aiguilles de pin, la démarche plus lente que dans mon souvenir.

Elle se tourne brusquement et m'arrache un sac des mains.

— Du shopping ? Tu faisais les boutiques alors que je te cherchais partout ? Ta mère a des types à ses trousses, et toi, tu fais du shopping ?

Pendant un moment, la culpabilité et la honte m'envahissent, puis la réalité reprend ses droits. Je n'ai pas à avoir honte. J'ai remboursé la dette qui a mis la vie de ma mère en danger, selon elle.

— J'ai un nouveau travail et j'avais besoin de vêtements.

— Un nouveau travail ? dit-elle, le regard calculateur. Le salaire est meilleur ?

— Ouais.

Je ramasse le sac qu'elle a fait tomber par terre, et referme la main autour de l'anse.

— C'est bien. Tu disais que tu voulais gagner plus.

Uniquement à cause de ses conneries, mais je le garde pour moi.

— J'aurais bien besoin d'argent en ce moment. Je tire la langue comme tu n'es pas venue l'autre jour. Ce garçon, dit-elle en fronçant les sourcils vers la maison, il a dit que tu as eu des ennuis ?

Elle examine mon corps.

— On dirait que tu vas bien.

— Je vais bien.

— Tant mieux. T'as combien sur toi ? Si tu fais les boutiques, c'est que tu dois bien gagner.

Je déglutis. C'est le moment que je redoutais.

— Maman…

— Quoi ? Crache le morceau, ma fille. J'ai pas toute la journée.

— Je… je ne peux plus te donner d'argent, je grogne d'une voix rauque.

— Pourquoi ?

Sa voix est sèche.

— Parce que je n'en ai pas à donner.

C'est la vérité, mais le sens est double. Je n'ai pas d'argent à dépenser. Tout ce que je gagne est destiné à rembourser ma dette. Et je ne peux pas continuer de l'aider en me sacrifiant.

Elle hoche la tête, sa bouche se tord.

— Ah t'es comme ça, Mira. Tu veux tout garder pour toi et rien pour ta mère.

— Ce n'est pas du tout ça. Je suis à court d'argent,

mais surtout je ne veux pas que notre relation se résume à une histoire de fric. J'aimerais passer du temps…

— Une *relation* ? Quelle relation ? T'es une sale garce égoïste, voilà ce que t'es.

Je n'arrive plus à respirer. La chaleur et la tension me brouillent la vue.

— S'il te plaît, ne dis pas ça, je murmure d'un filet de voix.

— Oh, j'ai encore des choses à dire, mais je ne le ferai pas. Inutile de gaspiller ma salive.

Elle me cogne l'épaule en passant devant moi.

Je la suis du regard.

— Maman, s'il te plaît, ne pars pas.

Je suis pitoyable, même à mes propres yeux.

Ma mère ignore ma prière et claque le portail derrière elle.

Je me tourne face aux grands pins derrière la maison, tentant de retrouver mon calme. Je savais que ça allait arriver. Je savais qu'elle réagirait de cette façon quand je le lui dirais, mais ça me fait quand même un mal de chien.

J'essuie une larme et redresse les épaules.

Au moins Tyler n'a pas été témoin de l'humiliation d'être larguée par ma mère. Une fois de plus.

Chapitre Vingt

Tyler ne me pose pas de questions sur la visite de ma mère et je lui en suis reconnaissante. Je vais au travail le lendemain, décomplexée par mes nouveaux vêtements, mais toujours blessée par la réaction de ma mère. J'ai fait ce qu'il fallait pour notre bien à toutes les deux, et c'est ce qui compte. J'ai l'espoir que nous pourrons un jour construire une relation basée sur des sentiments authentiques et non sur le fait que je lui file de l'argent.

Hayden me forme toute la journée, et je ne vois pas Tyler avant le soir. Installé à la table à manger, il démarre son ordinateur quand j'arrive.

— Comment s'est passée ta journée ? il me demande.

— Mieux.

Je pose mon sac sur le canapé.

Tyler me fixe, puis il regarde son écran. Et ferme brusquement son portable.

— Et si on allait faire une balade à vélo ?

Je ne réponds pas tout de suite. Tyler et moi n'avons jamais rien fait d'amusant ensemble. La séance de shopping était plus un impératif.

— Ben, je n'ai pas de vélo.

— Tu n'en as pas besoin. Change-toi juste et retrouve-moi devant. Si on se dépêche, on pourra voir le coucher de soleil.

Je reste plantée là, à le dévisager.

Il se lève pour ranger son ordinateur.

— Dépêche-toi, Mira. Le soleil ne nous attendra pas.

Sans discuter, je m'exécute. Quand je retrouve Tyler devant la maison, il est sur son vélo, et a enfilé un sweater par-dessus son t-shirt à manches longues.

Je zippe ma polaire et mets un bonnet en laine sur ma tête, les mèches qui dépassent me chatouillent les joues.

—Je n'ai toujours pas de vélo, Tyler.

— C'est pas un problème. On va faire comme la dernière fois. La plage n'est qu'à quelques rues d'ici.

La dernière fois. Dans les bois ? Quand je suis montée à califourchon sur ses genoux ?

—Je ne suis pas sûre que ce soit une bonne idée.

Il scrute mon visage.

— Tu te dégonfles ?

Je roule les yeux.

— Ouais, c'est ça.

Mais je suis une vraie poule mouillée. Ça ne m'empêche pas de m'avancer.

Il ouvre un bras.

— Assieds-toi en amazone sur moi. Je m'occupe du reste.

Je fais ce qu'il dit et me glisse sur le haut de ses cuisses. Il est impossible qu'on ne tombe pas à moins que je passe un bras autour de ses larges épaules et m'asseye plus haut, juste au-dessus de son entrejambe.

Il me soulève et ajuste son pantalon. Je concentre mon regard ailleurs que sur son visage, qui n'est qu'à quelques centimètres.

— N'aie pas peur de te cramponner, dit-il avec un clin d'œil coquin.

Il flirte ? Au moment même où cette pensée me traverse l'esprit, Tyler décolle d'un coup sec et je pousse un cri, enroulant les bras autour de son cou et pressant ma poitrine contre la sienne.

— Belle prise, mais j'ai besoin de respirer, pouffe-t-il.

— OK, casse-cou, alors ralentis. Tu vas nous tuer.

Je ferme les yeux alors que nous passons devant les maisons voisines à toute vitesse et tournons sur une route secondaire.

— Fais-moi un peu confiance. Il ne t'arrivera rien avec moi, Mira.

Il y a un sous-entendu sérieux dans ses paroles.

Je lève les yeux et vois qu'il me regarde. Mon ventre se noue, mon cœur s'accélère. Il serait si facile de retomber amoureuse de Tyler, à supposer que j'ai été amoureuse de lui un jour.

***

Tyler

CETTE BALADE à vélo est un peu différente de la dernière fois. Je suis notamment absolument conscient de toutes les courbes de son corps qui appuient sur des zones du mien qui ne nécessitent pas de stimulation pour manifester leur présence. Et son parfum à la vanille me rend fou.

J'ignore pourquoi je lui ai proposé de m'accompagner. Je n'avais pas prévu de faire un tour, mais quand elle a franchi la porte, mon cœur a fait un bond et mon sang s'est engouffré dans mes veines. Je n'ai pas pu supporter la perspective d'une nouvelle soirée d'évitement. Alors j'ai lancé la première idée qui m'est venue à l'esprit. Vu qu'elle est maintenant sur mes genoux, c'était une idée de génie.

Je roule jusqu'aux escaliers menant au lac situés à plus courte distance de notre chalet.

Notre chalet ? Depuis quand la maison de Cali est-elle devenue la nôtre, à Mira et moi ?

Elle glisse du vélo et reste à côté de moi.

— On n'arrive pas trop tard, dit-elle en regardant le soleil descendre derrière les montagnes.

Je hisse mon vélo sur l'épaule, dévale les escaliers jusqu'au sable, et l'appuie contre un bloc de ciment qui faisait autrefois partie d'une jetée. Mira est encore en haut des marches, le regard perdu dans le vide.

— Tu viens ?

Elle descend et s'approche de moi, les yeux tournés vers le coucher de soleil.

— C'est beau.

Je ramène ses longs cheveux bruns sur son épaule. Son bonnet épouse le haut de sa tête, et ses cheveux lui encadrent le visage. Elle est tellement belle.

— Viens.

Je lui prends la main et l'entraîne vers la plage.

Mira ne renâcle pas à mon contact et n'essaie pas de s'éloigner, et pour une raison quelconque, cela me rend heureux. Nous arrivons au gros rocher où j'aime contempler le lac, et je lui lâche la main. Nous ne sommes pas un couple. Ce n'est pas un rencard. Mais c'est agréable.

Nous restons assis là longtemps après le coucher du soleil, jusqu'à ce qu'il fasse si sombre que je réalise que nous ferions mieux de rentrer. La route est bien éclairée, mais je ne veux pas prendre le risque de rouler avec Mira sur mes genoux dans le noir et frôler des voitures.

Je me lève, et sans un mot, Mira m'imite. Nous faisons le trajet jusqu'au chalet dans un silence total. Ça devrait être gênant, mais ça ne l'est pas. J'accroche mon vélo dans le jardin et je la retrouve à l'intérieur.

Elle me regarde timidement.

— Merci. C'était sympa.

— De rien. La prochaine fois que tu veux t'asseoir sur mes genoux, dis-le-moi.

Elle secoue la tête.

— Tu ne peux pas t'en empêcher, hein ? dit-elle, mais elle sourit.

Ma bouche se tord.

— Tu sais à qui tu as affaire.

Son sourire s'efface.

— Ah bon ?

Je déglutis.

— Bon, je ferais mieux de me remettre au travail.

Je me dirige vers la table.

— Travail ? C'est ce que tu faisais sur ton ordi ?

Je balaie les manuels et les articles de journaux sur lesquels j'ai fait des recherches. J'avais besoin d'un truc pour m'occuper à mon retour au lac Tahoe, mais le modeste projet que j'ai commencé vit désormais sa propre vie.

— Ouais, on peut dire ça. C'est un projet auquel je pense depuis que j'ai commencé à enseigner. Je n'ai jamais eu le temps de m'y mettre, mais maintenant…

— Maintenant, tu travailles au Blue et ça doit te bouffer le temps que tu consacrais à ton projet.

C'est vrai. Je n'ai pas pu y consacrer beaucoup d'heures depuis que je bosse au Blue, mais mon emploi de vigile est temporaire. Bientôt, Mira va déménager et ça n'a pas d'importance si je passe quelques heures de moins sur mon projet. Il existera toujours quand elle sera partie.

— Ben, j'avais besoin de faire une pause. Comme ça,

quand je rentre à la maison, je suis heureux de m'y mettre. C'est pas grave.

Il y a un silence, puis :

— Merci, Tyler. Pour avoir décroché un job au Blue.

Elle rentre dans sa chambre et ferme la porte.

Je regarde dans le vide pendant plusieurs minutes, me demandant ce que je fais avec elle, avec ma vie.

Chapitre Vingt-Et-Un

— Jaeger, tu veux bien refaire du Bullfrog ? Les filles et moi, on est presque à sec, et tu le fais tellement mieux que moi, demande Cali à son amoureux.

Nous sommes chez Jaeger, paresseusement installés sur son ponton baigné du soleil de l'après-midi. Le temps est inhabituellement chaud pour cette période de l'année, et nous en profitons en sirotant un cocktail en maillot de bain. Jaeger a construit le ponton récemment et il est plutôt impressionnant, avec des bancs customisés et des chaises longues confortables. Oh, et il est immense. Nous sommes huit maintenant que Nessa est arrivée, éparpillés un peu partout.

J'ai stressé quand Gen m'a invitée. Zach et Lewis sont comme mes frères, mais je connais à peine Cali et Jaeger, même si j'habite le chalet de Cali. La dernière fois que je les ai vus, je venais de me faire tabasser. Pas vraiment mon heure de gloire. Et puis, il y a Tyler. Étrangement, je me sens plus à l'aise avec lui. Je le mets au crédit de notre cohabitation forcée et la trêve que nous semblons avoir signée. Nous devons nous habituer l'un à l'autre… mais ce n'est pas l'idéal non plus, car je ne suis jamais détendue. Je suis hyper consciente de sa présence.

— Bien sûr, bébé, répond Jaeger.

Il pose sa bière et se lève, étirant les bras au-dessus de sa tête.

— Attendez, vous allez voir… murmure Cali à Gen et moi en matant son copain.

Gen secoue la tête en levant les yeux au ciel, comme si Cali avait perdu la boule.

Aucune idée de ce qui se passe. Mon verre de Bullfrog est plein, et celui de Cali aussi d'après ce que je peux voir.

Cali observe son copain qui marche sur les pierres menant au rivage. Son chalet surplombe le lac, et ça fait une trotte pour y retourner. Jaeger commence à grimper la centaine de mètres qui le séparent chez lui.

— Ahhh, s'extasie Cali en reluquant son cul alors qu'il s'élance sur les rochers. C'est tellement sexy. Tu crois qu'il le refera dans une demi-heure ? murmure-t-elle à Gen.

— Cali, la tance Gen, un rire dans la voix.

Jaeger est grand et musclé. Pour côtoyer moi-même une armoire à glace, je comprends son attirance.

Je jette un coup d'œil à Tyler ; sa poitrine dorée et sa peau lisse captent immédiatement mon attention. Il me déconcerte en ce moment par son côté protecteur. Je ne comprends pas pourquoi il est si gentil depuis que j'ai éclaté en sanglots devant lui après mon premier jour de travail. Il me rappelle le Tyler du lycée.

Il est assis à côté de Lewis, et grimace en voyant sa sœur mater effrontément le cul de Jaeger. Les deux garçons sont des potes, alors ouais, ça doit lui faire bizarre.

— Quoi ? dit Cali à Gen. Son cul est l'œuvre la plus parfaite de la création. Dieu a apposé son sceau sur ce derrière. On est *censés* l'admirer.

Gen roule les yeux et me regarde.

— Comment ça se passe au casino ?

Cali continue de mater son copain jusqu'à ce qu'il disparaisse.

— Ça se passe bien, dis-je en hésitant.

Je suis contente de travailler au Blue. Je gagne plus d'argent que je ne l'aurais cru possible quand j'ai décidé de trouver un job mieux rémunéré. Drake est absent dans l'attente des conclusions de l'enquête, aussi je ne m'inquiète pas de lui. Mais il se passe quelque chose de bizarre au casino, et je n'arrive pas à cerner ce que c'est.

Gen se penche en avant.

— Personne n'est relou avec toi, j'espère ? J'avais oublié que tu n'as pas les mêmes horaires que Nessa et Zach.

Je regarde Nessa. Elle est arrivée il y a une minute ou deux, mais elle tient encore son sac de plage, et Zach la soulève et la serre fort dans ses bras, ses pieds se balançant dans le vide. Elle éclate d'un rire hystérique quand il la secoue à la verticale comme une salière.

— Non, ça va.

C'est la vérité. Je suis habituée à me faire reluquer par les mecs et débiner par les femmes. Contexte différent, même situation.

J'ai renoncé à essayer de comprendre pourquoi je provoque cette réaction. J'en ai parlé à ma psy et elle pense que je laisse transparaître mes peurs les plus profondes. C'est ce cercle infernal. J'ai peur d'être abandonnée, alors je repousse les autres. Parfois consciemment, parfois inconsciemment. Ce n'est pas le cas avec tout le monde, mais je réagis comme ça suffisamment souvent pour penser que ma psy soulève un point intéressant.

Jaeger revient au ponton sous le sourire radieux de Cali. Il s'approche avec un pichet de Bullfrog, cocktail à base de citron vert et de vodka qu'ils semblent tous aimer, et il remplit nos gobelets en plastique. Je dois reconnaître que c'est une boisson fantastique pour une journée d'été indien. Nous en avons quelques-unes à l'automne, mais bientôt il fera trop froid pour les shorts, et encore plus pour les maillots de bain.

Jaeger se penche et embrasse le sommet du crâne de Cali.

—J'ai compris ton manège, et ça me plaît. Je vais jouer les baristas toute la journée si tu me mates comme ça.

Il lui embrasse le cou et elle roucoule.

J'avais déjà envie de gerber en voyant les regards amoureux que Gen et Lewis se lancent, mais ces deux-là sont bien pires.

Et je suis jalouse à mort.

———

Tyler

J'ESSAIE de ne pas mater le corps de Mira en bikini, mais ce n'est pas facile. Et j'essaie encore plus de ne pas écouter quand elle parle de son boulot à Gen et Cali. Je vais être honnête. Je m'inquiète pour elle. C'est probablement évident vu que j'ai tout laissé tomber pour obtenir un job au Blue Casino afin de pouvoir l'avoir à l'œil.

Je me dis que c'est pour la protéger dans le but qu'elle déménage, mais je ne peux pas m'empêcher de penser que j'ai un autre intérêt dans l'histoire. *Je* ne veux pas qu'on lui fasse du mal.

Quand la mère de Mira a fait le pied de grue chez nous l'autre jour, attendant qu'on rentre du shopping, je suis allé à l'intérieur pour les laisser tranquilles. Il est possible que j'aie entendu leur conversation par une fenêtre que j'ai entrouverte quand elles parlaient dans le jardin. Je n'aime pas ce que j'ai entendu. Quand sa mère l'a insultée et accusée d'être égoïste, j'ai failli péter les plombs. Je voulais engueuler cette femme, mais j'ai gardé mon sang-froid. J'ai beau vouloir protéger Mira, il y a des limites à ne pas dépasser. Mais c'était difficile de ne pas intervenir.

C'est une situation merdique. Pour Mira, cette femme est sa mère. Putain, elle a tiré le mauvais numéro à la loterie des mères. J'ai de la chance. J'ai une mère géniale. Et la pauvre Mira… Cette femme n'aurait pas dû avoir d'enfant. Mais si elle ne l'avait pas eue, cette fille n'existe-rait pas…

J'ai complètement perdu le fil de la conversation entre Lewis et Jaeg. Je hoche la tête, je ponctue d'un « hum hum » de temps en temps, mais je n'écoute pas. Mira s'est assise au bord du ponton il y a une minute, ses pieds se balancent au-dessus de l'eau, et elle captive toute mon attention. Ses épaules sont légèrement affaissées et elle a un air mélancolique. Je me demande comment elle va, et je repense à notre balade à vélo au coucher du soleil hier soir. Quelque chose a changé entre nous à ce moment-là, mais quoi ?

Mira est la fille la plus fascinante que j'ai rencontrée dans ma vie. Je pensais la connaître, mais je ne suis plus sûr de rien, notamment de mes sentiments.

Je me dirige nonchalamment vers l'endroit où elle est assise, mû par un élan que je ne peux pas contrôler. Elle est seule, belle, compliquée et merde, pourquoi m'attire-t-elle comme un aimant ?

Je n'y peux rien. C'est comme ces forces de la nature qui s'attirent irrémédiablement. Elles se collent l'une à l'autre, qu'elles le veuillent ou non, charge positive et néga-tive, bulles à la surface de l'eau, et c'est comme ça quand Mira est là. Elle est la force qui m'attire irrésistiblement.

Dernièrement, je ne résiste même plus, ce qui est

sérieusement flippant. Je ne *veux* pas la désirer. Je la connais mieux maintenant et je pense que j'ai eu tort et que j'ai été con de l'accuser de coucher avec tous les mecs quand nous étions au lycée, mais ça ne veut pas dire que je lui fais confiance.

Malgré cela, je vais vers elle parce qu'elle est une bulle à la surface et ma bulle veut se coller contre elle et la réconforter.

Je m'assieds à côté d'elle sur le bord du ponton, les genoux écartés, touchant légèrement sa jambe. Un mec a besoin d'avoir de l'espace. Pourtant ouais, j'ai envie de la toucher.

— Lewis t'a convaincue de l'existence du monstre du lac ?

Ses lèvres se retroussent, mais la force de ce sourire est dans ses beaux yeux, dont les coins se plissent tandis qu'elle contemple le lac.

— Il t'a raconté cette histoire ?

— Non. J'ai entendu Gen en parler à Cali. Ça m'avait l'air d'une grosse connerie pour lui faire peur afin de pouvoir…

Elle me scrute, attendant la suite.

— Ben, tu sais.

Elle sourit de façon suggestive, et mon cœur s'emballe. Elle me souriait comme ça quand je lui donnais des cours de maths, le sourire que je croyais réservé à moi seul.

— Je ne sais pas. Pourquoi un mec voudrait-il effrayer une fille, Tyler ?

C'est cool. Ce regard sexy ne me fait plus d'effet. D'accord, c'est un gros mensonge. Mais au moins, je peux me raisonner et ne pas devenir fou d'elle comme quand j'étais plus jeune.

Elle sait ce que je veux dire. Elle me nargue.

Je me penche jusqu'à ce que mes lèvres frôlent son

oreille. Le parfum de ses cheveux sature mes sens, étourdissant mon cerveau pendant quelques instants, *foutues phéromones.*

— Pour pouvoir la toucher... tu sais, la rassurer.

Sa respiration devient saccadée et avale sa salive, passant une main nerveuse sur sa jambe nue. Je suis sa main du regard, car elle est en bikini et la beauté de son corps me coupe le souffle. J'ai essayé de ne pas la mater de loin assise sur le ponton, mais de si près, je ne peux pas faire autrement.

Je réalise, après avoir parlé, que je viens de décrire ce qui s'est passé entre nous l'autre jour, quand elle est rentrée du travail bouleversée. J'aurais pu m'en tenir aux mots, mais non. Je l'ai touchée, prise dans mes bras. Parce que c'est ainsi que je veux réconforter Mira quand elle est triste. Les mots ne suffisent pas.

— Lewis raconte plein de conneries, dit-elle. Il adore l'histoire du monstre du lac, Ong, mais il la modifie en fonction de son public.

— Tu veux dire qu'il avait des arrière-pensées ?

Mes lèvres tressaillent tandis que je guette sa réaction.

— Je ne sais pas, Tyler. Qu'en penses-tu ? me provoque-t-elle, ironique.

Hum, je me demande si elle pense que j'avais des arrière-pensées quand je l'ai réconfortée l'autre jour. Et quand je lui ai proposé la balade à vélo. Je n'en avais pas. Je voulais réellement m'assurer qu'elle allait bien. Et passer du temps avec elle. J'ai aimé la toucher, cependant.

— Je préfère ne pas imaginer la meilleure amie de ma sœur, qui est comme ma petite sœur, et son copain en train de fricoter ensemble.

— Je préfère ne pas imaginer mon frère d'adoption et sa petite amie en train de fricoter ensemble.

— Maintenant que c'est réglé...

Je lui cogne l'épaule et elle bascule sur le côté, puis son corps se redresse et s'immobilise tout près du mien.

— ... Pourquoi es-tu si pensive ?

Mira sirote sa boisson de fille sans me regarder.

— Tu ne veux pas le savoir.

Elle plaisante ? Je *dois* le savoir.

— Dis quand même.

Elle lève vers moi des yeux pénétrants, et je me demande soudain si elle n'a pas raison. Je ne veux pas savoir. Elle a un regard de requin.

— Pourquoi tu es revenu en ville, Tyler ?

J'aurais mieux fait de me taire.

Je laisse échapper un profond soupir. Je n'ai jamais dit à Cali ce qui s'était passé dans le Colorado. Et je le raconterais à Mira ?

— Il s'est passé des choses et j'avais besoin de m'éloigner. Me vider la tête.

— Tu peux être plus vague ?

Je sourcille. Insolente, comme toujours.

— J'étais en couple.

Mon cœur se serre en pensant à Anna et à ce qui s'est passé. Je n'arrive pas à croire que je vais le raconter à Mira. Au fond de moi, je pense secrètement que Mira est en partie responsable de ma rupture avec Anna. Mira m'a volé ma capacité à aimer une fille.

— On était… fiancés, dis-je.

Mira se crispe. Elle regarde derrière son épaule, mais les autres sont plongés dans leur conversation.

— Est-ce que Cali…

— Cali ne sait pas. Personne ne le sait. Mes fiançailles étaient récentes. On venait juste de décider… Bref, peu importe. Je n'ai pas eu le temps de le dire à qui que ce soit. Ça n'a pas d'importance. On a rompu peu après.

Mira fixe son gobelet.

— Désolée pour toi.

Suis-je désolé pour moi ? Je suis sincèrement désolé pour ce qui est arrivé à Anna, mais pas pour la rupture de nos fiançailles, et c'est pour ça que je suis un salaud. Si je m'étais plus soucié d'Anna, si je l'avais aimée comme j'aurais dû, les choses auraient-elles fini de cette façon ?

— Moi aussi, dis-je.

Elle m'étudie, et cette fois elle semble vidée, comme si ma confession avait siphonné toute son énergie.

Je me sens vide moi aussi.

J'ai envie de lui dire que ce n'est pas grave, que je vais bien. Mais je ne vais pas bien.

Chapitre Vingt-Deux

MIRA

Quand Tyler m'a confié il y a une semaine qu'il s'était fiancé, ça m'a fichu un coup. Je m'y attendais évidemment quand il est parti de notre ville natale, mais je n'étais pas préparée à entendre de vive voix qu'il était tombé amoureux de quelqu'un d'autre. Réaliste ou non, je rêvais que ce soit à moi qu'il déclare un jour son amour éternel. Savoir qu'il était prêt à en épouser une autre m'a profondément blessée, et j'ai masqué mes plaies en passant de longues heures au travail et en l'évitant à la maison. Seulement, mes longues heures au travail n'ont pas été aussi bénéfiques pour mon moral que je le pensais.

Cette dernière semaine au Blue a été une combinaison de balourdises (de ma part) et de stress. Hayden a dit que je serais son assistante aux ressources humaines ainsi que l'assistante du responsable de l'hôtellerie jusqu'à ce qu'ils trouvent un remplaçant. Eh bien, Hayden et moi avons été tellement occupées à éteindre les feux des ressources humaines (car nous sommes toutes les deux nouvelles et apprenons les ficelles du métier), qu'elle n'a mis une annonce pour pourvoir l'autre poste que très récemment. Pour ajouter à la pression, le Blue organise un grand festival de musique, ce qui entraîne une surcharge de travail. En bref, je suis une femme-orchestre qui exerce deux métiers auxquels elle ne connaît rien ou presque.

Après mon bac, je suis partie de chez les Sallee pour vivre seule, en décrochant des emplois d'hôtesse ou de serveuse dans les casinos, sans travailler dans les bureaux. Je suis novice en tout par rapport au personnel administratif du Blue. Je fais tellement d'erreurs que même mes collègues masculins ont cessé de me reluquer et me regardent maintenant avec pitié.

C'est triste quand les hommes cessent de te mater comme un morceau de viande. Enfin, ça ne m'a jamais plu, mais je préférais ça.

Je déchiffre les instructions plastifiées collées sur l'imprimante. Je dois juste changer la cartouche d'encre noire. Fastoche, non ? Je peux tout à fait le faire.

Génial. Maintenant, je m'encourage pour manier le matériel bureautique.

Ma psy me dit de m'encourager par des affirmations positives. Des trucs du genre *je suis aimable, je suis unique, je suis digne de confiance.* À force de les répéter, ces phrases positives sont censées me rentrer dans le crâne, et dissiper l'aura défaitiste qui m'entoure, et qui proclame que tout le monde va m'abandonner. Ainsi, mes ondes négatives ne repousseront plus les autres. Ma psy n'arrête pas de dire que ce n'est pas ma faute s'il m'arrive des merdes. J'ai eu un mauvais karma au niveau parental, et heureusement, les Sallee ont fait de leur mieux pour compenser l'absence de mes parents biologiques. Elle prétend que ça me fera du bien de construire un dialogue intérieur positif.

Ma psy a des théories loufoques, mais je l'aime bien.

Mais bon, affirmation positive ou pas, ces conneries bureautiques sont intimidantes. Par exemple : *Ne pas approcher une cartouche de toner usagée d'une flamme, car le toner restant risque de s'enflammer.* Sérieusement, c'est quoi ? De la poudre à canon ?

Peu importe. Je peux le faire. J'en suis capable. Je suis intelligente.

Ouvrez le capot de la machine. Retirez la cartouche de toner de l'unité tambour, je lis à voix haute.

Fait et fait.

Je me rends au placard des fournitures et je prends la boîte avec le nouveau toner noir.

— Salut.

Je sursaute et m'empoigne la poitrine en foudroyant du regard le beau mec dans l'embrasure de la porte.

— Bon sang, Tyler. Ne t'approche pas d'une fille comme ça.

Il entre dans la salle de photocopie.

— Pourquoi t'es si tendue ? Ça fait une minute que je suis là à te regarder parler toute seule.

Oh, la honte.

— Tu n'as rien de mieux à faire ?

Il fait la moue en réfléchissant.

— Si, mais te regarder est plus amusant.

— Changer un toner est amusant ?

— Te voir le faire, oui.

Je le regarde méchamment.

— Tu peux partir maintenant.

— Nan. Je pense que je vais rester.

Il croise les bras, et sa lèvre se retrousse en un grand sourire.

Génial. Un témoin. Et c'est Tyler en plus.

Peu importe. C'est juste une imprimante. Et alors, si

ladite imprimante m'arrive à la poitrine et ressemble à R2-D2 ? C'est bon. Je sais lire les instructions.

J'ouvre la boîte de la cartouche sans regarder Tyler dans son uniforme sexy d'agent de sécurité, ce qui a moins à voir avec l'uniforme qu'avec le corps sublime qui remplit le tissu ajusté.

Merde. Maintenant je repense au corps superbe de Tyler en maillot de bain.

J'inspire à fond. Il est hors de question que je relise les instructions alors qu'il regarde par-dessus mon épaule. Ce serait lui donner des munitions pour se moquer de moi. Je me souviens des instructions. Grosso modo. Ça ne doit pas être si difficile. Ça parlait de retirer l'opercule et secouer la cartouche en tenant les deux extrémités à la fois, sans doute pour que l'encre se détache.

Tu vois ? Du bon sens. Je peux faire preuve de bon sens.

Je retire l'opercule comme indiqué, il vient facilement, et je le jette dans la poubelle. Puis je tiens le toner par les deux bouts de manière désinvolte, comme si j'étais une pro…

— Attends…

Je le secoue un bon coup.

Et j'éclabousse de poudre noire mon chemisier, le sol… le mur ?

Putain de merde.

J'entends un rire étouffé et je me retourne. Tyler se pince l'arête du nez pour retenir ses larmes. Bordel.

— Il faut retirer l'opercule *après* avoir secoué, dit-il.

Je tapote la poudre noire sur mon chemisier.

— Et tu me le dis seulement maintenant ?

— J'ai essayé de t'arrêter. Tu donnais l'impression de savoir ce que tu faisais. Ou bien tu faisais semblant de savoir ?

Ses yeux disent qu'il connaît la réponse.

— Enfoiré.

— Hé, pouffe-t-il en fermant la porte pour éviter qu'un employé jette un coup d'œil à l'intérieur. Ne te fâche pas contre moi.

Il s'approche et examine les dégâts.

— Ce n'est pas trop grave. Parle tout bas et on va nettoyer sans que personne ne le sache.

Tyler me prend la cartouche de toner des mains et l'insère dans la machine, puis il referme le capot avec expertise et tapote quelques boutons.

Il regarde mon chemisier blanc couvert de suie noire.

— Il est fichu.

— Non, tu crois ? dis-je sarcastiquement.

Je prends des serviettes en papier dans l'armoire et j'essuie la poudre sur mes mains. Tyler s'empare lui aussi de serviettes et commence à tamponner ma manche et ma poitrine, mouchetée d'encre elle aussi. Excellent.

Il essuie une zone près de ma clavicule et ses jointures effleurent mon téton. Il fait froid ici, je suis agitée et merde, je frissonne un peu.

Je dois respirer fort (et pour sûr, je reste clouée sur place), car Tyler interrompt sa tâche. Il fixe sa main à quelques centimètres de mes seins, figée en plein geste. Il ne dit rien. La gêne entre nous est si épaisse qu'on pourrait la couper au couteau. Puis il lève les yeux vers les miens, le souffle haché lui aussi.

Il lève l'autre main, que je regarde avec méfiance. Soudain, ce n'est plus de la gêne, mais un autre type de tension auquel je ne suis pas habituée, mais que je ressens régulièrement avec Tyler. Il love ma joue dans sa paume, le bout de ses longs doigts chauds m'effleure la nuque.

Je ferme les yeux. Je sais où cela va nous mener. L'attirance est irrésistible. Elle est palpable. Je ne peux pas regarder. Je suis en haut du grand huit émotionnel, m'apprêtant à tomber dans le vide et je ne veux pas voir s'il tient la promesse contenue dans ses yeux.

Des lèvres chaudes rencontrent les miennes et un soupir ténu s'échappe de ma gorge.

Oh mon Dieu. J'ai attendu si longtemps. Je ne savais pas que j'attendais, mais si. J'attendais Tyler.

Ses doigts se glissent dans mes cheveux, sa main incline ma tête tandis que sa bouche se fait plus pressante, sa langue s'enfonce plus loin, envoyant des étincelles bien plus bas dans mon corps. Je suis étourdie, mon cœur bat la chamade tandis que nos bouches s'écrasent l'une contre l'autre, se reculent pour des baisers plus doux, puis se fondent à nouveau. Je n'ose pas lever les mains pour le toucher de peur de rompre le charme.

C'est un toussotement qui rompt le charme. Tyler s'écarte, les yeux brûlants de désir, et regarde par-dessus mon épaule.

— Bonjour, Mlle Tate. J'allais partir, s'empresse-t-il de dire, la voix rauque.

Il me lance un regard énigmatique, puis il sort et cède la place à Hayden.

Je ne me souviens pas avoir vu la porte s'ouvrir. Je n'ai rien entendu, à part le battement de mon cœur lorsque Tyler m'a embrassée – devant ma boss.

C'est un endroit classe, et je roule des pelles dans la salle de photocopie. Super, vraiment super.

— Hayden, je suis désolée. Je ne sais pas ce qui s'est passé.

Elle ferme la porte, et se tourne vers moi.

— Il est mignon, murmure-t-elle, bien que nous soyons seules dans la pièce.

—Je… quoi ?

— Enfin, en principe vous ne devriez pas…vous savez

quoi…au bureau, mais je comprends tout à fait. J'ai failli repartir sur la pointe des pieds. J'avais l'impression de déranger.

Elle s'évente le visage.

— J'ai besoin de prendre l'air, parce que c'était… chaud, dit-elle en hochant la tête.

Qui est cette midinette ? Bien que jeune, Hayden est ma patronne officielle et diplômée, pas cette fille rougissante qui fait des messes basses sur un garçon.

— J'ai renversé le toner. Il était en train de, euh, m'aider ?

C'est une question que je pose, car je ne suis pas sûre de savoir comment nous sommes passés du nettoyage au bouche-à-bouche. Hayden fait un sourire suggestif, puis mate le bras que je brandis comme preuve.

Elle grimace.

— Je peux vous prêter un cardigan.

— Merci.

J'essuie les mouchetures sur le mur avant de sortir. Je ne marche pas, je flotte, encore étourdie. Que vient-il de se passer avec Tyler ? Et Hayden s'en fiche-t-elle vraiment ?

— Mira, dit-elle en me touchant le bras. J'adore les histoires d'amour, mais tu ne peux pas faire ça ici.

Je remarque qu'elle est passée au tutoiement.

— Je suis désolée. Ça ne se reproduira pas.

Elle acquiesce d'un signe de tête résolu.

— On ne doit pas leur donner une raison de douter de nous, dit-elle sans préciser qui. J'ai un peu d'influence, car je contribue à redorer l'image du casino, mais je ne veux pas donner au Blue une raison de me virer. Et tu ne devrais pas non plus.

— Je te promets, Hayden. Ce que tu as vu était…

Je suis incapable de finir ma phrase. J'ignore ce qui s'est passé. Une chose que je n'aurais jamais crue possible.

Tyler m'a embrassée. Et je l'ai ressenti de partout.

Nous vivons ensemble, mais il n'a jamais pris ce genre d'initiative. J'ignore pourquoi il a fait ça ici, maintenant, mais je ne le regrette pas. Sauf que je ne veux pas perdre mon travail ni mettre Hayden en mauvaise posture. Elle a raison. On ne peut pas faire n'importe quoi au Blue. Mais merde, j'espère…

Je ne finirai pas ma pensée, car chaque fois que j'espère une chose, mon souhait ne se réalise jamais. Seulement, je rêve d'embrasser Tyler depuis qu'il est revenu au lac Tahoe, et ce rêve s'est réalisé.

———

En sortant du travail, je dîne avec Nessa à la cantine du Blue avant qu'elle ne prenne son service.

— Nessa, dis-je en plongeant une aile de poulet dans la sauce barbecue. Tu crois que les rêves se réalisent ? Genre les rêves les plus improbables ?

Nessa sale ses frites.

— Ouais, mais je pense que ça dépend du rêve. Si tu as l'intention d'aller sur la lune… ?

— Non, bien sûr. C'est juste que j'ai l'impression que désirer une chose est le meilleur moyen pour qu'elle n'arrive jamais.

Nessa m'étudie pendant un moment. Elle porte la tenue des serveuses du Blue, le bustier à paillettes faisant remonter ses petits seins en demi-lunes. Elle a une taille de guêpe et de magnifiques cheveux noirs raides. Je dois attacher ma chevelure épaisse et ondulée en queue de cheval dès le matin, sinon c'est un nid.

— Je suppose que parfois c'est vrai, mais sans doute parce que la chose que tu désires n'est pas faite pour toi. T'as beau le vouloir, ce n'est pas ton destin, tu comprends ?

Ses paroles sont franches, et elles craignent vraiment.

Mon cœur m'a toujours dit que Tyler était fait pour moi. Mais par sa faute ou la mienne, ça n'a jamais marché.

Et aujourd'hui, c'est arrivé.

Quelque chose a changé, ou peut-être que nous avançons dans cette direction depuis le début. Tyler m'a embrassée. C'était nouveau et familier en même temps, et si sincère que ça en disait plus que tous les mots que nous aurions pu échanger.

Pas étonnant que Hayden nous ait surpris sans que je m'en aperçoive. L'alarme incendie aurait pu se déclencher qu'il m'aurait fallu une minute pour comprendre où j'étais. Le baiser de Tyler était un concentré de chaleur et d'émotion, et il a aspiré tous les neurones de mon cerveau.

— Et s'il y avait une chance d'obtenir ce qu'on pensait impossible ? La personne avec qui tu as toujours voulu être ?

— Euh… fonce ? dit-elle comme si c'était une évidence. Si je pouvais… Imaginons, si j'aimais un mec, ce qui n'est pas le cas, mais si c'était le cas, je sauterais sur l'occasion de conclure l'affaire.

Je fais tourner mon poulet dans la sauce barbecue, rougissant à l'idée de revivre une histoire avec Tyler.

— Vraiment ? Et si ça n'allait pas plus loin ?

J'ai déjà fait ça et ça m'a brisé le cœur de voir Tyler quitter la ville. Suis-je capable de revivre ça ?

— Mieux vaut avoir aimé et perdu, tu sais ? Je suis sûre que quelqu'un de très intelligent a dit ça.

Elle sourit, fière d'elle.

Elle a raison, cependant. J'ai rêvé d'être avec Tyler ce qui me semble être toute ma vie, et maintenant il y a peut-être une possibilité. Minuscule, car il semblait aussi surpris que moi par le baiser. Mais s'il se dit qu'on pourrait réessayer… j'aimerais nous donner cette chance.

J'ai vraiment envie d'être avec lui. Je ne vais pas me mentir.

— Tu as changé, dit Nessa soudain sérieuse.

— Qu'est-ce que tu veux dire ?

Est-ce que mes émotions se lisent sur mon visage ? Ou pire, est-ce que la rumeur du baiser s'est répandue ? Je n'ai pas remarqué de bruits de couloir, mais je suis nouvelle. Les gens parlent.

Elle penche la tête.

— Tu as l'air plus heureuse.

Je souris timidement.

— Merci.

Ma psy m'a aidée à gérer mes problèmes avec ma mère. Et ce nouveau boulot (malgré mes bourdes) m'a stimulée et donné envie de travailler. J'ai encore des galères à régler, mais je suis plus heureuse.

— Ta mère t'en a fait baver, Mira. Personne ne peut vivre ce que tu as vécu et en sortir indemne. Mais je suis vraiment fière de toi d'avoir accepté de l'aide. Et tu as été cool avec Lewis et Gen.

Je ne suis pas fière de la façon dont je me suis comportée quand Lewis a commencé à sortir avec Gen, et ça craint qu'on me le rappelle.

— Je ne pensais jamais dire ça, mais je suis contente qu'il soit avec elle. Au moins, il a choisi une fille bien.

— C'est vrai. On ne sait jamais avec les mecs.

La bouche de Nessa se pince et elle boit une gorgée de soda.

Le dernier célibataire de la bande est Zach. Insinue-t-elle qu'elle doute de la capacité de Zach à choisir une fille bien ?

Je ne peux pas la contredire sur ce point. Zach est volage. Au début, j'ai pensé qu'il avait peut-être un faible pour Nessa, mais ça n'a jamais débouché sur rien. En fait, ils semblent plus copains que jamais.

— Je ne crois pas que tu devrais renoncer à l'amour. Concentre-toi sur les bonnes choses et elles arriveront. C'est profond, hein ? glousse-t-elle.

— Peut-être pas, mais je pense que tu as la bonne philosophie.

Chapitre Vingt-Trois

J e rentre de mon dîner avec Nessa lorsqu'une berline noire aux vitres teintées garée près de la maison démarre et s'éloigne. C'est louche dans notre quartier, et ça me rappelle une autre occasion où un truc m'a paru louche : quand les hommes sont sortis de nulle part au fin fond des bois.

J'enroule les bras autour de ma poitrine et je remonte rapidement l'allée. Une fois à l'intérieur, je verrouille la porte derrière moi, un peu nerveuse. J'ai l'habitude que Tyler soit dans les parages. Sa présence me sécurise. Je ne peux pas m'empêcher d'être déçue qu'il ne soit pas là, surtout après ce qui s'est passé dans la salle de photocopie. Je ne sais pas trop ce que signifiait notre baiser d'aujourd'hui ni si son absence actuelle veut dire quelque chose. J'aimerais bien le savoir.

Je prends une douche et je me rase les jambes. Ce n'est pas que je me prépare pour quelque chose. Seulement, mes jambes sont une forêt. Un simple soin féminin, voilà ce que c'est. Une fois propre, je m'enduis le corps de lotion à la vanille, puis je passe un short pyjama à taille basse et un débardeur à bretelles fines.

Je laisse mes cheveux détachés après les avoir tamponnés à la serviette. Je pourrais sortir le séchoir, mais si Tyler débarque et pense que je me pomponne ? Je ne veux surtout pas qu'il pense que je me suis douchée pour lui. Il a déjà assez le melon comme ça. Je ne veux pas qu'il croie que je l'attends.

Quand il rentrera, je ferai comme si son baiser n'a pas envoyé valser ma raison. Du coup, si jamais il n'a pas l'intention de m'embrasser de nouveau, il n'y aura pas de malaise. De l'extérieur, j'aurai l'air cool.

À l'intérieur, pas tant que ça.

J'enfile des chaussettes molletonnées ringardes et je m'allonge sur le canapé, portable à la main. Je pourrais regarder la télé, mais j'ai besoin de ne pas penser à Tyler. J'ouvre mon appli de poker pour voir si SuperMaman est là. C'est une mère au foyer de l'Oklahoma qui me lessive régulièrement.

SuperMaman est en ligne, ce qui ne m'étonne pas. Je crois qu'elle joue au poker avec quiconque ose se frotter à elle pendant qu'elle s'occupe des enfants. Je ne laisse plus le « Maman » dans son pseudo me duper. Elle est gentille, mais c'est un requin, alors je vais devoir me concentrer. Justement ce dont j'ai besoin. De quoi me brasser les méninges.

Après six ou sept parties, je reconnais le moteur du Land Cruiser de Tyler qui arrive dans l'allée. Ma concentration est fichue.

Moi : *Je dois y aller, SuperMaman.*

SuperMaman : *D'ac. Les enfants dorment enfin. Reviens plus tard si t'as le temps pour une autre raclée.*

Elle est trop modeste. J'ai besoin d'une autre raclée autant que j'ai besoin de me ridiculiser au boulot, mais au moins, SuperMaman est gentille. Je parie que c'est une mère cool. La mienne ne m'a pas contactée, ce à quoi je m'attendais de toute façon. Je me suis blindée contre son silence, mais ça fait quand même mal. Or cette fois, je ne vais pas laisser ma douleur m'entraîner sur la mauvaise pente. Si ma mère veut une relation, elle va devoir jouer sur un pied d'égalité avec moi.

Je ne bouge pas du canapé où je suis étendue, les jambes croisées et posées sur l'accoudoir opposé. Je vérifie mes emails, puis je fais défiler mon fil d'actualité, trop distraite pour assimiler quoi que ce soit. Enfin, le grincement de la porte se fait entendre et mes épaules se crispent. Je les relâche immédiatement et continue mon défilement. J'ai failli couper mon forfait mobile, mais c'est la seule dépense non essentielle que je me permets. Mon seul lien avec le monde extérieur. Je ne peux pas y renoncer.

J'entends Tyler fermer la porte, puis je le sens s'approcher du canapé.

Quand je n'en peux plus, je lève enfin la tête — et je n'arrive plus à détourner le regard.

Tyler est debout à côté de moi en jean et t-shirt, à fixer mes jambes nues. Son regard croise le mien.

Oh, merde.

À l'aide. Au secours.

C'est parti.

Tyler balance ses clés sur le comptoir, là où il les laisse toujours, sans me quitter du regard.

Il se penche et m'empoigne une cheville, au-dessus de la chaussette moelleuse. Je suis des yeux sa main, énorme, électrisante, alors qu'elle remonte le long de ma jambe. Mon cœur s'emballe, j'ai l'impression qu'il va jaillir hors de ma poitrine qui monte et descend à toute vitesse sous l'effet de ma respiration hachée. De l'autre main, il prend mon portable (je réalise que je le tiens comme un couteau) et me l'enlève doucement avant de le poser par terre.

La main sur ma jambe s'aventure jusqu'à ma hanche, et un souffle s'échappe de ma bouche. Je meurs d'envie de le toucher à mon tour, de goûter ses lèvres encore, mais si c'est ce qu'il veut, il va devoir faire en sorte que ça arrive. Ce ne sera pas moi qui le séduirai cette fois.

Je sonde ses yeux bleu ciel soudain assombris, le noir de ses pupilles dilatées couvrant presque entièrement les iris. Ses deux mains sont sur mes hanches maintenant, il les regarde remonter jusqu'à ma taille, ses pouces atteignant mes seins jusqu'à ce que ses paumes couvrent ma poitrine, où s'affole mon cœur, continuent vers mon cou, et trouvent enfin ma mâchoire, qu'il prend en coupe en dévorant mes lèvres des yeux.

Je perds la tête, j'ai l'impression que je vais exploser. S'il ne m'embrasse pas bientôt, je ne sais pas combien de temps encore je vais pouvoir tenir.

Tyler se penche et ses lèvres touchent les miennes, tellement douces, tendres. Mon corps entier frémit. Le baiser est différent de celui de la salle de photocopie, qui était chaud et désespéré, comme de l'eau remplissant les fissures d'un sol aride. Celui-ci est émouvant, à la fois tendre et affamé.

J'enroule le bras autour de son cou et je l'attire contre moi, car j'ai compris le message. C'est ce qu'il veut, et moi aussi.

Tyler s'agrippe d'une main au dossier du canapé et s'allonge sur moi. Je laisse une jambe glisser par terre et ses hanches s'insèrent entre mes cuisses. Je sens son renflement presser contre ma zone palpitante de désir, mais il reste là sans bouger, ni se frotter. Il passe les doigts dans mes cheveux, les pouces sur mes tempes.

— Mira…

Il lâche un soupir, comme si le simple fait de prononcer mon nom suffisait.

Je me sens choyée, ça me tue presque. Je le désire ardemment, et il me terrifie en même temps. Mais je ne laisserai pas les peurs qui m'habitent prendre le dessus.

Je ne cacherai pas mes sentiments cette fois.

Ses lèvres trouvent ma bouche, sa langue s'entortille autour de la mienne et elles dansent ensemble. Mes mains glissent dans son dos jusqu'à ses cuisses, que j'empoigne avec une passion qui brûle en moi depuis une éternité.

Tyler gémit dans ma bouche et sa main caresse ma poitrine, trouvant un sein, qu'il niche dans sa paume avant de passer le pouce sur mon mamelon. Je frétille, car il m'est impossible de rester immobile à son contact. Son autre main descend vers l'ourlet de mon débardeur et il me le passe par la tête sans hésitation.

C'était mon pyjama, et je ne porte pas de soutien-gorge.

Ma dernière fois remonte à un bail, je suis nerveuse. Si je suis à moitié à poil, il doit l'être aussi.

— Enlève ton t-shirt, j'ordonne.

Il se redresse et enlève son t-shirt d'un mouvement leste avant de se pencher vers moi de nouveau, ses lèvres retrouvant immédiatement les miennes. Sa poitrine nue est contre ma poitrine nue, et je crois qu'aucune sensation au monde n'est plus agréable que la peau chaude de Tyler.

Il balade les doigts sur mon épaule, le long de mon bras, jusqu'à ma main, qu'il presse dans la sienne, réchauffant une contrée protégée de mon cœur. J'embrasse la légère encoche dans son menton, le chaume recouvrant sa gorge, qui me picote les lèvres, puis je retrouve sa bouche, douce, mais exigeante. Il m'embrasse comme s'il vénérait mes lèvres. L'émotion se déverse comme un déluge, et j'ai presque envie de détourner la tête pour reprendre mon souffle.

Je ne le fais pas. Je lui rends son baiser au centuple, avec toute l'émotion que je ressens pour lui.

Sa poitrine se gonfle d'une profonde inspiration alors qu'il se redresse pour m'étudier. Son regard brûlant me transperce pendant de longues secondes. Ses yeux sont sombres, intenses et, à moins que je ne me trompe, il semble se faire du souci pour moi. Après un moment, il relève la tête et regarde autour de lui.

— On le fait où ?

C'est réellement en train d'arriver. Il ne me demande pas si je suis sûre de le vouloir, seulement de choisir l'endroit. Et oh, mon Dieu, pourquoi est-ce si sexy ?

Puis je me rappelle Tyler et l'autre nana qui se pelotaient sur ce canapé, une image que j'essaie aussitôt de chasser de mon esprit, mais maintenant qu'elle y est…

— Pas ici, dis-je.

— Dans ta chambre.

— Non. La tienne.

Je le désire tout entier, son corps, son cœur… son lit. Je me fiche qu'il soit sur la mezzanine. Parce que c'est son espace. Un espace imprégné de son essence.

Il se relève rapidement et m'entraîne dans la foulée. J'ai toujours la poitrine nue, et même s'il a vu mes seins, je me couvre instinctivement.

Il ne dit rien. Il me regarde ôter mes chaussettes avant de me diriger nu-pieds vers l'échelle. Il enlève rapidement ses chaussures et ses chaussettes à son tour, puis il m'emboîte le pas.

Je sens sa présence derrière moi tandis que je grimpe, la chaleur de son corps réchauffant le mien. Il garde une main posée au creux de mes reins, me protégeant au cas où je tombe. Je finis mon ascension avant de m'étendre sur son lit, qui prend presque toute la superficie de la pièce.

Tyler se glisse à côté de moi et me serre contre lui. Sa bouche trouve la mienne comme un aimant tandis que ses mains se glissent dans l'élastique de mon short. Je sens une hésitation soudaine. Une lueur d'inquiétude que cette histoire n'ira jamais plus loin, la peur dont j'ai fait part à Nessa plus tôt.

— Attends, dis-je en poussant son torse d'une main, et il recule.

Tyler et moi n'avons jamais été plus que des amants. Mais je veux plus. J'étudie son visage sublime, ses pommettes saillantes, sa mâchoire anguleuse, l'émotion qui émane de ses yeux.

Il m'embrasse sur la joue tendrement, fouillant mon regard.

— Ça va ?

Son regard est tellement doux, et j'ose même croire aimant. Il me demande si je vais bien.

Nessa m'a dit de me lancer, de saisir l'occasion. Car je ne vis pas ; je survis. Et en ce moment, je vis.

J'enroule les bras autour de son cou, l'attire contre moi et presse les lèvres sur les siennes.

Ses mains retournent à mon short, et il le fait glisser le long de mes jambes avant de le laisser tomber près du lit. Les seules barrières entre nous sont mon shorty en dentelle et son jean.

Je suis des doigts les sillons des muscles qui ondulent sous sa peau. Son corps est d'une masculinité si parfaite, je ne peux pas m'empêcher de passer les mains sur la peau lisse de ses bras, ses pectoraux… Je meurs d'envie de m'aventurer plus bas.

Mes doigts trouvent la ceinture de son jean, puis défont le bouton à l'avant. Tyler roule sur le dos, et je dézippe sa braguette. Il le baisse et le vire d'un coup de cheville avant de se remettre à m'embrasser, cette fois sur la poitrine. Il trace le contour de mes seins avec ses baisers, évitant de justesse mes pointes érogènes, à croire qu'il veut me rendre folle.

Je me cambre et le tire vers moi. Il m'empoigne les fesses de ses larges mains et me presse contre lui, contre son renflement long et dur, puis il referme la bouche autour de mon téton, le suçant et enroulant la langue autour.

Oh. Mon. Dieu. Il s'est amélioré.

Je devrais être contrariée, car cette amélioration me rappelle qu'il s'exerce sur d'autres femmes, mais vous savez quoi ? Je n'ai même pas l'énergie de m'en soucier en ce moment. C'est trop bon.

Tyler donne à mon autre sein la même attention, son bassin continuant d'aller et venir entre mes jambes, me faisant perdre la tête.

— Tyler, je…

J'en veux plus. Tout de suite.

En guise de réponse aux mots que je n'arrive pas à prononcer, il pose une série de baisers sur mon ventre en descendant vers ma culotte, puis il m'embrasse *là*, le vilain.

Je laisse échapper des sons étouffés et indistincts alors qu'il bouge la tête entre mes jambes. Il m'écarte les cuisses pour continuer d'y poser des baisers, titillant ma peau sensible de façon insoutenable.

— Tyler, dis-je, avec plus d'insistance cette fois.

Je sens son sourire contre ma peau, puis ma culotte qui descend le long de mes jambes. Il vire son caleçon avant de reprendre sa série de baisers sur mes cuisses. Il a intérêt à en venir au fait bientôt, car sa nouvelle expertise me donne envie de sentir des choses. Une chose en particulier. En moi. *Maintenant.*

Sans que je m'y attende, sa langue mouillée se glisse là où j'espérais sentir une autre partie de lui. Je halète.

Il relève la tête, sourcil arqué.

— Encore ?

Je le dévisage parce que, mon Dieu, qu'est-ce qu'il me fait ? Je vais fondre dans le matelas s'il continue comme ça. Je peine à me concentrer assez pour formuler une réponse.

Est-ce que je veux qu'il continue ?

Étant donné la sensation que sa langue me procure, un peu mon neveu. Est-ce que je veux, après tout le temps qu'on a passé loin l'un de l'autre, physiquement et émotionnellement, le sentir en moi, sentir nos âmes fusionner de la façon la plus intense imaginable ? Et comment !

Mais revenons à ce truc dont j'ai tant entendu parler, mais dont je n'ai jamais fait l'expérience moi-même.

Parce que le seul sexe que j'ai connu, c'était avec Tyler.

— Je te veux… en moi, dis-je hésitante.

Il prend un air sérieux, comme si mes mots le dérangeaient.

Je déglutis, sentant la panique s'emparer de ma poitrine. Il peut reprendre là où il avait laissé. Tout ce que je veux, c'est me sentir liée à lui.

Avant que je puisse lui demander ce qui cloche, il se hisse le long de mon corps en m'écrasant contre le matelas avant de tendre la main vers une boîte sur l'étagère. Il fouille dedans, puis déchire l'emballage d'une capote, avec laquelle il se gaine.

Il s'insère entre mes jambes et je le sens *là*, exactement où je le veux. Sauf que mon corps tremble, et cette fois de nervosité plus que de désir. La dernière fois que Tyler et moi avons fait ça, les choses ont mal tourné. Enfin, c'était bon. Mais je n'étais pas prête pour les émotions qu'il a suscitées en moi.

Il pose les mains de chaque côté de ma tête, me caressant les joues avec ses pouces. Il sonde mes yeux et mes inquiétudes s'envolent, son regard est la tendresse incarnée, peut-être plus encore. Je ne détourne pas la tête. Je veux qu'il voie combien il compte pour moi. Que lui et moi, ça n'a jamais été qu'une simple histoire de sexe.

Tyler s'avance, glisse en moi, et je suis un tourbillon de sensations. Je renverse la tête en arrière en m'agrippant à ses épaules. Il m'étire, me remplit, mais c'est délicieux.

Il me dévore le cou, puis la bouche, ses lèvres insatiables, contrairement à son bassin qui bouge de façon lente et sensuelle.

Mon corps entier me chatouille, un sentiment qui naît dans mon bas-ventre, à l'endroit de notre connexion. Il glisse la main entre nos corps et me caresse, à m'en faire voir trente-six chandelles.

Je romps notre baiser alors qu'une vague déferle en moi, me fracassant en un million de morceaux. Je me tortille et je gémis. C'est trop, mais je ne veux pas que ça se termine, car je n'ai jamais rien ressenti de tel.

Tyler accélère la cadence, et je ne peux que m'accrocher à lui, le corps toujours frissonnant après le violent séisme qui m'a secouée. Putain de merde. Les orgasmes sont ma nouvelle chose préférée, après Tyler. Eh bien, il a toujours été le truc que je préfère, mais maintenant je veux lui *et* des orgasmes. Parce que, oh putain.

Il saupoudre mon visage de baisers, puis mon cou, jusqu'à ce que ses yeux se ferment, son corps se crispe et un gémissement profond s'échappe de sa gorge.

J'embrasse sa mâchoire, sa bouche, jusqu'à ce qu'il s'effondre sur moi, ses bras m'enserrant le corps assez solidement pour me protéger de son poids. Il est lourd, mais j'aime ça. J'aime le sentir sur moi, en moi. Près de moi.

Un large sourire se dessine sur mon visage et je me

blottis contre sa poitrine, la tête enfouie dans son cou. Je suis passée à côté de beaucoup la dernière fois, trop effrayée par les sentiments qu'il avait éveillés en moi ce soir-là. Mais pas cette fois. Cette fois, je veux savourer le moment que nous venons de partager.

Et je suis déjà impatiente de recommencer. Avec un orgasme, parce que c'était trop génial. J'ignorais ce que je ratais.

Je nage dans la béatitude quand un sentiment me turlupine. Le corps de Tyler n'a pas bougé, mais quelque chose a changé. Puis il bouge.

Il s'assied et me jette un coup d'œil.

— Est-ce que ça va ?

Il m'a demandé la même chose après la fois où nous avons couché ensemble au lycée, sauf que cette fois, je vais bien pour de vrai.

— Ouais. Toi ?

Je souris, mais Tyler reste impassible.

— Ouais, mais j'ai faim. Tu veux quelque chose ?

Je m'assieds à mon tour, parce qu'il n'est plus sur moi et je ne veux pas qu'il s'éloigne. Je tire le drap sur ma poitrine, sans cacher ma perplexité.

— Euh, ouais d'accord.

— Cool. Tartine à la confiture ?

J'opine, mais quelque chose ne tourne pas rond.

Tyler fait un nœud avec la capote avant de remettre ses fringues. *Toutes* ses fringues. Comme s'il n'avait pas l'intention de revenir au lit. Mon cœur se serre, mais je ne dis rien. Je suis paralysée par la peur.

Ne t'en va pas.

Il descend l'échelle et je l'entends s'affairer dans la cuisine, ouvrir le frigo, les placards. Je me ronge nerveusement l'ongle du pouce en écoutant. Après quelques minutes, il remonte l'échelle et pose une assiette avec une tartine ainsi qu'un verre de lait à côté du lit. Il reste dans l'échelle, passant la main dans ses cheveux sombres et épais.

— Mira, je dois y aller. J'ai un truc de prévu. Je ne pensais pas… enfin, quelqu'un m'attend.

Je détourne le regard, inspirant profondément pour contenir le flot de larmes derrière mes yeux. Pourquoi il me fait ça ? *Pourquoi ?*

— Désolé, je sais que le timing est mauvais. Mais on se voit plus tard, d'accord ?

Je ne réponds pas. Je ne le regarde pas. Je ne lui dis pas que ça va, alors que ça ne va pas du tout. Et il le sait très bien, bon sang. Je l'entends dans sa voix.

Il descend l'échelle. Le bruit de la porte d'entrée qui se referme est ce qui fait enfin déborder les larmes.

Les plus grosses larmes que je n'ai jamais versées.

Je me recroqueville sur le lit, la tête enfoncée dans l'oreiller empreint de son odeur. Je l'aime, et je le déteste à la fois.

Après tout ce qu'on a vécu, comment peut-il me faire ça ?

Chapitre Vingt-Quatre

TYLER

Dès que Mira et moi avons couché ensemble, le nuage qui me brouillait l'esprit depuis des mois m'a parcouru le corps et m'est sorti par les pores, obligeant toutes mes émotions refoulées à remonter à la surface, en plus des raisons pour lesquelles je les ai réprimées. Pourquoi je suis ici au lac Tahoe. Pourquoi j'ai quitté mon poste d'enseignant au collège communautaire avant de ficher le camp du Colorado.

Parce que je suis bousillé. Je suis une épave.

Je ne pouvais pas aimer Anna. Je n'ai jamais été capable d'aimer quelqu'un.

Anna méritait mieux. Elle était douce et gentille. Je me souciais plus d'elle que de toutes les filles avec qui j'ai été ces dernières années. Je ne pensais plus jamais aimer une femme. Je m'en croyais incapable. Anna était une fille bien, je me disais que je pouvais la rendre heureuse. C'était absurde de se fiancer, mais je devais passer à autre chose, même si je n'avais pas réalisé à l'époque à quelle autre chose je passais.

Toutes ces émotions que je me croyais incapable de

ressentir ont ressurgi avec Mira. L'amour, la colère, le désir.

Pourquoi suis-je revenu au lac Tahoe ? Je ne me rappelle pas le raisonnement qui m'a poussé à le faire. J'ai des potes aux quatre coins du pays depuis la fac. J'aurais pu aller chez n'importe lequel d'entre eux, mais je suis rentré au bercail. Un endroit qui n'est plus chez moi en fait, maintenant que ma mère a déménagé à Carson City.

Ça me fout les boules d'imaginer qu'inconsciemment, je suis revenu pour Mira. Et pourtant, lorsqu'on a fait l'amour – car il n'y a pas d'autre façon de décrire ce qu'on a fait –, et ces dernières semaines… la tension entre nous… *merde*.

Je suis revenu pour elle.

J'évitais de penser aux raisons pour lesquelles on ne devrait pas s'engager dans une relation. J'essayais de me convaincre qu'on pouvait coucher ensemble et que ça ne changerait rien, mais c'était des bobards. Mes sentiments pour Mira n'ont rien à voir avec ceux que j'ai ressentis pour quiconque auparavant. La douleur et la culpabilité de l'avoir laissée seule dans mon lit me tuent. J'ai envie de retourner vers elle à plat ventre et la supplier de me pardonner de m'être comporté en salaud, mais il y a une raison pour laquelle j'ai flippé et détalé.

Après Anna, je ne suis digne d'aucune femme.

Je suis venu à Tahoe en me disant que c'était Mira qui devait changer. Mais Mira essaie de sauver sa mère, elle laisse à son meilleur ami de l'espace pour être avec la femme qu'il aime, même si c'est de la torture, et elle se tient loin des Sallee pour les protéger de ses propres ennuis. Mira est altruiste. Elle est tout ce que j'imaginais d'elle quand j'ai appris à la connaître, et rien de ce que j'imaginais d'elle quand j'ai fui cette ville il y a six ans.

Je cille en regardant la maison devant moi. Je ne me

rappelle même pas avoir roulé jusque chez Phil. Je lui ai envoyé un texto dès que j'ai laissé Mira en plan, mais je n'ai pas vérifié mon portable pour voir s'il m'avait répondu. J'ai pensé aller chez Jaeg, mais Cali est là. Elle va me le faire payer cher d'avoir déserté Mira ; Cali est très protectrice avec ses copines. En cet instant, je ne lui en veux pas.

Je descends de ma voiture et je marche jusqu'à la porte de Phil, où je toque en me frottant le visage d'une main.

Quand Phil voit ma tronche, il ouvre la porte en grand pour me laisser entrer.

— À ce point-là ?

La nana de Phil, j'apprends, est sortie avec ses copines ce soir. Il n'y a que nous deux, et au lieu de nos bières habituelles, il m'offre un shot de Tequila.

Je secoue la tête.

— Nan, mec.

— Vieux, qu'est-ce qui te prend ? Je ne t'ai jamais vu comme ça.

Je joins les mains devant moi, les jambes écartées, assis sur le canapé en face de lui.

— Tu te souviens de cette fille dont je t'ai parlé avant de partir d'ici ?

Phil descend son shot, assis sur le fauteuil.

— Ouais, t'as dit qu'elle t'avait largué, mais t'avais pas de copine au lycée, alors c'était étrange. Et tu ne voulais pas me dire qui c'était.

— Je vis avec elle.

Je le fixe, guettant sa réaction.

Il s'assied au bord de son siège.

— Attends, Mira ? C'est elle qui t'a bousillé ?

J'opine, encadrant mon front du bout des doigts.

— Je pensais que t'avais décidé de la faire sortir de chez toi ?

— Ce n'est pas chez moi, mais ouais, j'ai essayé. Ça n'a pas marché. Je… on…

Je ne finis pas ma phrase.

Après une longue pause, Phil parle.

— Tu l'as sautée ?

Je relève la tête.

— Mec, c'est de ma copine que tu parles.

Phil lève les mains.

— Ouh là, c'est ta copine maintenant ? Qu'est-ce que tu fabriques, mec ?

Ma tête me retombe dans les mains.

— J'en sais rien, mais je crois que j'ai tout foutu en l'air.

Phil se lance dans une tirade sur le fait que je devrais oublier Mira. Me la sortir de la tête. Coucher avec une autre. J'ai essayé de faire tout ça quand j'ai quitté le lac Tahoe. Ça n'a pas marché. Et honnêtement, je n'ai plus l'énergie de lutter contre mes sentiments. Je ne suis pas sûr d'être digne de Mira, mais j'en ai marre de la laisser tomber.

Je me lève d'un coup.

— Je dois y aller.

Phil se lève à son tour.

— Quoi ? Tu ne peux pas retourner là-bas. Elle va te bousiller, mec. Regarde les dégâts qu'elle a déjà faits.

Je le fusille du regard, et il baisse d'un ton.

— Elle est importante à ce point-là ?

Je soupire, sentant la pression qui m'oppressait la poitrine jusque-là s'envoler.

— Ouais.

On s'engueule, elle est fougueuse, mais on a un lien que je n'ai jamais ressenti avec personne d'autre. Je vois qui elle est réellement, et elle me fascine.

Elle est tout pour moi. J'ignore comment j'ai pu être assez idiot pour ne pas le réaliser avant.

———

Mira

JE VIS dans la peur qu'on me quitte. En raison de l'abandon de ma mère quand j'avais trois ans. Pourtant, quand Tyler me délaisse dans son lit, nue autant physiquement que sentimentalement, rien ne peut décrire la douleur qui me ronge la poitrine ni la colère que je ressens.

Je me redresse après avoir chialé en position fœtale un moment, ramasse mes fringues d'une main, puis descends tant bien que mal l'échelle jusqu'à ma chambre, où je me rhabille et rassemble mes affaires dans un sac à dos. Je ne peux pas vivre avec Tyler. On finit toujours par se blesser l'un l'autre.

J'arrive devant chez Lewis une demi-heure plus tard, et la voiture de Gen est dans l'allée, à côté de la camionnette de Lewis. Les lumières sont allumées dans la maison. Je déteste l'idée de m'immiscer, mais j'ai besoin d'un endroit où crécher. Et j'ai justement envie de parler à Gen. C'est pour ça que je suis venue ici au lieu d'aller chez Zach.

Lewis et Zach péteraient un câble et voudraient dérouiller le type s'ils savaient que quelqu'un m'a fait de la peine. J'en veux à Tyler, mais je n'ai pas pour autant envie qu'il se prenne une raclée.

J'ai besoin de l'aide de Gen. C'est une belle fille, mais elle est dure à cuire. Elle a déjà dit à Lewis, qui n'a jamais eu à s'efforcer de garder une fille, de retrouver la forme, sinon elle ne sortirait pas avec lui. Elle saura quoi faire pour Tyler. Parce que l'idée de le larguer va à l'encontre de ma nature ; je veux rester près de lui.

Mais je ne peux pas. Pas après ce qu'il vient de faire.

Je monte les marches menant au petit chalet de Lewis, et je jette un coup d'œil par la grande baie vitrée avant. Gen et lui sont assis sur le canapé à regarder la télé, il a le bras autour de ses épaules. Il se penche et lui dit quelque chose qui la fait sourire.

Merde. Peut-être que je devrais aller chez Zach. Ou peut-être que je peux parler à Gen, puis aller chez Zach ? Ou passer chez Nessa ? Elle a une colocataire, mais ça ne l'ennuierait sans doute pas que je dorme sur le canapé.

Gen lève la tête vers moi.

— Mira ? dit-elle par la fenêtre ouverte.

Elle bondit sur ses pieds et Lewis l'imite, l'air inquiet.

— Salut, dis-je en ouvrant la porte déverrouillée et entrant, essayant de feindre la bonne humeur. Désolée de vous interrompre, je…

Je quoi ? J'ai besoin d'un ami ? De prendre l'air ?

Toutes ces réponses.

— Entre, dit Gen avant que je puisse finir ma phrase.

Elle me prend par le bras et m'entraîne dans la cuisine, où elle m'assied sur un tabouret au comptoir. Puis elle fouille dans les placards et en sort une boîte d'Oreo à la menthe et un sachet de réglisses rouges.

— Qu'est-ce que je te sers à boire ? On a du Jäger-meister (elle fait mine de vomir) ou du rhum. J'ai pas encore eu le temps de faire des provisions d'alcool de qualité, on a que des sucreries. Ce que Lewis avait en stock.

— Non merci, ça va.

Je ne bois pas beaucoup, surtout pas quand je suis triste. Ça me rappelle trop la façon dont ma mère gère ses problèmes.

Elle baisse le ton.

— Mira. T'as l'air chamboulée. Ça va ?

Elle jette un coup d'œil vers le salon.

— Je demande parce que Lewis va te faire passer un interrogatoire d'une minute à l'autre, alors à moins de vouloir l'impliquer dans l'histoire, on devrait faire semblant de parler de trucs de nanas.

Elle lève les mains.

— À moins que ce soit à lui que tu veuilles parler ? On dirait juste… enfin, je connais cette tête. D'expérience. T'as l'air d'avoir le cœur brisé.

Je laisse échapper un soupir. Elle a raison. Je suis venue ici pour lui parler.

— Rhum-coca. Et les cookies.

Gen pince les lèvres et hoche la tête ; j'ai confirmé ses soupçons. Elle prépare deux rhums-coca qu'elle sert dans des verres de vin.

— On n'a qu'à faire semblant que c'est du bon vin, dit-elle en me tendant le mien. Donne-moi une seconde, je nous débarrasse de Lewis.

— Tu n'as pas besoin de…

Elle secoue la tête.

— T'inquiète, ça va.

Gen rejoint Lewis dans le salon et lui parle à voix basse. Il lève la tête vers moi. Je bois une gorgée de mon verre.

— Mira, dit-il en se dirigeant vers l'escalier. Gen dit que tu veux parler de trucs de nanas.

Il grimace, mais je parie qu'il n'en a même pas conscience.

— Je serai à l'étage si vous avez besoin de moi.

Je ne veux même pas savoir ce qu'elle lui a dit. Il pense sans doute que j'ai mes règles ou quoi. Mais il me lorgne du coin de l'œil, alors il soupçonne peut-être qu'il y a anguille sous roche.

Gen revient à la cuisine et reprend son verre.

— Je ne veux pas mentir à Lewis, dis-je.

Je suis déjà mal à l'aise à l'idée de lui cacher quelque chose. Je ne veux pas en rajouter.

— Ce n'est pas un mensonge. C'est une soirée entre filles. Je lui ai dit que t'avais des problèmes féminins et que t'avais besoin de m'en parler. Il n'y a rien de faux à ça. Tu peux lui dire ce qui se passe plus tard, si tu veux. Quand je t'aurai aidée à trouver la solution. Ce n'est quand même pas un mec qui va t'aider avec une peine de cœur.

Je souris, malgré ma tristesse. Voilà pourquoi je suis là.

— Ouais, Zach et Lewis ne sont pas doués pour parler de ce genre de choses.

— *Les mecs*, dit-elle en levant les yeux au ciel.

— Ouaip.

Elle boit une gorgée, puis se penche vers moi, d'un air conspirateur.

— Alors, de quel mec on parle ? Je le connais ?

Je passe le doigt sur le bord du verre. Il n'y a pas moyen d'esquiver la question. Ni de mentir.

— Tyler.

Gen s'étouffe avec la gorgée qu'elle vient de boire, tousse et ramasse le torchon sur la porte du four pour s'essuyer la bouche.

— *Tyler* ? glapit-elle.

— Ce n'est pas ce que tu penses, ou peut-être que ça l'est, dis-je en sentant mes sourcils se froncer. On a un passé.

— Il était bizarre avec toi, remarque-t-elle les yeux dans le vide, comme si elle se remémorait un truc. Je lui ai demandé pourquoi une fois et il a dit qu'il ne voulait pas en parler, du coup j'ai su qu'il y avait beaucoup à dire. Mais je n'aurais jamais cru que c'était…

J'en ai marre de cacher mes sentiments pour Tyler, et j'ai besoin des conseils de Gen. Une forteresse de fer protégeait mes émotions depuis tellement longtemps. Puis j'ai enfin laissé entrer Tyler dans mon cœur, et il m'a fait du mal. Rien de bon n'émane d'une relation où deux personnes se blessent autant. Mais comment je reconstruis les remparts une fois que je les ai abattus ? Tous les sentiments que j'ai pour Tyler sont mis à nu.

Je prends un réglisse rouge et je l'enroule autour de mon doigt.

— Tyler est le premier type avec qui j'ai couché.

Gen pose son verre sur le comptoir, et il tinte bruyamment contre le granit.

— Le *premier* ?

— C'est bizarre de vivre avec lui.

— *Tu m'étonnes*. Pourquoi tu ne m'as rien dit ? On aurait pu te trouver un autre endroit où vivre.

— Qu'est-ce que j'aurais dit ? « *Désolée, Cali, je ne veux pas vivre avec ton frangin parce que c'est lui qui m'a dépucelée.* »

Je secoue la tête.

— Comment on dit ça à la sœur de quelqu'un ?

— Pas faux, dit-elle en poussant mon rhum coca vers moi, et je bois une gorgée. Il s'est évidemment passé quelque chose entre vous. Autre que le fait que vous êtes obligés de cohabiter. Mais jusqu'ici, t'as réussi à ne pas avoir l'air de quelqu'un à qui on vient d'arracher le cœur.

Je tique. J'étais tellement douée pour cacher mes émotions avant. Mais tout a changé quand Tyler est revenu en ville.

— Et depuis qu'on vit ensemble, eh ben… on s'est un peu retrouvés.

J'explique ce que je ressens, l'attirance entre Tyler et moi, le job qu'il a pris au Blue, le baiser dans la salle de photocopie. Et ce soir. Je lui fais un résumé de la façon dont il m'a laissée en plan après qu'on ait couché ensemble.

— Mince. Je suis désolée, Mira.

— Qu'est-ce que je fais, Gen ? Je tiens à lui. Je m'ouvre enfin, et il me fait ça. Je ne suis pas parfaite, mais je ne mérite pas ce qu'il a fait.

— Non, c'est vrai. Ne tolère jamais ce genre de conneries. Peu importe qui c'est et à quel point tu tiens à lui.

Gen n'a pas hésité à mettre la misère à Lewis quand ma relation avec lui a nui à la leur. J'avoue que je lui réclamais peut-être un peu trop de son temps. Que je le forçais à me faire passer en premier. C'est terrible quand j'y pense aujourd'hui, mais j'avais tellement peur de le perdre. C'est encore le cas, mais donner de l'espace à Lewis m'a appris que les gens restent dans les parages parce qu'ils le veulent, pas parce qu'ils y sont obligés. Vous savez, le libre arbitre et tout ça. Je lui ai donné de l'espace et il n'a pas déguerpi. Il est toujours là pour moi.

Je relève la tête en soupirant.

— J'essaie de fixer des limites avec les gens, surtout avec ma mère. C'est la seule personne que j'ai laissée me blesser, mais quand Tyler m'a abandonnée comme ça… purée, c'est dur.

Et ça joue sur ma plus grande peur.

— Tyler a fait quoi ? demande Lewis qui sort de nulle part, nous faisant sursauter.

Nous étions tellement dans notre bulle, je ne l'ai pas vu arriver. Il a un verre vide à la main et il se dirige vers l'évier.

— Il a fait quelque chose, Mira ? s'énerve-t-il.

Oh, merde. Je regarde Gen, elle hausse les épaules.

— Crois-moi, Lewis, tu ne veux pas savoir ce qui se passe entre Tyler et moi.

— Ouais, ben, ça pue. Si tu ne me le dis pas, je vais devoir aller lui tirer les vers du nez. Littéralement.

— Tu vois ? C'est pour ça que je n'ai rien dit, je râle en passant la main dans mes cheveux, voûtant les épaules.

Tyler et moi, on… merde, Lewis. C'est une super longue histoire. Tyler est le premier mec avec qui j'ai couché. Au lycée.

Lewis écarquille les yeux, et je vois sa mâchoire se contracter légèrement. Mes mots s'embrouillent alors que j'essaie d'arracher le pansement.

— C'est, euh, difficile de vivre avec lui. On a, euh…

Lewis lève les mains et ferme les yeux.

— Stop. Je ne veux pas l'entendre. Dis-moi seulement une chose : est-ce qu'il t'a fait du mal ?

— Pas physiquement. Ça va, Lewis. J'ai seulement besoin de conseils de fille.

Lewis s'agrippe au comptoir, tellement fort que ses jointures blanchissent.

— Parce que s'il fait le con, *t'as intérêt à me le dire*.

Lewis est plutôt doux, mais quand la menace plane, il peut être terrifiant.

— Ce n'est pas ce que tu penses, dis-je. On a… un passé tumultueux. Je croyais qu'on avait tourné la page, mais à l'évidence, j'avais tort.

Mais cette explication ne me semble pas juste non plus. Tyler s'occupe de moi. À contrecœur, peut-être, mais il est là pour moi. Je ne sais pas pourquoi il est parti ce soir, et je ne vais pas me casser la tête à essayer de comprendre ses raisons. Il l'a fait, et c'était cruel.

— Eh ben, il a intérêt à bien se tenir. Je me fiche de ce que t'as fait, s'il te fait du mal…

— Lewis.

Gen pose une main sur sa poitrine, et il la regarde en tressautant, comme s'il avait oublié qu'elle était là. Elle le prend à part et ils discutent un instant.

Ce n'est pas pour ça que je suis venue ici. Je ne veux pas que Lewis en veuille à Tyler. Certes, je suis fâchée contre Tyler, mais ça ne regarde que nous.

— Mira, dit Lewis, me ramenant à moi.

Ils me fixent tous les deux, et je réalise qu'ils attendent que je parle.

— T'as besoin que je fasse quelque chose ?

— Non. Merci. En fait, je dois te dire un truc.

Lewis m'est d'un grand soutien, et on est encore proches, malgré sa nouvelle relation. J'aurais dû lui avouer plus tôt, mais je n'étais pas prête. Et bien que je ne sois pas sûre de l'être maintenant, le fait de m'accrocher à mes peurs ne m'a jamais menée nulle part.

— Ne te fâche pas, d'accord ?

Lewis prend place sur le tabouret à côté de moi.

— Raconte, dit-il doucement.

— J'ai menti à propos de l'argent que je dois.

Son visage reste impassible, mais ses yeux s'assombrissent, comme s'il devinait déjà ce que je m'apprête à dire.

— J'aide ma mère financièrement depuis que j'ai obtenu mon diplôme.

Lewis relâche l'air contenu dans ses poumons et détourne le regard.

— Les paiements sont allés en empirant ces dernières années. Elle m'a dit que sa vie était en danger, j'ai emprunté une grosse somme. Je n'ai pas pu la rembourser à temps… tu connais le reste de l'histoire.

Il évite mon regard.

Le désespoir s'empare de moi. Je voulais enfin m'ouvrir à lui à propos de ma mère, mais là, je doute que ma confession était une bonne idée.

— Tu tenais tellement à ce que je reste loin d'elle, dis-je d'une voix brisée avant d'inspirer profondément. Et puis j'ai fait ça. Je croyais que t'en aurais marre de moi. J'avais peur que tu me raies de ta vie comme tu m'as demandé de la rayer de la mienne. Je sais que ce n'est pas rationnel, mais…

Lewis fixe son verre vide. Je m'évertue à lui faire comprendre.

— Lewis ? Dis quelque chose, s'il te plaît.

Il pose son verre sur le comptoir, pivote sur le tabouret, puis marche jusqu'à la porte. Elle claque derrière lui.

En temps normal, j'endigue mes larmes, mais ces derniers temps, elles coulent librement comme de leur propre volonté, ruisselant sur mes joues. Je baisse la tête vers le comptoir, sentant la main de Gen sur mon épaule.

— Ça va, Mira. Ça va aller. Donne-lui du temps. Il n'est pas content, mais il sait à quel point c'est compliqué avec ta mère.

J'entends ses mots, mais la seule chose que je retiens vraiment, c'est que les deux personnes que je veux dans ma vie m'ont laissée tomber.

Chapitre Vingt-Cinq

Je vais chez Zach et je lui raconte toute l'histoire sur ma mère et l'argent, car à quoi bon garder le secret au point où j'en suis ? Il est vraiment en rogne que je lui aie menti, mais ensuite il nous prépare un bol de popcorn et nous nous tapons plusieurs épisodes de *Game Of Thrones* d'affilée.

Voilà ce que j'aime chez Zach ; il vide son sac, puis il pardonne. C'est une bonne qualité. Mais pendant qu'on regarde la télé, ma poitrine est serrée, endolorie, et j'ai du mal à avaler.

Tyler m'a abandonnée, putain. Tout de suite après… Et maintenant, Lewis est fâché. Me reparlera-t-il un jour ?

Un morceau de popcorn me rebondit en plein milieu du front.

— La Terre appelle la Lune, raille Zach.

J'esquisse un demi-sourire. Pas question de lui raconter ce qui s'est passé avec Tyler. C'était déjà assez pénible de l'expliquer à Lewis. Mais c'est sympa, ici. Ma vie a beau craindre en ce moment, j'ai encore des potes, et ce n'est pas rien. Deux de mes pires peurs se sont réalisées ce soir,

Lewis qui est parti en trombe après avoir appris la vérité, et Tyler… Ce qu'il m'a fait… l'horreur. Mais je suis encore là, je tiens debout. Et je ne suis pas seule au monde.

Je reste chez Zach pendant quelques jours. Je vais au boulot et je m'efforce de faire semblant que le type que j'aime depuis toujours ne m'a pas arraché le cœur, et que mon meilleur pote n'est pas fâché contre moi au point de ne plus m'adresser la parole. Je suis aussi passée chez John et Becky, et je leur ai expliqué la situation avec ma mère. Ils étaient contrariés d'apprendre que j'ai menti, et que ma mère m'utilise comme son compte en banque personnel. Cependant, je n'ai *pas* mentionné que les types qui m'ont passée à tabac étaient les sbires du mec à qui je dois de l'argent. Peu importe l'âge qu'on a, les parents réussissent toujours à vous en faire baver.

— Pas question de sortir seule avant d'avoir remboursé l'argent, a dit John, me prouvant sans que j'aie à lui demander que mes ennuis lui foutent les boules.

La douleur lui déformait visiblement le visage quand je lui ai dit que je voulais m'acquitter moi-même de cette dette. Il a protesté, remonté au point d'être écarlate. Ça le tuait de ne pas être capable de régler le problème lui-même, mais quelque part, je pressens que si je suis obligée de me démerder seule, je ne m'attirerai plus jamais ce genre d'ennuis. Je ne me laisserai plus manipuler par ma mère.

Je ne suis pas idiote : si je sens que ma vie ou celle d'un autre est en danger, je demanderai l'argent à John et Becky. Mais pour l'instant, le type auprès de qui je me suis endettée se contente du salaire net que j'ai empoché avec ma prime. Il m'a permis de payer le reste en plusieurs versements pendant les semaines à venir. J'imagine qu'il a compris qu'il ne reverra pas son fric si je meurs.

Encore une fois, la journée est longue au boulot, car je

fais des heures sup pour préparer le festival. Malgré la montagne de boulot qu'on a, Hayden et moi avons réussi à rester à flot. C'est incroyable la productivité que je gagne quand mes obligations me servent d'excuse pour me changer les idées.

J'inspire profondément en pianotant sur le photocopieur pour imprimer les cinquante dernières affichettes du festival de musique. D'une façon ou d'une autre, je vais me sortir de ce merdier : payer ma dette, bâtir une nouvelle relation avec ma mère, arranger les choses avec Lewis et même oublier Tyler, s'il le faut. L'idée ne me plaît pas, mais même si je dois pleurer chaque jour pendant un an, je m'en sortirai.

Je n'ai pas besoin de quelqu'un qui ne veut pas être dans ma vie.

— Frasier, tu viens au cocktail ce soir ?

William, un type du service financier un peu plus âgé que moi, se tient dans l'embrasure de la porte, où il fait tambouriner sa chevalière du Blue Casino sertie d'un saphir, comme pour fanfaronner.

Le Blue organise une soirée cocktail pour le management au lounge du Mont Belle deux fois par mois. Ils disent que c'est une occasion pour les cadres de desserrer la cravate et d'approfondir les liens entre collègues. Je trouve que c'est de mauvais goût, étant donné les circonstances actuelles. S'ils ont du temps à tuer, ils pourraient nous aider Hayden et moi en allégeant notre charge de travail. Je dis ça, je dis rien.

— Je bosse tard ce soir.

Je lis le message d'erreur qui apparaît sur l'écran du photocopieur, puis remets du papier jaune canari dans l'appareil.

Nous manquons de personnel et nous sommes mal préparés pour ce festival de musique, mais le Blue l'organise chaque année depuis quinze ans, alors qu'il y ait des enquêtes pour harcèlement sexuel et des problèmes de personnel ou pas, le spectacle continue.

— Eh ben, sors plus tôt, réplique William. Le boulot peut attendre.

Il entre dans la pièce, et je me sens suffoquée même s'il est à deux mètres de moi.

— Je crois même qu'il y aura des roulés à la saucisse ce soir.

Beurk. Quel sous-entendu minable.

Dernièrement, les autres ont cessé de se moquer de moi et ont commencé, du moins c'est ce que je crois, à respecter le travail que je fais pour Hayden et le service d'hôtellerie.

Mais les mecs me font du rentre-dedans.

— Je ne peux pas. Trop occupée. Mais amuse-toi bien.

Je prends la pile d'affichettes, souris sèchement, puis le contourne pour sortir de la pièce.

William m'attrape au passage. Pas fort, mais ses doigts sont enroulés autour de mon bras et m'effleurent le sein. Je bronche en reculant. Il me relâche.

— Il n'est jamais trop tard pour changer d'avis. On est plusieurs mecs à vouloir passer du temps avec toi. Donne-nous donc une chance.

Il affiche un sourire charmeur qui me fait frémir de dégoût.

Les mots me manquent. Sauf *non.* Jamais de la vie. Outre le fait que j'en pince encore pour Tyler, William et ses congénères sont glauques. Il est séduisant, mais un truc me répugne chez lui et le groupe avec qui il bosse. Ils me font penser à une bande de rats qui traînent dans le casino, engluant les murs de leur arrogance poisseuse.

— Merci, mais je suis débordée.

Je lui fais mon sourire le plus vache et indifférent (sa

présence déclenche des alarmes dans ma tête) avant de le contourner et sortir de là, évitant de justesse une autre phrase d'accroche ringarde.

Quand je tourne dans le couloir, Tyler marche vers moi d'un air déterminé.

Comme je dors chez Zach, c'est plutôt facile d'ignorer ses appels, mais moins facile de l'éviter au taf. J'ignore ce qu'il veut, mais la seule façon de lui résister dans mon état affaibli est de me tenir loin de lui. Je vais devoir l'affronter à un moment donné, mais pas tout de suite.

Je tourne les talons et je me hâte vers le bureau de Hayden, qui est plus près de la salle de photocopie que mon petit espace.

Hayden lève la tête alors que je ferme la porte derrière moi, puis attends que le bruit de pas s'estompe dans le couloir.

— Mira ? Ça va ?

Je tripote les affichettes nerveusement. On a parlé du festival ad nauseam dans les médias sociaux et il est annoncé sur la marquise du Blue Casino, mais les bonnes vieilles affichettes demeurent un pilier de l'économie locale.

— Ça va. Désolée de t'interrompre. Je voulais seulement m'assurer que tu aimes les flyers ?

Hayden les a déjà approuvés, sinon je n'en aurais pas imprimé trente-six mille, mais j'ai besoin d'une excuse pour débouler comme ça.

Elle fronce les sourcils.

— T'en fais une tête. Est-ce que quelqu'un t'embête ? L'agent de sécurité avec qui je t'ai vue l'autre jour ? Je pensais qu'il te plaisait, mais s'il t'emmerde, dis-le-moi.

— Non, ça va. C'est un type bien.

Je réalise la vérité de mes mots en les prononçant. Tyler a toujours été un type bien. Même quand il fait le con. Pour l'amour du ciel, il n'a même pas été capable de me larguer en salaud quand on a couché ensemble l'autre soir. Il s'est d'abord assuré que j'avais à boire et à manger.

— Tu me le dirais si quelque chose clochait, hein ?

— Bien sûr.

Je bosse jusqu'à tard, à passer en revue la liste des commerçants et à m'assurer que j'ai envoyé à tout le monde l'information nécessaire pour le festival. Quand j'ai enfin fini, le bureau est désert, à l'exception de Hayden, qui fait aussi des heures sup ce soir. Tous les autres sont au cocktail.

Je toque doucement à sa porte.

—Je m'en vais.

Elle se cale dans son fauteuil, les épaules tombantes. Hayden brûle la chandelle par les deux bouts depuis un moment, et elle a l'air crevée.

— Tu ne vas pas à la fête ? je demande.

Elle indique son ordi à deux mains.

— Trop de boulot. Toi ?

Parfois, je me demande si Hayden évite nos collègues autant que moi.

—Je suis claquée.

— Passe un bon week-end.

Elle retourne à son ordi et reprend son cliquetis.

Purée, le week-end. Je ne peux pas squatter éternellement le canapé de Zach. En revanche, les mecs qui m'ont attaquée dans les bois me laissent tranquille depuis l'accrochage avec Veste-en-Jean lors de mon premier jour au Blue. Lewis voulait que j'aille chez Cali parce que Tyler est dans les parages alors que Zach bosse la nuit. Mais avec la tension palpable entre Tyler et moi et la menace des sbires qui ne plane plus sur ma tête, je me demande si je devrais emménager chez Zach. Je ne suis pas contre l'idée, mais peut-être que lui, si. Il aime les plans cul, et il fait profil bas depuis que je suis là.

J'ai besoin d'aller chercher des vêtements propres au chalet. Je n'ai pas du tout envie d'affronter Tyler, mais le moment est venu de m'y résoudre. Je préfère que ça se passe à la maison plutôt qu'au boulot.

J'entre chez Cali, il fait noir comme dans un four. J'allume, et je vois Tyler assis dans le canapé, la tête appuyée sur le dossier, les yeux rivés sur moi.

J'étouffe un cri en m'étreignant la poitrine.

— Putain ! Tyler, c'est trop bizarre. Qu'est-ce que tu fiches dans le noir ?

Il regarde autour de lui, comme s'il venait juste de réaliser qu'il fait sombre.

— Désolé. J'étais perdu dans mes pensées. Le soleil s'est couché et je n'avais pas envie de me lever pour allumer.

Je pose mon sac à main miteux sur le comptoir et j'enlève mes chaussures, que je porte à ma chambre d'une main tremblante. Le tourbillon d'émotions que je ressens en sa présence me terrifie, même après ce qu'il a fait. J'enfile un jean et un pull léger. Quand je reviens dans le salon, Tyler est toujours sur le canapé, face à moi.

— Mira, il faut qu'on se parle.

Chapitre Vingt-Six

TYLER

Mira traverse la cuisine et se prend un soda dans le frigo. Elle l'ouvre avant de s'asseoir à table, en face de mon portable et ma pile de bouquins. Je devrais vraiment y mettre de l'ordre.

Je pousse mon ordi et les papiers sur le côté en m'asseyant devant elle. Elle passe les doigts sur la condensation du soda, évitant mon regard. Je ne peux pas lui en vouloir.

— Mira, je suis désolé.

Elle respire profondément, mais ne me regarde toujours pas.

Je m'approche légèrement, énervé que la table nous sépare.

— J'ai merdé. Je n'aurais pas dû partir comme ça. Tu peux me pardonner ?

— Ça va, Tyler. T'inquiète.

Euh, quoi ?

Je me lève, contourne la table, et je m'accroupis devant elle, posant la main sur son genou. Je la sens tiquer, mais elle ne me repousse pas.

— Non, ça ne va pas. Je ne prends pas *notre histoire* à la légère.

Elle braque les yeux sur moi, fouillant les miens comme si elle essayait de jauger ma sincérité, puis elle regarde la table de nouveau, et je retombe aux oubliettes.

Je soupire en appuyant la tête sur le poing.

— Écoute, est-ce qu'on peut s'asseoir sur le canapé ? J'ai un truc important à te dire. Ce serait plus facile si on n'était pas si loin l'un de l'autre.

— Tyler, il n'est pas question qu'on…

Des souvenirs du soir où on a fait l'amour affluent dans mon esprit. *Mon Dieu*, c'est ce que je veux, mais ce n'est pas ce que j'essaie de faire en ce moment.

— Ce n'est pas ce que je veux dire. Tu dois savoir ce qui s'est passé au Colorado. C'est pour ça que j'ai flippé et que je suis parti l'autre soir, et je suis tellement désolé.

Elle m'étudie de nouveau, sondant mes yeux comme s'ils étaient la seule mesure de ma bonne foi. Au lieu de détourner le regard cette fois, elle opine, puis se lève. Je la suis jusqu'au canapé et nous nous asseyons chacun de notre côté, mais c'est mieux que la table de la cuisine qui crée un fossé entre nous.

Je pose les coudes sur les cuisses, mes doigts croisés formant un poing entre mes jambes. Comment je lui dis ? Je n'ai jamais parlé à personne de ce qui s'est passé ni de ma responsabilité dans tout ça.

Je ravale la boule dans ma gorge.

— J'ai mentionné que j'avais une fiancée, dis-je, et elle hoche la tête. C'était une fille bien. Quelqu'un que je ne méritais sûrement pas.

Je sens le malaise de Mira, qui bouge comme si elle allait se lever.

— Je ne veux pas entendre parler de comment t'as perdu l'amour de ta vie. *Bon sang*, Tyler…

— Non, dis-je fermement. Ce n'est pas ça. Je ne l'aimais pas. C'était le problème. Elle méritait mieux, et je ne l'aimais pas. Mais elle voulait que je l'aime.

Elle me regarde et se cale de nouveau dans le canapé.

— Je croyais que… je ne pouvais aimer personne d'autre que ma famille. Je n'ai pas eu ce genre de sentiments pour une fille depuis longtemps. En fait, je ne pensais plus jamais les ressentir.

Je me tourne pour la regarder dans les yeux.

—Je n'ai aimé personne depuis le lycée.

Mira secoue la tête, de façon quasi imperceptible, mais ça ne m'empêche pas de poursuivre. Il faut qu'elle comprenne. Ça doit être dit.

— C'est *toi* que j'aimais. Je n'ai jamais ressenti ça pour personne d'autre que toi. Pas même pour Anna. Elle était tout ce que je pensais vouloir. On a essayé. Elle plus que moi. Je voulais lui donner ce dont elle avait besoin. Je croyais que ça marcherait, alors je l'ai demandée en mariage. C'était une ultime tentative d'arranger les choses. Si je ne pouvais pas aimer cette fille, qui était censée être parfaite pour moi, alors je ne me croyais pas capable d'aimer quelqu'un d'autre.

Je ne quitte pas Mira du regard.

— J'ai regretté d'avoir demandé Anna en mariage au moment où j'ai prononcé les mots, mais je n'ai pas retiré mes paroles. J'ai laissé traîner les choses pendant des jours, en essayant de me convaincre que c'était la bonne chose à faire.

J'appuie la tête contre le dossier du canapé et je ferme les yeux un moment.

— Je crois qu'au fond, elle savait ce que je ressentais vraiment. Elle ne le disait pas, mais…

Pendant un instant, je me perds dans le passé, et cette

brûlure dans ma poitrine dont je n'arrive pas à me défaire s'enflamme de plus belle.

« T'en penses quoi ? avait demandé Anna, le dernier samedi où je l'ai vue. Ce sont mes amis qui l'organisent. Je suis partante si tu l'es. » Des potes à elle nous avaient invités à faire du kayak en eau vive. Anna n'était pas sportive, mais elle faisait des efforts. Nous avions fait de la randonnée quelques fois. Elle trébuchait et traînait de la patte, et je n'arrivais pas à cacher ma frustration. Pas parce qu'elle n'était pas douée pour les activités de plein air, mais parce qu'au fond de moi, je savais que je ne l'aimais pas et mon absence d'émotion se manifestait autrement.

« J'ai des disserts à corriger, mais vas-y, » lui avais-je dit. Je commençais déjà à me détacher d'elle. Je songeais à la façon de lui expliquer que j'avais fait une erreur en lui demandant de m'épouser.

Anna ne faisait généralement pas d'activités sportives, encore moins sans moi. Je ne saurai jamais si elle essayait de me prouver quelque chose. « Je crois que je vais y aller, » avait-elle dit un sourire espiègle aux lèvres.

Je lui avais rendu son sourire. Elle était si douce, et j'avais l'impression qu'elle voulait m'impressionner. Qu'elle aille faire du kayak ou pas m'importait peu, mais je trouvais drôle qu'elle dise oui à un truc qui ne cadrait pas avec sa personnalité.

— Tyler, dit Mira, m'extirpant de mes affreux souvenirs. Ça va ?

Elle se rapproche un tantinet, sans me toucher.

— Non.

Je me frotte le front. Je n'ai avoué ce secret à personne. Je n'ai pas eu à l'avouer à mes amis au Colorado. Ils savaient tous déjà que j'étais une épave.

— Elle a fait un truc, cette fille que je n'aimais pas, mais que j'avais demandée en mariage. Je pense qu'elle croyait que si elle faisait certains trucs, je l'aimerais comme elle voulait être aimée.

Je regarde Mira, le regard implorant, désireux qu'elle comprenne. Je ne la tiens pas responsable de mes actions. Mais si et seulement si Mira ressent une fraction de ce que j'éprouvais pour elle, de ce que j'éprouve toujours pour elle, elle saura pourquoi je ne pouvais pas aimer Anna.

— Qu'est-ce qui s'est passé, Tyler ?

Sa voix est ferme cette fois, comme si elle se préparait à entendre une vérité qu'elle devine horrible. Car elle l'est. Tellement que je me réveille la nuit en sueur de cauchemars d'Anna qui pleure sous l'eau.

— Elle était avec des potes sur la rivière. Elle ne faisait pas de kayak, mais elle y est allée quand même. Ses amis lui ont rapidement montré comment faire, mais c'était un trajet de niveau quatre. Ils m'ont raconté qu'elle avait souri et dit qu'elle était d'attaque. Ils ont avoué plus tard qu'ils avaient eu des doutes.

J'appuie sur mes yeux pour essayer de bloquer les images de l'événement que j'ai créées dans mon esprit.

— Tout allait bien au début. Puis Anna a contourné un rocher et s'est retrouvée dans un tourbillon. Son kayak s'est retourné et coincé sous le rocher. Elle ne pouvait plus remonter.

J'entends Mira inspirer profondément, mais je continue.

— C'était une situation imprévue. La plupart des gens auraient passé le rocher sans problème. Plusieurs de ses potes l'avaient déjà fait. Les autres ont essayé de la sauver. Ils…

Je déglutis, la gorge sèche, la voix qui craque.

— Ils arrivaient à toucher sa main, mais ils ne pouvaient pas la sortir. Le courant était trop fort. Elle est restée comme ça pendant quarante-cinq minutes, sans air.

Les images que j'ai de ce jour-là, pas seulement celles que j'ai créées d'après ce qu'on m'a raconté, me hantent encore.

— J'ai vu son corps à l'hôpital après. La bague que j'avais choisie sans réfléchir était toujours à son doigt.

Ma gorge me brûle, et mes yeux, ma poitrine. Merde.

Rentrer au bercail était censé me remonter le moral. Faire disparaître la peine et la culpabilité. Mais non.

Je sens la main de Mira sur mon épaule alors qu'elle s'approche. Elle se blottit contre moi, et je niche la tête dans son cou, humant son odeur. Les larmes que je ne peux pas endiguer lui mouillent les cheveux.

J'ignore si Anna serait allée faire cette randonnée de kayak si elle n'avait pas simplement cherché à m'impressionner. Peut-être. Ses amis ont dit qu'elle l'aurait fait quand j'ai exprimé mes craintes à ce sujet. Pour faire passer la pilule, peut-être. Je ne le saurai jamais. Tout ce que je sais, c'est qu'Anna est morte en aimant quelqu'un qui ne l'aimait pas en retour. Et c'est cette culpabilité qui me tenaille.

Je m'essuie les yeux, puis je prends en coupe le visage de Mira.

— Je suis tellement désolé. Pour mon passé dans le Colorado, évidemment. Mais en ce moment, je suis désolé d'avoir projeté ma culpabilité sur toi. J'ai merdé. Je t'ai toujours désirée, Mira, et quand on a couché ensemble l'autre soir et que c'était si merveilleux, j'ai pensé que je ne te méritais pas. J'ai flippé. Je suis allé chez un pote pour me remettre de l'ordre dans les idées. Puis je suis revenu le plus vite que j'ai pu, mais t'étais partie.

Je regrette profondément la façon dont j'ai géré les choses avec Anna, mais le moment est venu de me pardonner. Je ne l'aimais peut-être pas comme j'aurais dû, mais ça ne m'empêche pas d'aimer Mira comme elle mérite d'être aimée.

— Ça a marché ? elle demande. Tes idées sont en ordre ?

Je relâche l'air dans mes poumons. Elle me taquine, elle essaie de détendre l'atmosphère, et ça marche.

— Phil m'a dit de te larguer. C'est vraiment le pire pote à qui demander conseil. C'est lui qui m'a suggéré d'inviter des nanas ici pour te convaincre de partir.

Elle écarquille les yeux.

— C'était pour ça ? Parce que tu suivais les conseils d'un imbécile ?

Mira qui me tarabuste, son corps chaud contre moi… tout ça me fait du bien.

Je hausse les épaules, esquissant un léger sourire.

— Bah, fallait bien essayer.

Elle s'offusque et essaie de se lever.

— Hé, du calme…

J'enroule les bras autour d'elle et je la serre fort.

— Je viens de te retrouver. T'as une idée du calvaire que j'ai enduré ces derniers jours ? T'étais passée où ?

— Chez Zach, mais ne change pas de sujet. T'as vraiment ramené ces nanas à la maison pour me faire suer ?

— Ouais. Absolument.

— T'es vraiment un gros con, dit-elle, mais son ton est enjoué. J'aurais trop dû inviter un type à la maison.

Son regard erre, comme si elle y réfléchissait sérieusement.

Je lui serre la taille.

— Non, tu n'aurais pas dû. Ça ne se serait pas bien passé.

— Pourquoi ? Qu'est-ce que t'aurais fait ?

Je réponds sans hésiter.

— Je l'aurais foutu à la porte.

Je l'embrasse dans le cou, juste en dessous de la mâchoire.

— Je ne suis pas parfait. Je n'ai pas toujours fait des bons choix dans la vie, mais je t'aime, Mira. Une partie de mon cœur t'appartient depuis des années, serré dans ta petite main fougueuse. Peut-être qu'on avait seulement besoin d'une petite poussée d'encouragement, comme le fait de vivre ensemble, pour se retrouver, parce que ces dernières semaines, tu as volé le reste de mon cœur. C'est pour ça que tu me rends fou. Tu ne peux pas baisser la niaque d'un cran ?

— Non, répond-elle automatiquement, mais elle cligne des yeux plusieurs fois, comme distraite par mes mots.

Je lui ai dit que je l'aimais, et je le pensais. Il était temps qu'elle le sache.

Elle m'embrasse sur le front, puis sur le nez.

— Je suis désolée pour Anna. Je comprends pourquoi tu avais l'impression de ne pas mériter mon amour si tu croyais que tu avais gaspillé le sien.

Son regard se durcit et elle gigote légèrement pour se reculer.

— Mais t'as beau faire le joli cœur, tu n'es pas tiré d'affaire pour autant.

Je soupire de frustration. Je viens de lui avouer mon amour, mais je reste en carafe. Ce serait terrible si je ne pensais pas qu'elle ressentait la même chose.

— Ça ne va pas, Tyler Morgan. Oui, j'avais du mal à faire confiance et des tonnes d'insécurités au lycée. J'étais idiote et je ne t'ai pas dit ce que je ressentais…

Sa tirade a un but, mais je ne peux pas m'empêcher de l'interrompre.

— Qu'est-ce que tu ressens ?

— … mais je commence à peine à gérer la relation la plus destructrice de ma vie, continue-t-elle. Voir ma mère m'a vraiment chamboulée. J'ai besoin de savoir que tu ne vas pas t'enfuir, et qu'on est sur la même longueur d'onde, émotionnellement. Qu'on est compatibles.

Je mate son corps de façon suggestive.

Elle secoue la tête.

— De ce côté-là, on est *trop* compatibles.

— Impossible d'être trop compatibles de *ce côté-là*.

Elle lève les yeux au ciel, exaspérée.

— Tu as changé, Tyler. Je ne dis pas que c'est mal. Je comprends que tu en as bavé au Colorado. Les tragédies comme ça peuvent nous blinder autant qu'elles peuvent nous briser. Mais j'ai besoin de savoir si on est assez compatibles pour une relation adulte. On peut affronter notre passé ensemble. Sans fuir. J'en ai marre des jeux. Je veux quelque chose de vrai.

Elle garde la tête haute en parlant.

— Moi aussi.

Pendant un instant, on se contente de se regarder dans le blanc des yeux.

Mira rompt le contact visuel en se levant et marchant jusqu'à sa chambre. Elle fait une pause dans l'embrasure.

— Tu vas devoir me le prouver, dit-elle doucement, avant d'entrer et refermer la porte derrière elle.

Merde, je vais devoir faire mes preuves.

Ce qu'elle ignore c'est que je l'ai attendue pendant huit ans, si on compte tout le temps que j'ai passé à me languir d'elle sans rien faire.

Mira est la seule fille que j'ai aimée. Si profondément, en fait, que mon cœur était atrophié jusqu'à ce que je la retrouve, et qu'il a maintenant repris un semblant de forme humaine. Je n'étais bien pour personne d'autre, mais je suis bien pour cette fille.

Et si elle a besoin que je lui prouve, soit.

Chapitre Vingt-Sept

MIRA

Après le boulot le lendemain, Tyler passe la soirée à faire le ménage. *Le ménage.* Il met de l'ordre dans ses bouquins et les range dans un coin, toutes les reliures vers l'extérieur. Il nettoie la table de la cuisine où traînent ses revues scientifiques et ses papiers tout gribouillés. Puis il fait la vaisselle. *La putain de vaisselle.* Je me demande sérieusement si un alien a pris sa forme humaine. On ne sait jamais. Avec la façon dont il se comporte ces derniers temps, je n'écarte aucune possibilité.

Tyler m'a avoué son amour hier soir. Il s'est épanché comme ça, sans crier gare. Pendant un instant, j'ai cru que je rêvais. Il n'y a jamais eu aucun autre mec que Tyler pour moi. L'entendre me dire qu'il m'aimait m'a gonflé la poitrine d'espoir, j'ai failli perdre ma contenance et lui déballer mes sentiments à mon tour. Je ne tenais qu'à un fil, mais je me suis rappelé ce qui s'est passé la dernière fois que je me suis donnée toute entière à Tyler Morgan. On a tendance à se fuir l'un l'autre quand on est confrontés à nos émotions. Il se remet encore de la culpabilité qu'il ressent envers son ex-fiancée, et je ne peux pas lui en vouloir pour ça. Mais tous ces éléments réunis me laissent un peu farouche.

Je ne veux pas aller trop vite en besogne. Dorénavant, je réfléchis avant d'agir. Plus question de me ruer vers les usuriers quand j'ai besoin d'argent ni dans les bras de Tyler quand j'ai besoin d'amour, même si j'ai l'impression d'y être à ma place. Je veux qu'on y aille doucement, qu'on apprenne à se connaître. Qu'on soit sûrs.

Tyler regarde la photo à côté de mon lit alors que je choisis les vêtements que je vais porter au bureau parmi ma sélection limitée. On a recommencé à passer du temps ensemble, mais on ne s'embrasse pas – à ma demande, pas la sienne. Il m'a même emmenée faire du vélo au Camp Richardson hier. Cette fois, on a loué chacun un cruiser, ces gros vélos super confortables, et on a pris la piste cyclable double. Les arbres sentaient bon, l'air était chaud et Tyler faisait des cascades pour m'impressionner. C'était parfait.

— Je pense à acheter un vélo, dis-je en prenant un chemisier bleu marine sans manches.

J'agrandis tranquillement ma garde-robe de fringues pour le boulot quand je trouve des trucs sympas en solde.

— Tu sais, quand j'aurai tout remboursé.

Il lève la tête.

— Ouais ?

— Avec des gros pneus comme ceux qu'on a loués hier.

Le sourire le plus mignon lui étire les lèvres, égayant son visage.

— Bonne idée. On t'en trouvera un parfait. Avec une belle grosse selle.

Je lui lance un regard par-dessus l'épaule.

— J'espère que tu n'es pas en train d'insinuer que j'ai un gros cul.

— Ton cul est parfait. Je me soucie seulement de ton confort.

— Alors dans ce cas, oui, une selle moelleuse avec des ressorts dessous. Je veux avoir l'impression de conduire un canapé.

Il pouffe.

— Compris.

C'est étrange, mais je me sens plus proche de Tyler que jamais. Il n'y a plus de secrets entre nous. Il sait ce que j'ai enduré depuis qu'il est parti, et je connais son histoire.

— T'étais un bébé, dit-il, comme à lui-même, ses sourcils se fronçant et formant un V alors qu'il étudie la photo qu'il a maintenant dans les mains.

C'est la photo que j'ai encadrée de Lewis et moi devant la maison des Sallee, où j'ai le bras enroulé autour de sa longue jambe. Il a quelques années de plus que moi, mais il m'a toujours surplombé, surtout à cet âge. Je n'étais pas très bien nourrie avant d'emménager avec sa famille.

— J'avais trois ans, dis-je en prenant un pantalon moulant beige pour aller avec le chemisier bleu marine.

Les sourcils de Tyler se rejoignent au milieu de son front.

— Mais tu portes une couche.

— J'étais une gamine, dis-je sur la défensive. C'est John et Becky qui m'ont appris la propreté.

Il lève la tête vers moi, l'air sérieux.

J'accroche mes vêtements sur la porte du placard.

— Ne me regarde pas comme ça. C'est la honte.

Tyler repose doucement la photo sur ma table de chevet.

— C'est à cet âge-là que t'es allée vivre avec Lewis et ses parents ?

— Oui.

— À cause de ta mère ?

Je déteste quand les gens me posent des questions sur cette époque de ma vie, mais c'est important pour moi que Tyler soit au courant. Et je veux qu'il comprenne plus que quiconque mon lien avec Lewis. Peut-être que ça expliquera pourquoi je suis aussi soucieuse de protéger les Sallee.

— Lewis et son père m'ont trouvée.

— Comment ça, ils t'ont trouvée ?

— J'étais toute seule…

Il lève la main.

— Ouh là, attends. T'étais toute seule ? À cet âge-là ? s'étrangle-t-il en pointant la photo. Cette petite fille… toute seule ? Genre, complètement seule ?

Je pince les lèvres.

— Tu sais que je n'ai pas une mère géniale. Mon père a fichu le camp même pas un mois après ma naissance. Ma mère a entendu dire qu'il était mort d'une overdose peu de temps après. Et bientôt, elle a commencé à me laisser seule à la maison.

— Quand t'avais trois ans ?

J'opine.

Tyler, qui était allongé, se redresse d'un coup et s'assied au bord du lit, les bras posés sur les cuisses, à me regarder.

— Qu'est-ce qui s'est passé, Mira ?

Je m'installe à côté de lui.

— Un jour, John et Lewis étaient chez les voisins à les aider à faire des travaux. J'aimais m'asseoir sur le rebord de la fenêtre et regarder les gens passer. John m'a vue et il s'est approché. Puis il s'est présenté et m'a posé quelques questions. J'ai dû lui dire que ma mère était partie. Il m'a demandé si je voulais les suivre, Lewis et lui, chez eux.

Je hausse les épaules.

— En gros, c'est comme ça que je suis allée vivre là-bas. Je ne me souviens pas de tous les détails. On m'a dit que Lewis a tendu la main et que je suis allée vers lui et me suis tout de suite cramponnée à sa jambe, comme sur la photo.

Je sens mes lèvres se retrousser dans un sourire.

— Je me rappelle quand je m'accrochais à lui comme ça. Il était tellement grand. Bref, cette photo-là a été prise à l'époque où j'ai emménagé chez les Sallee.

Tyler fronce les sourcils de plus belle.

— Ta mère, elle n'a pas…

Je ris jaune.

— Essayé de me récupérer ? dis-je en secouant la tête. Non. En grandissant, j'étais curieuse à son sujet, mais les Sallee esquivaient la question en disant qu'ils avaient une chance folle de m'élever, mais j'ai toujours su que ma mère ne voulait pas de moi.

— Mira…

— Ouais, je sais que ça a l'air dur, dit comme ça. Mais au fond, je crois qu'elle avait de l'affection pour moi. Seulement, avec toute la drogue et l'alcool qu'elle consommait, elle l'a oublié, c'est tout. Tu comprends ? Quand les Sallee m'ont trouvée, ma mère m'abandonnait déjà pendant plusieurs jours d'affilée. J'étais déshydratée, mal nourrie et toute sale. C'est une grosse responsabilité d'élever un gosse. Je crois que ma mère était soulagée que quelqu'un prenne la relève.

Tyler se gratte la mâchoire. Il regarde par la fenêtre, l'air contrarié.

— Ça va, Tyler. C'était il y a longtemps. Mais tu comprends maintenant, n'est-ce pas ? Mon lien avec Lewis, et pourquoi ses parents sont si importants à mes yeux ? Ils sont tout ce que j'ai. Et ma mère aussi. C'est la seule parente que j'aie connue. Je n'ai pas de tantes ou d'oncles, pas de cousins, rien.

Il me regarde de ses yeux d'un bleu glacial, mais qui étrangement me réchauffe.

— Tu as nous. Moi, Cali, Gen. Pas seulement Lewis et ses parents.

Je veux y croire.

— Les gens partent, Tyler. Parfois pour de bonnes raisons, comme quand t'es parti à la fac, et parfois pour de mauvaises raisons.

— Je ne te quitterai pas, Mira.

— T'as pas idée du nombre d'insécurités que t'as éveillées en moi quand tu m'as laissée après qu'on ait…

Il soupire en fermant les yeux.

— J'aimerais pouvoir revenir en arrière.

— Je sais, et je comprends même pourquoi t'as flippé, mais j'ai besoin de temps pour apprendre à me sentir en sécurité. Et ta sœur et Gen… j'aimerais qu'elles soient mes amies. Enfin, je crois qu'elles le sont, mais le seul ami qui a toujours été là pour moi est Lewis. Sauf que là, Lewis…

Je déglutis et me laisse fondre dans le matelas, me couvrant les yeux.

Je m'efforce de ne pas y penser, mais c'est toujours là, en arrière-plan dans ma tête. Je crains d'avoir bousillé l'une des relations les plus importantes dans ma vie.

— Mira ? dit Tyler en s'allongeant et posant la main sur mon cœur. Ça va ?

— C'est rien, dis-je en me tournant vers lui, essuyant la larme qui s'est échappée. Désolée. Ce n'est pas un bon sujet de conversation.

— Qu'est-ce qui s'est passé avec Lewis ?

— Il m'en veut d'avoir menti au sujet de l'argent que je dois.

— Tu lui as dit la vérité ? demande-t-il, et j'opine.

— Et tu crois qu'il est tout ce que tu as, déduit-il en

détournant la tête, puis l'appuyant contre son poing. Mira, tu dois arrêter de croire que tout le monde t'abandonne.

— J'y travaille, mais ces choses-là ne changent pas du jour au lendemain. Elles sont gravées dans la mémoire. Au cas où tu aurais oublié, les gens dans ma vie n'ont pas toujours été là pour moi.

Je le fusille du regard, car que ça lui plaise ou pas, il fait partie de ces gens-là.

— Si tu repousses les autres, oui, parfois ils s'en vont. Et parfois…

Il réduit à néant la distance entre nous. Ses bras se plantent de chaque côté de moi, creusant deux fossettes dans le matelas et me forçant à me retourner sur le dos.

— Parfois, ils reviennent, parce qu'ils ne supportent pas d'être loin de toi.

Ce serait tellement facile de lever la tête et d'écraser mes lèvres sur les siennes, qui sont à quelques centimètres seulement, et dont je n'arrive soudain plus à détacher le regard.

Je m'éclaircis la gorge et roule sur moi-même pour me libérer. La tension entre nous est la seule constante de notre relation. Mais je veux plus que de l'attirance.

Après un silence gêné, je reprends la parole.

— As-tu faim ? dis-je en me tournant vers lui.

Il arque un sourcil, et je réalise qu'avec toute l'électricité dans l'air, il a entendu ma question différemment.

Mon visage s'empourpre.

— Pour manger, je veux dire. De la bouffe.

Les yeux de Tyler trouvent ma bouche.

— Ouais.

Il se lève, et je l'imite.

Je le sens derrière moi alors que je me dirige vers la cuisine.

— Un burrito surgelé, ça te va ?

— Super.

Il s'appuie sur le comptoir et m'étudie.

Bon sang, ce que ça me décontenance. Il est obligé de faire ça ?

— Tu peux t'asseoir à table. Je te l'apporte.

— Ça va.

Il esquisse un sourire large, sexy, qui illumine ses yeux déjà brillants.

Oh, bon sang.

Je reste là un moment, à le fixer. C'est bien le sourire de Tyler, celui qui m'a fait tomber amoureuse de lui au lycée, bien que la lueur dans ses yeux bleu ciel y a peut-être contribué aussi.

Mon cœur s'emballe, mes joues rougissent. Tyler ne sourit plus. Pas vraiment. Pas complètement. Sa lèvre tressaute, mais le sourire ne se rend pas à ses yeux. Il est différent. Sauvage, incandescent. À croire que j'ensoleille sa vie.

Je ne l'avais pas réalisé jusqu'à maintenant. Je n'avais pas réalisé combien son entêtement par rapport à moi nous a protégés, tous les deux. Mais il baisse la garde. Il sort le grand jeu.

— Je dois y aller.

Je contourne le comptoir et je prends mon sac à main au passage, délicatement, pour ne pas faire bouger ne serait-ce qu'un poil sur le corps de Tyler.

Son sourire s'estompe.

— Où tu vas ?

— Je sors.

Je fais l'erreur de regarder derrière moi, ne sachant pas trop à quoi m'attendre. Peut-être un air arrogant qui veut dire : « j'ai fait exprès de sourire comme ça ». Mais son visage affiche une déception voilée.

C'est pire qu'un air arrogant. Si mon interprétation est bonne, ça veut dire que son sourire était authentique. Le simple fait d'être avec moi le rendait heureux. Et ma réaction − une attirance irrésistible − est carrément exagérée. Si la seule chose qu'il a à faire pour me convaincre de virer mon soutien-gorge et me jeter sur lui est de sourire, alors on est vraiment dans la merde.

Comment suis-je censée y aller lentement lorsqu'il me regarde comme ça ? Ma colocation avec Tyler est soudain passée d'explosive à franchement cataclysmique.

Je sors mes clés de mon sac et je franchis la porte.

En chaussettes. Merde.

Tant pis. Je ne peux pas faire demi-tour.

Tyler a l'air sincère, mais il n'est pas question que je me lance dans une relation aussi vite. Après tout ce que j'ai vécu, ce n'est pas malin.

Mes sentiments pour lui ont pris de l'ampleur, et le perdre cette fois risque de me détruire pour de bon.

Chapitre Vingt-Huit

Je glisse la main sur le cuir neuf alors que nous roulons. Tyler m'a offert de me conduire au boulot plusieurs fois, et j'ai enfin cédé. Ma voiture refusait de démarrer. Il n'y avait pas beaucoup d'autres options.

Je suis allée chez Cali et Jaeger l'autre soir après avoir laissé Tyler, *en chaussettes,* et j'ai traîné là-bas jusqu'à ce qu'il soit assez tard pour rentrer et me faufiler dans ma chambre en douce. Mais Tyler était à la table de la cuisine qui lui fait office de bureau. Il a levé la tête en me voyant entrer, puis l'a secouée, comme si j'étais un mystère qu'il n'avait aucun espoir de résoudre.

— C'est nouveau ? je demande en indiquant le cuir.

La dernière fois que je suis montée à bord, les sièges étaient élimés jusqu'à la bourre à certains endroits.

Il y jette un coup d'œil.

— Ouais, ça date d'il y a une semaine environ. C'était pas trop tôt. Tu t'éraflais chaque fois que tu montais à bord, c'était dangereux.

J'étudie son profil. Il a refait capitonner ses sièges pour moi ?

Je suis encore perplexe quand on arrive dans le parking du casino. Tyler contourne le véhicule à la vitesse de l'éclair et ferme ma portière derrière moi. Il pose la main au creux de mes reins tandis que nous marchons vers l'entrée de service du casino, puis il m'ouvre la porte. Une fois à l'intérieur, il ne me touche pas, mais il reste tout près de moi, comme si on sortait ensemble. Genre, *un vrai couple*.

J'ai dit que je voulais y aller lentement. Je veux m'assurer qu'on a un avenir avant de précipiter les choses, mais Tyler me traite déjà comme sa copine. Ça devrait me déranger.

Mais non.

J'ai réalisé que j'étais dans la merde l'autre soir, car ma capacité à le tenir à distance s'amenuise à vue d'œil. Curieusement, je ne crois pas qu'il agit comme ça pour me séduire, ou pour me convaincre de quoi que ce soit. Je devine qu'il ne retient plus ses sentiments, tout simplement.

Comment m'accrocher à mon désir d'y aller lentement lorsque Tyler sort le grand jeu ?

C'est le week-end du festival de musique, et Tyler et moi arrivons tard au boulot pour tenir le coup jusqu'à la fin de la soirée. On a traîné ensemble ces derniers jours, mais je me suis aussi tenue occupée en rendant visite à John et Becky, Cali et Jaeger, et Nessa. Je suis même passée chez Zach pour regarder quelques épisodes de *Game of Thrones* avec lui ; tout pour éviter d'aller trop loin avec Tyler, car la tension est palpable entre nous.

Plus on vit ensemble, plus on se tourne autour, plus mes mécanismes de défense s'affaiblissent. J'ai envie de lui. Et en plus, il a fait refaire ses sièges pour éviter que je m'égratigne les bras ? Il va me tuer.

Tyler reste le garçon qui a chassé mes bourreaux en cinquième, qui s'est assuré que je comprenne l'algèbre au lycée, et qui voit qui je suis comme aucun autre humain ne l'a jamais fait. Et maintenant c'est un homme, assuré et maître de soi, et il me montre de toutes les façons possibles qu'il tient à moi. Combien de temps encore vais-je pouvoir me retenir ?

Dans l'ascenseur, je le regarde, souriante. Et si mon sourire exsude l'amour et tous les autres sentiments que j'ai éprouvés pour Tyler dans ma vie, eh bien, soit. C'est ce qu'il fait naturellement ressortir chez moi.

L'ardeur traverse son regard, envoyant une étincelle dans mon bas-ventre.

Les portes de l'ascenseur s'ouvrent et je marmonne un vague « à plus » avant de filer vers mon bureau, tout en essayant de réprimer le sourire niais qui s'affiche sur mon visage.

Cette tension est insoutenable. Je vais finir par entrer en combustion spontanée si ça continue.

Une heure passe, et je lâche un long soupir à mon bureau, me forçant à détourner mes pensées de Tyler pour la millionième fois depuis que je me suis mise au travail. Je passe un doigt sur l'horaire des événements, et la liste des commerçants rattachés à chacun. On frappe à ma porte de bureau. Et quand je dis bureau, je veux plutôt dire placard, car l'espace n'a pas de fenêtres et est à peine assez grand pour un fauteuil et un plan de travail. Mais je ne me plains pas, car c'est privé, et tout à moi.

Je lève la tête.

— Salut, Hayden.

Elle se tape des journées de quatorze heures ces dernières semaines, et je ne suis pas très loin derrière. On est crevées toutes les deux, mais elle semble particulièrement à cran.

— J'ai une énorme faveur à te demander. Jessie du service d'hôtellerie a apparemment une appendicite et elle ne peut pas venir travailler aujourd'hui.

— Jessie ? je répète la voix aiguë. Du genre, Jessie qui nous sauve la peau en gérant le service d'hôtellerie pratiquement à elle seule pendant qu'on manque de personnel ? Cette Jessie-là ?

— Ouais…

Oh, merde.

— Qu'est-ce que je peux faire ?

En fait, je suis déjà débordée ce soir, mais c'est une urgence. Et je suis le bras droit de Hayden. On forme une équipe du tonnerre. C'est sympa d'appartenir à un groupe en dehors de mes amis ou ma famille.

— Les gens arrivent de partout, et chaque vedette a des demandes spéciales à satisfaire. J'ai besoin que tu vérifies les suites pour t'assurer qu'elles ont les articles appropriés. Des oursons en gelée, des serviettes de bain Roberto Cavalli à motif zébré, des canards en caoutchouc…

— Attends, t'es sérieuse ?

Elle lève les yeux au ciel.

— Les célébrités. Qu'est-ce qu'on y peut ? Jessie a dit qu'elle a tout livré avant de partir hier soir, mais je veux m'assurer que tout est bien là. Elle n'était pas dans son assiette.

— D'ac, je m'en occupe.

Je fais un calcul mental de mes autres tâches. J'ai une montagne de boulot, mais ce qui est important pour Hayden est important pour moi.

— Tu veux que je commence tout de suite ?

— Si ça ne t'embête pas ? Voici la liste.

Elle me tend un document de dix pages.

Je cille, mais je garde ma contenance. Ça va me prendre des heures.

— Compte sur moi. Y a autre chose ?

— Non, mais… sois prudente, d'accord ?

Je fronce les sourcils.

Son humeur change.

— Drake est là.

— *Quoi ?*

— Et il y a une drôle d'énergie chez les cadres ce soir. Ça me rend nerveuse.

Bordel. J'adore mon boulot, mais parfois, cet endroit craint grave.

— Pourquoi ils ont laissé Drake revenir ? D'après ce que j'ai entendu dire, le PDG n'est même plus sûr de son innocence.

— Aucune idée. Mon boss est une tombe à ce sujet.

— D'accord, dis-je méfiante. Je vais faire attention.

Hayden sort, et j'envoie un dernier email avant de chausser mes talons de nouveau. Je sors de mon bureau-placard, et je m'arrête dans le couloir, serrant la liste de dix pages et d'autres documents dans les mains.

Des cris d'homme retentissent dans le corridor, s'amplifiant à chaque mot, comme si celui qui était en train de gueuler s'approchait à toute vitesse.

Drake tourne le coin, marchant à grandes enjambées dans ma direction.

— On avait une entente, Joseph, beugle-t-il derrière ce dernier en s'approchant de plus en plus, sa mallette à moitié ouverte qui laisse tomber des papiers sur son passage. J'ai fait un sacrifice pour toi.

Il s'arrête comme pour revenir sur ses pas. Mais c'est là qu'il me remarque.

Ses yeux s'étrécissent et il s'avance vers moi.

— T'es la suivante, Mira Frasier, crache-t-il le visage pourpre de colère. Tu crois que tu gravis les échelons ? Je connais ton passé. T'es comme moi. T'es née dans le caniveau, hein ? Eh ben, c'est là que tu vas finir. Ils vont te jeter aux lions encore plus vite que moi. T'es une *femme*.

Il m'attrape par le bras.

— Ils t'utilisent. T'as moins de pouvoir que n'importe quel mec ici. T'es *rien*.

Je suis figée, j'ai le souffle coupé. Je ne devrais pas l'écouter, mais pour une raison qui m'échappe, ses mots me piquent au vif. Je n'ai pas eu ce boulot parce que je le mérite, et j'ai honte de certaines choses que j'ai faites pour survivre. Repousser des gens bien, emprunter à des usuriers, mentir à Lewis. Je pensais que mon job au Blue était un signe de progrès. Mais maintenant que Drake me rappelle d'où je viens… est-ce qu'il a raison ? Est-ce que je suis la racine d'arbre qui essaie d'atteindre les étoiles, faisant trébucher tout le monde qui passe mon chemin, alors que je devrais rester cachée dans la terre ?

Les affirmations positives que je me répète mentalement depuis des mois quittent ma tête. Mon esprit est vide.

Tyler et un autre vigile tournent le coin et foncent sur nous. Les yeux de Tyler passent de Drake à moi, puis à Drake ; sa mâchoire se crispe.

Il se lance sur lui et enroule son bras épais autour de son cou.

— Lâche-la, connard.

Tyler est plus grand et plus fort que Drake, qui grimace et lâche mon bras. Sa mallette s'écrase par terre.

Tyler prend ses menottes et ligote les poignets de Drake, puis le pousse dans les bras de l'autre vigile, qui est encore plus costaud que Tyler, chauve, avec une moustache épaisse qui rebique aux extrémités.

Il l'attrape par le bras, assez fort pour lui laisser des ecchymoses, mais Drake essaie de se libérer de sa poigne, l'air hagard.

— C'est la suivante, gueule-t-il en se débattant et essayant de m'atteindre de nouveau. Mira et cette pétasse de Hayden !

Tyler se dresse devant Drake et lui balance son coude

en pleine tronche, et le sang jaillit de son nez. Drake titube en arrière en lâchant un cri perçant.

— Embarque cette ordure, ordonne Tyler.

Le balèze entraîne Drake à l'autre bout du couloir, où deux policiers tournent le coin.

Avant que les flics puissent appréhender Drake, il se tortille jusqu'à ce que son regard croise le mien. Il semble presque calme.

— Les bagues, Mira. Cherche les bagues.

Un rictus épouvantable lui déforme le visage.

Sur ce message cryptique, les policiers l'emmènent.

Tyler attend qu'ils aient disparu, puis se retourne et me balaie des yeux.

— Il t'a fait mal ?

Il me touche le bras en s'approchant, son corps comme un bouclier devant moi.

Je reste muette, parce que la réponse est nébuleuse. Est-ce que Drake m'a fait du mal physiquement ? Pas vraiment. Psychologiquement ? Oui. Je lutte contre ses paroles. J'essaie de les parer avec des affirmations positives, mais elles m'emplissent le crâne.

Les yeux de Tyler s'enflamment et il m'entraîne vers mon bureau à quelques mètres. Il ferme la porte, malgré les employés curieux qui sont sortis dans le couloir pour assister à la mêlée.

— Mira ?

Il me touche le visage, passant les mains sur mes bras comme pour prendre mon pouls. Il prend ma joue en coupe tout doucement.

— Mira, répète-t-il. Dis-moi que tu vas bien avant que j'aille faire la peau à ce salaud. Je te jure que…

— Bien, je lâche, m'étouffant presque. Je vais bien. C'est juste… ce qu'il m'a dit.

Tyler me serre contre sa poitrine, me caressant le dos d'une main, doux et chaleureux.

— Il ne sait rien de toi, Mira. Ne crois pas un mot de ce que dit cet enfoiré. Je te connais.

Il me serre contre lui, et me secoue légèrement.

— Je te connais, Mira. Tu es forte, fougueuse, futée… et tu n'es pas ta mère. Tu te soucies des gens dans ta vie. Tu fais des sacrifices pour eux, même quand ils ne le méritent pas. Tu les protèges quand c'est toi qui as besoin de protection…

— Ça va, arrête.

Les larmes menacent de couler de nouveau. Et ce n'est ni le moment ni l'endroit pour pleurer. Et merde, Tyler. Pourquoi je chiale tout le temps avec lui ?

— J'ai compris. Je ne l'écouterai pas.

Il a raison : Drake a beau avoir eu une enfance difficile, on n'est pas pareils. On n'a pas fait les mêmes choix. Et il ne me connaît pas. Il ignore ce qu'il y a dans mon cœur.

Tyler se recule, puis écrase un baiser sur ma bouche. Sans la langue, mais un genre de baiser qui dit « *essaie donc de m'en empêcher* ». Il sourit fièrement.

— Tu ne peux pas m'embrasser au travail.

— Mais après, si ?

Oups. J'aurais pu mieux formuler mon objection. Je fronce les sourcils et secoue la tête d'exaspération.

— Merci, Tyler. De m'avoir défendue tout à l'heure. Et pour ce que tu m'as dit.

Je recule, séparant nos corps, parce qu'on est au boulot. On s'est déjà fait surprendre à nous embrasser une fois. Pas question de risquer de perdre mon job encore.

— Je suis contente que Drake soit enfin parti.

Après aujourd'hui, je doute qu'il remette les pieds ici.

Tyler renâcle.

— Il va croupir en taule longtemps. J'ai entendu les

cadres dire qu'il est responsable de tout. Les agressions. Peut-être même du blanchiment d'argent. Et peut-être même plus ; ils ne le savent pas encore. L'équipe de la sécurité repasse les vidéos de surveillance au peigne fin au cas où ils aient raté quelque chose.

— Tant mieux.

J'inspire profondément en lissant ma jupe d'une main tremblotante. Je serre toujours ma liste de tâches de l'autre. Je ne peux pas penser à Drake maintenant. J'ai d'autres chats à fouetter.

— Je dois y aller. J'ai du travail.

— Mira, souffle un peu. Il vient de se passer un truc dingue. Fais une pause.

Je secoue la tête.

— Je ne peux pas. Le festival doit se passer sans accroc. La pression est forte, et je veux aider Hayden. J'ai des suites à vérifier et…

— Quelles suites ? m'interrompt-il.

— Pour les célébrités. Je m'assure qu'ils ont tout ce qu'il leur faut. Puis j'ai des commerçants à contacter. Je dois aussi m'assurer que les managers du restaurant sont au courant pour les changements de dernière minute. J'ai tellement de trucs à faire. Je ne peux pas m'apitoyer sur mon sort.

Je le contourne et sa main glisse contre ma taille, m'encerclant le ventre. Je le regarde, le souffle momentanément coupé.

— Tyler, dis-je sur le ton de la mise en garde.

Il ne semble pas remarquer ce que son contact me fait ressentir, ou bien il l'ignore.

— Je t'accompagne.

— Quoi ? Non, dis-je en secouant la tête. Ça manque de professionnalisme. Tu ne peux pas me coller aux basques. T'as un job à faire.

— Hayden et toi manquez peut-être de personnel, mais on a renforcé la sécurité pour le festival. Il y a largement assez d'agents de sécurité dans les parages, surtout pour la soirée d'ouverture. Je peux t'aider. Deux têtes valent mieux qu'une, non ?

— Ça ne s'applique pas vraiment à ce que j'ai à faire, mais même si c'était le cas, ça va, je t'assure.

Je me dépêche de sortir du bureau. J'ai vingt minutes de retard sur l'horaire que je me suis fixé mentalement. Le couloir grouille de monde, on se croirait en plein jour. Même le petit spectacle de Drake n'a pas suffi à mettre un frein aux activités de la soirée. Le festival de musique est l'une des principales attractions du Blue Casino. Tout le monde fait des heures sup ce soir.

Tyler me rattrape.

— Je vais rester dans le coin. M'assurer que tout va bien. C'est mon boulot, après tout.

— T'as accepté ce job pour me tourmenter, n'est-ce pas ?

Il me fait un clin d'œil.

— Je ne veux pas t'avoir dans les pattes, Tyler, je suis sérieuse.

— Je ne serai pas dans tes pattes. Fais comme si j'étais ton ombre. Je ne dirai pas un mot.

J'ai de sérieux doutes là-dessus.

J'ai promis à Hayden que je commencerais par les suites, mais j'ai un meeting avec le patron du restau qui m'attend d'une minute à l'autre. Je m'y rends d'abord et m'assure que tout est prêt pour que les commerçants aient accès aux cuisines. Je lui donne aussi la liste des employés temporaires, qui a changé à la toute dernière minute. J'ai assigné des badges à tout le monde, mais je revérifie tout. Tyler tient sa parole et reste silencieux pendant tout ce temps, mais le type me regarde d'un drôle d'air. Ce n'est pas tous les jours que le personnel du service d'hôtellerie est escorté par un vigile.

Je me rends ensuite à l'ascenseur menant aux suites penthouse, et j'y insère ma carte magnétique.

Tyler jette un coup d'œil à la liste dans mes mains.

— C'est quoi ?

— Rien, dis-je en la dérobant dare-dare à sa vue.

Il arque un sourcil.

— Ça n'a pas l'air de rien. Depuis quand l'hôtel fournit aux clients des draps de satin rouge, des capotes lubrifiées extra-larges...?

— Arrête. C'est des clients VIP.

— Tu parles, dit-il le sourire en coin. Pourquoi c'est toi qui fais ça, au fait ? Tu bosses aux RH. Ça ne fait pas partie de tes tâches, non ?

— La fille qui se tape le boulot de l'hôtellerie pratiquement à elle seule est malade, et elle ne pouvait pas venir bosser. Ce qui ne laisse que Hayden et moi pour prendre le relais, donc moi. J'aide le service de toute façon, alors ça va.

— Pourquoi Hayden n'embauche pas quelqu'un ?

— Tu me gonfles avec tes questions. Hayden va embaucher quelqu'un quand elle aura le temps de souffler. Ils lui refilent énormément de boulot depuis qu'elle a commencé. Disons que certaines personnes aimeraient la voir échouer. Ils ne veulent pas qu'elle ait un poste important.

— Ben, quand on confie à quelqu'un autant de responsabilités, on lui donne un poste important, réplique-t-il.

Les portes de l'ascenseur s'ouvrent et nous sortons.

— C'est vrai. Ce n'est pas malin de leur part. Bref, Hayden doit s'assurer que les clients VIP sont satisfaits.

— Du coup, tu leur livres les capotes.

— Exactement.

Chapitre Vingt-Neuf

La course que la boss de Mira lui demande de faire est hilarante. Capotes et Pringles ? Sympa. Mais bon, je porte un faux uniforme de flic et je me pavane comme si je détenais l'autorité entre ces murs. Un talkie-walkie et des menottes ne font pas un béret vert.

Mira fixe son téléphone quand nous quittons la dernière suite.

— Merde. Encore un texto de Hayden, dit-elle en glissant son doigt sur l'écran pour le faire défiler. Et ils veulent des tonnes de trucs. Hayden dit que cette suite n'était pas sur la liste, mais qu'elle a trouvé un dossier dans le bureau du responsable de l'hôtellerie qui avait été mis de côté.

J'ai déjà prévenu mon patron que j'assurais la sécurité du service d'hôtellerie en sous-effectif. Il a de nouvelles recrues en renfort, donc il est d'accord pour que j'officie là où on a besoin de moi. Je ne mentais pas quand j'ai dit à Mira que la sécurité était assurée. Nous avons triplé notre effectif habituel pour le festival.

J'envoie un texto à mon chef lui disant que j'ai encore

une course à faire et que je serai de retour dans trente minutes.

— Allons-y, dis-je en rangeant mon téléphone dans ma poche.

Mira fouille dans ses cartes magnétiques en se dirigeant vers la dernière suite.

— Tyler, tu devrais rentrer. C'est super chiant ce qu'on fait. Il ne manque des articles que dans une seule suite, et c'est sûrement des plats à emporter. Un coup de fil et ce sera réglé. Je m'en occupe. Je suis sûre que tu as mieux à faire de ton temps.

Je fais semblant de réfléchir quelques secondes, les lèvres froncées en signe de concentration.

— Nan. En plus, ces demandes spéciales sont fascinantes. Elles me font imaginer toutes sortes de… scénarios.

Elle lève les yeux et pousse un soupir de frustration léger, aérien et sexy à mort. Elle ferait mieux d'arrêter parce que ça m'excite. Pourquoi sa frustration me fait de l'effet, c'est un mystère. C'est peut-être parce que je crois qu'elle aime m'avoir près d'elle, et que les frictions constantes entre nous font office de préliminaires.

Elle plisse les yeux en regardant les cartes magnétiques et ses bras tombent le long de son corps.

— Génial. Hayden m'a donné le code de la porte, mais je n'avais pas prévu de venir ici. Je n'ai pas la carte pour entrer dans cette pièce.

Elle fixe la porte comme si elle allait s'ouvrir comme par magie.

Heureusement que je suis là.

— Pardon, dis-je en la poussant doucement.

Je sors le passe-partout que mon boss m'a donné parce que je déchire dans mon boulot et qu'il sait qu'il peut me faire confiance. Hum, peut-être qu'il pourrait glisser un mot en ma faveur à Mira ?

Je glisse la carte et Mira tape le code d'accès sur le pavé numérique. Ce qui est bizarre. Je n'ai jamais vu de serrure à code pour une chambre d'hôtel du Blue.

Un bip, une lumière verte et je pousse la porte.

Mira entre en parcourant la liste sur son téléphone. Elle fronce le nez.

— C'est bizarre.

— Plus bizarre que la suite qui voulait un Uno, des Oreo et du lubrifiant ?

— J'ai l'impression, ouais.

Elle balaie la vaste espace du regard.

Le Blue abrite plusieurs suites penthouse. Celle-ci donne sur le lac, avec une porte double d'un côté du salon, deux portes séparées de l'autre. Elle dispose d'une cuisine, une salle à manger qui semble être convertie en bureau avec des dossiers, deux coffres-forts, un ordinateur… Elle a raison. Cet endroit ne ressemble pas du tout à une suite normale.

— Mira, t'es sûre qu'elle est sur la liste ?

Elle consulte son téléphone.

— Une douzaine de peignoirs pour chaque chambre, dix flacons d'huile de massage comestible, deux cents capotes… s'étonne-t-elle en levant les yeux. La vache, ça fait beaucoup.

Elle ouvre la chambre avec les doubles portes.

— Waouh, s'exclame-t-elle.

Je passe une tête. Un lit géant avec une couette en satin marron occupe la moitié de l'espace. Des sangles en cuir pour les poignets et les chevilles pendent à la tête et au pied du lit. Sur le mur, un coffre transparent rempli de fouets, de baguettes et… mince, je ne sais même pas ce que c'est.

C'est post-*Cinquante nuances*, mais quand même. Putain.

J'entre pour regarder de plus près.

— Tyler, siffle Mira. Sors de là.

— Quoi ? dis-je d'un air innocent. Fais-moi voir la liste. On doit s'assurer qu'ils ont tout ce qu'il leur faut.

Elle agite les mains frénétiquement.

— Ouste, sors d'ici. Je m'en occupe.

— T'es sûre ?

— Oui. Pars avant de déplacer des objets et de m'attirer des ennuis.

Je secoue la tête.

— Où est la confiance, Mira ?

Elle râle quand je passe près d'elle, mais sa lèvre esquisse un sourire.

Je reste dans l'embrasure de la porte, et elle s'avance vers le lit en jetant un coup d'œil méfiant à sa liste. Mira soulève la couette avec précaution et la lâche prestement, en cochant des articles sur son téléphone.

Je suis surpris que le Blue ait une chambre de cette teneur. Ils satisfont tous types de clientèle, mais là, c'est… élaboré.

Je me balade dans la pièce principale et j'ouvre un tiroir de bureau. Les fournitures classiques, rien de particulier. Le tiroir en dessous contient des préservatifs. Beaucoup plus intéressant que le tiroir du haut, mais pas choquant au regard des instruments dans la chambre *Cinquante nuances*. J'ouvre le troisième tiroir. Des boîtes de seringues, des tubes, de la poudre gris clair, des pilules dans des étuis fermés…

— Mira…

— J'ai presque fini, dit-elle quelque part dans la deuxième chambre.

Je ferme le tiroir et je la rejoins.

— On ferait mieux de partir. Cet endroit est malsain.

— Ne m'en parle pas.

Elle claque la porte de la table de nuit et secoue la tête.

— Mais vas-y si t'as des trucs à faire. Je me débrouille,

dit-elle en se penchant, et sa tête disparaît d'un côté du lit quand elle soulève la couette. J'ai juste besoin de cinq minutes de plus, maxi.

Je fais le tour du lit pour la rejoindre.

— Non. On doit partir tout de suite. Je ne pense pas que Hayden était censée connaître cet endroit.

— De quoi tu parles ?

Ses yeux balaient la chambre.

Celle-ci est plus sobre, pas d'installation sado-maso, mais il y a une sculpture dans le coin qui ressemble à un gode géant, de grands miroirs sur les murs, et je mettrais ma main à couper que c'est du matériel vidéo sur la commode.

— Ce n'est pas conventionnel, dit-elle, mais tu as vu ce que les autres ont demandé ? Le rocker qui voulait dans sa suite des chaussons rose vif…

— Ce n'est pas la même chose. Là, c'est…

La porte de la suite bipe, indiquant l'entrée imminente de quelqu'un.

Je soulève Mira, fonce dans la pièce principale et plonge derrière le canapé.

— Qu'est-ce qui te prend, Tyler ? articule-t-elle en silence en dégageant les mèches de son visage.

Je dévisse le cou vers le bureau.

— Il y a des drogues illicites dedans, je lui souffle dans l'oreille.

Sa bouche s'ouvre et je la tire jusqu'à ce qu'elle soit pratiquement sous moi. Je nous rapproche du canapé, loin des voix qui entrent dans la pièce.

— … il faut tout prendre. Nouveau lieu, même installation. Le patron veut que ce soit opérationnel ce soir.

— Tout le matos ?

— Tout. On a des clients qui arrivent dans deux heures.

— On va avoir besoin du reste de l'équipe.

— Ils sont déjà sur le coup.

Je jette un coup d'œil derrière le canapé.

Deux hommes se tiennent au milieu de la pièce, en costard. L'un d'eux se gratte la mâchoire et sa bague en saphir bleu scintille dans l'éclairage design de la suite. L'autre type porte une chevalière bleue aussi.

Comment ces types ont-ils obtenu ce statut honorifique ? Est-ce de cela que parlait Drake ? Obtiens une bague et tu montes en grade ?

Putain. Il y a des trucs louches qui se passent ici, et je ne veux pas que ces gars se rendent compte que nous sommes au courant. Les scénarios du pire fusent dans ma tête comme des missiles. Si les vrais responsables collent toutes les activités illégales sur le dos de Drake, qui n'est plus là, que feront-ils à Mira ? Je démissionnerais du Blue sans aucun mal, mais Mira pense avoir besoin de ce travail.

Nous devons sortir sans qu'ils nous voient. Je ne veux pas risquer que Mira soit découverte.

Je mets un doigt sur mes lèvres et lui donne un coup de coude pour qu'elle se colle contre moi.

— S'ils ont le droit d'être ici, alors nous aussi. Pourquoi on ne part pas tout simplement ? me chuchote-t-elle à l'oreille.

Je secoue vigoureusement la tête et attrape son poignet, attendant le bon moment.

Le bureau est le premier meuble que les hommes vident. Un groom vient à la porte et emporte les cartons.

— Quand est-ce que les autres arrivent ? demande l'un d'eux.

— Dans quelques minutes. Les membres de l'équipe sont déjà sur le nouveau site en train de tout installer.

Ils entrent dans la chambre sado-maso, et j'entraîne Mira dans mon sillage.

D'autres personnes vont bientôt arriver et il sera plus difficile de s'enfuir sans être vus. C'est notre chance. Je la pousse vers la porte. Elle n'a pas besoin d'être encouragée, et nous y arrivons sans être repérés, mais je réalise alors la faille de mon plan.

Je me penche, presse les lèvres contre l'oreille de Mira.

— Quand je l'ouvrirai, ils vont entendre.

Le mécanisme de verrouillage des portes de l'hôtel est bruyant.

— Pars en courant vers la droite dès que tu es dehors.

Mira opine, le visage impassible, même si son pouls bat la chamade dans sa gorge.

Je tourne la poignée et j'ouvre la porte aussi silencieusement que possible. Il y a un léger déclic, et je pousse Mira dehors, la suivant de près. Je ne prends pas la peine d'amortir le bruit de la fermeture. Le verrou automatique sera bruyant quoi que je fasse.

Je suis entré et sorti des chambres d'hôtel du Blue pour une raison ou une autre assez souvent ces dernières semaines pour savoir qu'il n'y a aucun moyen de quitter une chambre en silence. Le poids de la porte, la succion du système CVCA, le mécanisme de verrouillage… tout concourt pour que la porte se ferme solidement et, malheureusement, avec *beaucoup* de bruit.

Une fois dehors, je rattrape Mira. Au bout du couloir, il y a une buanderie pour le linge et les produits d'entretien, comme dans la plupart des étages du Blue réservés aux chambres. Il est tard et le personnel d'entretien est parti pour la nuit. Je glisse ma carte passe-partout dans la fente et je tire Mira dans la petite pièce.

Mes yeux s'ajustent à la pénombre et je la vois qui me regarde.

— Pourquoi on va là ? On ne ferait pas mieux de s'enfuir ?

— Les caméras de sécurité. Dans les ascenseurs et les escaliers de secours. Si on reste ici et qu'on attend que d'autres personnes montent à l'étage, le groom, les clients, l'équipe que ces types attendent, tous penseront que le bruit de la porte vient de l'un d'eux. C'est notre meilleure chance de nous en tirer. Si on sort maintenant, ils sauront qu'on était dans la suite.

— Et tu penses qu'on court un danger ?

— Il y avait des stocks de seringues et de pilules dans le bureau. Ce qui se passe dans cette suite est illégal. Je ne fais pas confiance à ces hommes. Ils ne lèveraient pas la main sur toi tant que je suis là, j'y veillerais, mais plus tard ? Quand je ne suis pas là ? Imagine qu'ils soient comme Drake ? Qui fait partie de leur réseau ? Des abrutis comme ceux qui t'ont traquée dans les bois ?

Je secoue la tête.

— Je n'aime pas ça, Mira. Je ne prendrai pas de risque. Tu vas me prendre pour un fou, mais je commence à croire Drake. Je pense que le vrai chef l'a utilisé comme bouc émissaire pour couvrir un trafic illégal au casino. Drake est coupable d'agressions sexuelles, mais ce n'est pas lui qui dirige la suite *Cinquante nuances*. C'est quelqu'un d'autre.

— T'as raison. Ils ont parlé de déménager la suite, pas de la supprimer.

— Et les bagues bleues. Tu te souviens des conneries que Drake a dites au sujet des chevalières ?

Elle confirme de la tête.

— Ces deux hommes en portaient une. Je pense—mes soupçons se renforcent—qu'ils couvrent leurs traces maintenant que Drake est sous le radar de la police.

Je me frotte le visage et appuie l'oreille contre la porte. Le bruit d'une porte qui s'ouvre et se ferme résonne dans le couloir. Des voix s'éloignent, comme si les personnes partaient. Je me tourne vers Mira.

— Que sais-tu sur ces bagues ? je lui demande.

— Elles récompensent les bonnes performances. J'ai entendu de gens en parler dans la salle de repos une fois.

— C'est ce que j'ai entendu aussi, mais tu penses qu'elles pourraient symboliser autre chose ? Du genre, si certaines personnes étaient impliquées dans une activité illégale au casino, ces bagues pourraient être leur signe de reconnaissance ? Tu portes une bague, donc tu es des nôtres, un truc du genre.

— Tyler, tu me fiches la trouille.

Et Mira ne s'effraie pas facilement. Je lui prends la main et la tire dans mes bras.

— Pardon. Ça va aller, je la rassure en caressant ses cheveux soyeux. On doit juste faire profil bas pendant un moment.

Elle lève les yeux, ses beaux yeux qui fouillent mon visage.

— Et pour ce soir ? Le festival ? Je ne peux pas laisser tomber Hayden.

— On va seulement rester ici un peu. Une heure, peut-être deux. On pourrait sortir et faire croire qu'on s'est cachés ici pour…

Je remue les sourcils.

— Oh bien sûr, pour que quelqu'un nous voie et me vire ?

— Tu veux vraiment travailler au Blue après ce qu'on vient de voir ?

Elle ferme les yeux.

— Je ne sais pas. J'aime travailler avec Hayden. Je me sens utile, estimée.

Je fixe ses lèvres.

— Je t'estime.

Je fais courir mes mains le long de son cou, caresse son visage.

— J'ai besoin de toi.

— Tyler, on ne peut pas…

J'incline la tête et je l'embrasse sur la bouche parce que cet endroit est plus dangereux que je l'imaginais quand Mira a commencé à bosser ici. Et parce que je ne veux pas lui dire quoi faire, mais j'ai peur qu'on lui fasse du mal. Elle est si petite, fragile d'une façon qu'elle ne montre pas à la plupart des gens. Je veux la protéger. M'occuper d'elle.

La protestation qu'elle s'apprêtait à émettre disparaît. Elle promène les mains le long de mon cou et attrape mes cheveux, entrouvre la bouche.

— Ne fais pas ça, murmure-t-elle contre mes lèvres.

Il me faut une minute pour comprendre à quoi elle fait allusion, la main qui glisse sur son haut, ma langue lèche ses lèvres…

— Quoi ? T'embrasser ? dis-je en fixant ses beaux yeux qui reflètent son âme. Pourquoi pas ? Je t'aime, Mira.

Elle me jette un regard méfiant.

— C'est ce que tu as dit l'autre soir.

— Tu ne me crois pas ?

Ses paupières se ferment hermétiquement.

— Mira, regarde-moi.

Je lui lève le menton, elle rouvre les yeux.

— Est-ce que tu m'aimes comme je t'aime ?

Elle déglutit.

— Je t'ai toujours aimé. Il n'y a jamais eu personne d'autre. Je n'ai jamais… je n'ai jamais été avec quelqu'un d'autre.

Ses épaules se tendent comme si elles se préparaient à recevoir un coup.

Est-ce qu'elle croit vraiment que *ça* va me repousser ? Ces mots sont de la musique aux oreilles d'un homme, et ne font que renforcer ce que j'ai toujours su.

— Je pense que tu es la seule femme que je vais aimer

dans cette vie, et tu ferais mieux d'arrêter de lutter contre ça, parce que je suis ton homme, le seul et l'unique. Je vais t'embrasser et continuer à t'embrasser jusqu'à ce que tu comprennes que je tiens à toi et que je ne partirai jamais. Tu peux me jeter dehors parce que tu as peur, mais qu'on soit ensemble ou non, tu seras dans mon cœur et dans ma tête à me tourmenter jusqu'à ce que je sois un vieillard qui ne peut plus bander. Dis oui maintenant pour qu'on puisse au moins profiter de la gaule constante que tu me provoques.

— Toujours très classe, dit-elle, mais elle sourit.

Mira presse sa douce poitrine contre ma main et m'écrase les lèvres dans un baiser profond qui me coupe le souffle et fait battre mon cœur à tout rompre.

Je l'attrape par la taille et la guide vers les étagères de rouleaux de papier toilette. J'écarte à contrecœur la main de sa magnifique poitrine, mais seulement pour glisser ma paume sur ses cuisses et relever sa jupe pour pouvoir la soulever et enrouler ses jambes autour de ma taille.

Elle m'embrasse la pommette, me mordille le lobe de l'oreille.

— On ne peut pas faire ça ici.

Ce mordillement m'électrise l'entrejambe.

— Je ne suis pas d'accord. Je pense qu'on peut y arriver.

Quelque part au fond de mon esprit, une petite voix me dit que c'est le pire moment. Mais une grosse voix me dit qu'il n'y a jamais eu de meilleur moment.

— Ce n'est pas professionnel, susurre-t-elle en me couvrant le visage de baisers, ses doigts trifouillant les boutons de mon col. Et si ces hommes nous trouvent ?

Je lui empoigne les fesses et me frotte contre elle. Un soupir brûlant s'échappe de ses lèvres.

— Tu es sûre de vouloir t'arrêter ? Si ces hommes ne nous ont pas encore trouvés, ils ne le feront pas.

Elle a le regard vide pendant un moment, puis elle m'embrasse avec passion en déboutonnant ma chemise. Des doigts agiles l'extirpent de mon pantalon.

Je gémis contre sa bouche. Mes mains sont occupées à la soutenir, et je suis en train de cogiter sur la façon de déshabiller Mira sans les mains, ou du moins partiellement, quand le bruit de l'ouverture de la porte me fige d'effroi.

Merde.

Nous nous séparons lentement, et je repose Mira au sol, l'aidant à tirer sur sa jupe tout en la protégeant des regards avec mon corps.

Je regarde derrière mon épaule et vois mon patron, les sourcils froncés.

— Pas cool, mec. Pris la main dans le sac.

Il montre du doigt le demi-orbe noir, une caméra de surveillance.

Dans la buanderie ? Pourquoi est-ce qu'ils…

— Obligatoire. Après les récents événements qui ont impliqué une employée et un cadre exécutif dans une réserve au rez-de-chaussée. Mon frère, t'es dans la merde maintenant.

Mira se poste à côté de moi, la tête haute.

— Désolé, fillette, dit mon patron sans poser les yeux sur elle. Je pense que tu devras chercher aussi un autre emploi. Tyler, j'aimerais pouvoir t'aider, mec, mais ce n'est pas un incident qu'on me laissera balayer sous le tapis. Suivez-moi à l'étage de la direction. Il y a des personnes qui veulent vous voir.

Chapitre Trente

MIRA

Tyler et le type avec qui il travaille m'escortent jusqu'au bureau de Hayden. Je frappe à la porte.

— Entrez, répond Hayden.

Je pousse la porte et vois Hayden, les coudes sur le bureau, qui se tient la tête entre les mains. Elle lève les yeux et salue de la main Tyler et l'autre vigile.

Tyler me fait un petit sourire réconfortant avant que son patron ne referme la porte.

Hayden secoue la tête, une mèche de cheveux blond foncé lui cache un œil.

— Sérieusement, Mira ? Qu'est-ce qui t'a pris ?

— Tyler et moi, on…

On quoi ? On est ensemble ? On se connaît depuis des lustres, alors c'est normal qu'on s'embrasse dans une buanderie ? Qu'est-ce qui m'a pris, bon sang ?

Hayden agite la main.

— Je ne veux pas entendre ça. Je dois me séparer de toi, Mira.

Elle passe les doigts dans ses cheveux et se tient la tête.

— Mais je ne pige pas. Vous ne pouvez pas faire ça ailleurs, pendant votre temps libre ? Pourquoi ici ?

— On… ce n'est pas ce qu'il paraît. Enfin si, mais… Je voulais y aller doucement avec Tyler, mais ensuite ces hommes sont entrés dans la suite. J'avais peur et Tyler me réconfortait… Je m'enfonce, c'est ça ?

Hayden lève une main.

— Rembobine. Quels hommes ?

— La dernière suite où tu m'as envoyée. Celle que tu as rajoutée à la liste. On y a trouvé des drogues illicites.

Hayden se lève et fait le tour de son bureau, puis prend le siège à côté du mien, l'air grave.

— De quoi tu parles ?

Je respire à fond pour me calmer. J'ai perdu mon boulot. Ce que je lui dirai n'y changera rien. Puis je ne suis pas responsable de ce que j'ai vu dans la suite. En fait, Tyler a un bon argument. Je n'ai pas besoin de ces merdes dans ma vie. Les trucs louches dans lesquels trempe le Blue Casino, les drogues, et que sais-je encore. Et si les rapports qui ont lieu dans cette suite porno n'étaient pas librement consentis ?

— La sécurité a triplé ses effectifs pour le festival. L'équipe de Tyler pouvait se passer de lui, alors il m'a aidée avec la liste de courses pour les suites. Je suppose qu'il ne voulait pas que je me promène seule dans les couloirs après ma confrontation avec Drake.

— On m'en a parlé, dit Hayden, puis elle secoue la tête. Je suis désolée qu'il s'en soit pris à toi. Ce type est un sociopathe et il ne reviendra pas. J'en ai reçu la confirmation verbale du PDG. Même si Drake s'en sort pénalement, ce dont je doute fort, le Blue Casino l'a déjà viré.

C'est très bien, mais après ce que j'ai vu ce soir…

— Drake est dangereux et ignoble, mais s'il y en avait d'autres ? Des hommes plus puissants que lui qui utilisent le casino comme couverture ? Tu m'as dit dès le début que tu ne faisais pas confiance à tes collègues. Je me demande si le rififi autour de l'arrestation de Drake ne serait pas de la poudre aux yeux lancée pour cacher d'autres crimes qui ont lieu au casino.

Le téléphone de Hayden vibre, elle regarde l'écran.

— Je ne suis pas sûre de comprendre ce que tu dis, Mira.

Elle tape un texto.

— Pour autant que je sache, on avait un psychopathe à un poste de direction qui manipulait les collaborateurs et harcelait les jeunes femmes. Il est parti et on peut passer à autre chose.

Elle pose son téléphone.

— Je n'aime pas les types avec qui Drake travaillait, mais à part me hérisser les poils, ils n'ont rien fait jusqu'à présent. Il serait injustifié de ma part de supposer qu'ils sont comme Drake.

— Et les drogues ?

— Si les musiciens qui occupent les suites apportent leur propre…

— Non. Ce n'était pas une suite pour les clients. Il y avait une installation sado-maso dans une chambre, plus des stocks de drogues et de seringues. C'était une installation permanente. Et quand les hommes sont entrés avec leur chevalière du Blue Casino, ils ont parlé de déménager la…

— *Quoi ?*

Son corps entier se fige.

— Tyler a trouvé la drogue et il voulait qu'on file, mais deux hommes sont arrivés. On s'est cachés derrière le canapé et on les a entendus parler. Ils emballaient tout dans des cartons, avec l'intention de tout déplacer dans une autre pièce d'ici ce soir. Ils semblaient craindre une fuite. Peut-être à cause de la garde à vue de Drake ?

— Bordel de merde ! éructe Hayden en tapant du poing sur le bureau.

La vache, je n'ai jamais entendu Hayden jurer avant. Mais oui, les gros mots sont justifiés.

— Est-ce que Jessie connaît cet endroit ?

Hayden ne me regarde pas. Elle a les yeux dans le vide, comme si elle pensait à voix haute.

Jessie devait savoir puisqu'elle avait un dossier sur la suite dans son bureau.

Je me lève.

— Je vais te laisser, Hayden. T'as beaucoup de choses à gérer et je n'ai fait qu'empirer ta soirée. J'ai honte pour l'épisode de la buanderie. Je peux juste te dire que j'ai flippé et que Tyler me réconfortait, eh bien, un peu *trop* affectueusement. Je remplirai tous les formulaires requis et je récupérerai mes affaires un autre jour, quand la folie du festival sera retombée. Je suis vraiment désolée pour ce soir.

Elle secoue la tête.

— Non. Ne pars pas. J'emmerde cette boîte. T'as embrassé ton petit ami, et alors ?

— Ce n'est pas mon…

— Qui n'a pas roulé des pelles dans un cagibi ?

— Euh, d'accord ?

C'est trop d'informations sur ma patronne conservatrice et classieuse.

— J'ai besoin de toi ce soir. Je parlerai à la sécurité. Je vais m'assurer que ça reste entre eux et nous. Et s'ils refusent, j'irai voir la direction et je les convaincrai qu'il est dans leur intérêt de ne pas me faire suer.

— Waouh. Leur faire du chantage ? Hayden, c'est de

la folie. Tu devrais démissionner. Le Blue Casino est peut-être un endroit dangereux, et très certainement malsain.

Elle se lève et arpente la pièce.

— Pas question. Je ne vais pas me barrer cette fois. Je vais rester et me battre.

Elle s'arrête et me regarde dans les yeux.

— Tu es avec moi ?

―――――

DANS UN SENS, Hayden a raison. Pourquoi laisser ces types gagner ? Je n'ai rien fait de mal. Bon, d'accord, s'embrasser dans un cagibi n'est pas cool, mais ce n'est rien comparé aux soirées dépravées qui ont lieu au Blue.

J'ignore de quoi elle parlait quand elle a dit qu'elle ne se barrerait pas cette fois. A-t-elle déjà fui ce genre de situation ? Je ne comprends pas sa détermination à travailler au Blue Casino et à aller jusqu'au bout, mais j'adore bosser avec elle et elle m'a demandé de rester. Alors j'ai accepté.

Le reste de la soirée, j'ai couru partout pour faire des livraisons et j'ai papoté avec les commerçants et même quelques célébrités qui se produisaient ce soir. Je n'ai pas revu Tyler, mais il ne travaille pas pour Hayden, et je suis sûre que son patron voulait vraiment le renvoyer.

Il est cinq heures du matin quand je rentre au chalet. J'ai pris un Uber, car Tyler m'a accompagnée ce matin. Je sors de la voiture et remonte l'allée de graviers pieds nus en vacillant. Les graviers me font mal aux pieds, mais pas autant que mes douze heures en escarpins. J'ai perdu toute sensation dans mon gros orteil droit.

Je souris en glissant sans bruit la clé dans la serrure. Tyler et moi avons cessé de combattre notre attirance réciproque, et la digue s'est enfin rompue dans un moment de pur bonheur. C'était tellement merveilleux de l'entendre me dire que je serai la seule femme de sa vie. Je me suis laissée emporter dans cette buanderie, mais ça m'a fait du bien de lâcher la bride. Tyler m'a montré par des petits actes et des grands qu'il était là pour moi et j'ai finalement compris.

Le chalet est allumé, mais Tyler ne sera pas réveillé à cette heure-ci. J'aimerais ne pas être debout si tard. En fait, j'aimerais être blottie dans ses bras. J'ai l'impression d'être somnambule tellement l'épuisement m'engourdit le cerveau.

Je saisis la poignée, mais la porte s'ouvre avant que je la tourne. Tyler se tient de l'autre côté, tout habillé.

— Salut, dis-je, surprise mais heureuse de le voir, esquissant un sourire… jusqu'à ce que je remarque son regard inquiet. Tout va bien ?

Il ne répond pas. Il me prend mes escarpins des mains et ferme la porte derrière moi. Et là, je réalise ce que j'ai aperçu en sortant de l'Uber. La vieille guimbarde que j'ai vu ma mère conduire était garée dans la rue, devant le chalet. J'étais tellement dans le gaz quand l'Uber m'a déposée que je n'ai pas tilté.

Mais ce n'est pas ma mère qui est assise sur le canapé. C'est son mec actuel.

— Qu'est-ce qui se passe ? je demande à Tyler. Où est ma mère ?

Billy ? Willy ? Merde, je ne me souviens pas de son nom, je les confonds tous au bout d'un moment. Bref, il pose nerveusement sa bière sur la table. Une bière à cinq heures du mat ? Normal. C'est le mec de ma mère, après tout.

— Salut, Mira. Désolé de te déranger si tôt, euh, si tard. J't'attendais. J'ai une mauvaise nouvelle.

Tyler passe le bras autour de ma taille, pose sa paume chaude et moite sur mon flanc. Sa main tremble.

Je lève les yeux vers lui et vois l'inquiétude et la tension lui déformer les traits.

Mon cœur s'affole et ma gorge s'assèche. La pendule des années 70 avec un coq orange et jaune fait un boucan du tonnerre sur la table de la cuisine.

Ma mère n'est pas là… où est ma mère ?

Je secoue la tête. *Non.* Non, non, non.

— Ta maman, dit Billy/Willy. Elle s'est allongée pour faire une sieste hier et elle est morte dans son sommeil.

Chapitre Trente-Et-Un

— C'était une façon paisible de partir, me dit Willy, Billy, *peu importe*, en changeant de jambe d'appui. Le doc a dit que son cœur était affaibli. Désolé de t'annoncer la triste nouvelle. Je me suis dit que tu voudrais le savoir tout de suite. J'ai tenu compagnie à Tyler en attendant ton retour.

Je déglutis, ma poitrine se soulève, j'ai du mal à respirer.

— Dis-moi juste une chose. Tout ce temps, l'argent que je lui donnais, c'était pour la drogue ?

Ai-je poussé ma mère vers cette mort prématurée ?

Il baisse les yeux.

— Un peu, mais elle n'avait rien pour vivre et tu l'as nourrie. J'aurais aimé mieux m'occuper d'elle, mais ça me démangeait aussi.

Mes mains sont froides, elles tremblent. Je les regarde.

— Merci d'être venu, dis-je par automatisme. T'as besoin de quelque chose ? À manger ou… ?

— Nan, c'est bon. Je prends juste…

Il ramasse sa bière et se dirige vers la porte. Il s'arrête à un mètre et sort une enveloppe de sa poche arrière. Elle est pliée en deux, les bords noircis de crasse.

— J'ai trouvé ça dans ses affaires. Je pense qu'elle voulait que tu l'aies.

Je fixe l'enveloppe que Tyler prend pour moi, car je n'arrive pas à bouger les bras.

Tyler marmonne quelque chose au type et le raccompagne à la porte.

Quelques instants plus tard, il m'enveloppe dans un plaid. Il me soulève et me berce contre sa poitrine. Il s'enfonce dans le canapé et mon corps se colle au sien.

Je pense que je devrais pleurer, mais mes canaux lacrymaux ne fonctionnent pas, ni mes muscles faciaux. Je suis pétrifiée.

Nous restons assis comme ça pendant ce qui semble être des heures.

J'ai dû m'endormir à un moment, parce que je sens Tyler m'allonger doucement sur le côté et tirer la couverture sur moi. Il va à la porte d'entrée, qui colle, et la tire d'un coup sec. Lewis se trouve sur le seuil. Et il a une sale tête. Ses cheveux rebiquent, ce qui ne lui ressemble pas. C'est Tyler celui qui a les cheveux en bataille d'habitude.

— Mira, murmure Lewis en s'accroupissant à côté du canapé où je suis recroquevillée en position fœtale. J'ai appris. Je suis vraiment navré. Pour tout. J'aurais dû te parler plus tôt. Ta relation avec ta mère m'inquiétait et je n'ai pas bien géré la situation. Je pensais que ce serait toi au lieu de…

— Tu pensais que je mourrais avant elle.

Il confirme d'un hochement de tête.

Au fond de moi, je pensais aussi que je mourrais avant elle. J'étais censée mourir dans ces bois, ou de la main d'un des copains violents de ma mère. J'ignore comment faire face à cette nouvelle réalité. Elle n'en est pas moins terrible.

Gen et Lewis passent la nuit dans la chambre, et Tyler et moi dormons sur le canapé parce que je n'ai pas l'énergie de bouger de là où je suis. Le jour se transforme en nuit et la nuit en jour, mais mon horloge interne est déréglée. Je suis pleinement éveillée le soir et je somnole pendant la journée tandis que les visiteurs vont et viennent. John et Becky apportent à manger. Nessa et Zach sont là, puis partent, puis reviennent. Je n'arrive pas à suivre. Mon cerveau est aussi froid et lent que mes mains. Et pendant tout ce temps, Tyler me tient dans ses bras. Quand il ne me berce pas sur ses genoux, je me colle à lui. Si les autres le remarquent, ils ne disent rien.

Le troisième ou quatrième jour, je prends une douche. Je me tiens sous le jet chaud et la chaleur desserre le poing qui me compresse la poitrine depuis que le copain de ma mère m'a annoncé la nouvelle. La chaleur m'enrobe le cœur, ma gorge est salée et sèche. Des larmes coulent sur mes joues. Un cri strident me transperce les oreilles. Venant de moi ?

Je n'arrive plus à respirer. Je suffoque et m'étouffe avec les larmes et l'eau de la douche qui ruissellent sur ma figure.

Un bruit sec retentit derrière le rideau de douche. Quelqu'un vient d'enfoncer la porte de la salle de bains. Tyler déboule et ferme l'eau, m'enveloppe dans une serviette. Il me porte à travers le chalet jusqu'à la mezzanine, un bras sous mes genoux tandis que je me cramponne à ses épaules et son cou. Il me glisse sous la couette et se blottit contre moi, m'écoutant pleurer ma mère qui ne m'a jamais aimée.

Qui m'a abandonnée.

Pour toujours.

LE LENDEMAIN, je me réveille avec la lumière qui filtre par la petite fenêtre de la mezzanine de Tyler. Il a les joues ombrées de barbe et on dirait qu'il a passé une bonne semaine sans se raser. Sa courte barbe est rousse.

Je regarde la peau lisse au-dessus de la barbe, la façon dont ses cils se déploient au-dessus de ses pommettes saillantes. Il est beau.

Je l'embrasse sur le nez.

Il resserre un bras puissant autour de ma taille et il ouvre les yeux. Il lève une main vers mon front, dégage mes cheveux en arrière.

— Je suis désolé, dit-il.

Je me blottis dans ses bras. Il m'a dit que je n'étais pas seule, que j'avais d'autres personnes que ma mère et les Sallee dans ma vie, mais ce n'est qu'en perdant ma mère que je l'ai cru.

Je m'écarte et le regarde dans les yeux, qui sont assombris, comme s'il n'avait pas beaucoup dormi non plus.

— Habillons-nous et allons faire un tour.

Tyler me prépare des toasts et des œufs pendant que j'enfile un jean, des tongs et un pull léger. Nous prenons le petit déjeuner, puis nous marchons dans la lumière vive du matin en direction du lac, à quelques rues de là. Je caresse l'enveloppe que j'ai glissée dans la poche arrière de mon jean.

Les oiseaux gazouillent, quelques voitures nous dépassent en chemin, filant vers une destination inconnue. Le monde devrait être un endroit sinistre, mais il ne l'est pas. Le ciel est d'un bleu éclatant, l'odeur vivifiante des pins et de la terre purifie l'air. Des rires éclatent alors que nous approchons d'un carrefour très fréquenté. La vie continue, et elle semble plus heureuse que celle dans laquelle j'ai vécu.

Nous traversons le boulevard qui longe le lac, et je descends une volée de marches jusqu'au sable. Les vestiges d'un vieux pylône en ciment gisent au pied de l'escalier et je monte dessus, regardant le lac, hypnotisée par sa paix. Tyler se poste à côté du pylône, il ramasse des pierres et les lance dans les ondes peu profondes.

Je sors l'enveloppe de ma mère et l'ouvre. Tyler grimpe sur le pylône et s'assied à côté de moi, proche mais sans m'étouffer, les yeux sur l'eau.

Je déplie le papier ligné que ma mère semble avoir déchiré d'un cahier à spirale.

Mira,

Cela me ronge depuis longtemps, mais je n'arrive jamais à le dire en ta présence, alors je l'écris. Peut-être qu'un jour tu trouveras cette lettre. J'aurais aimé que tu connaisses ton père. Il était beau comme un dieu, ce salaud. Et un jour, il a été à moi. Je ne me suis jamais sentie aussi bien que lorsque ton papa était à moi. J'étais heureuse quand tu es née, mais ensuite, ton papa m'a quittée. Tu n'es pas une sale gosse, tu me rappelles juste que je l'ai perdu. Mais tu as été là pour moi, et c'est plus que ce que je peux dire de la plupart des gens dans ce monde pourri. Tu n'es pas comme les autres, ma fille. Tu es une chouette gamine.

Maman

J'ai du mal à respirer. Le bras de Tyler s'enroule autour de mes épaules et me retient. Je plie soigneusement la lettre et la range dans l'enveloppe.

Toutes ces années, j'ai pensé quémander l'amour de ma mère, et c'était le cas, mais ça signifie aussi quelque chose. Je suis différente d'elle et de mon père. Même ma mère l'a reconnu, et pour une fois elle n'a pas semblé déçue.

— Tyler, je crois que j'ai envie d'être seule pendant quelques jours.

Il me fixe, perplexe.

— Pourquoi ? Je ne veux pas te quitter.

Je contemple le lac. La douleur et la tristesse me dévorent. En même temps, je suis remplie d'un sentiment de soulagement qui m'effraie. J'ignore ce qu'il signifie.

— Tu ne me quittes pas. J'ai juste besoin d'être seule un petit moment.

Il se penche et me serre fort dans ses bras.

— Si c'est ce que tu veux.

Je ne suis pas sûre de ce qui se passe dans ma tête, c'est pourquoi je pense que j'en ai besoin.

— C'est ce que je veux.

Chapitre Trente-Deux

Dès que Tyler a pris ses affaires et quitté le chalet, je suis retournée au travail. Bien sûr, j'ai paniqué un peu en le voyant partir de la maison, mais j'avais besoin de ce temps pour moi. J'ai remboursé presque tout l'argent que je devais à l'usurier, et l'homme semble satisfait que je solde ma dette dans deux semaines, avec mon prochain salaire.

J'ai accepté à l'usure que Lewis m'avance du liquide pour les derniers paiements parce que franchement, il m'a carrément saoulée. Il culpabilise d'être parti quand je lui ai avoué la vraie raison de mon endettement. Il était blessé que je lui ai menti. Puis ma mère est morte. Et il a regretté sa colère qui l'a empêché d'être là quand j'avais besoin de lui. Il est surprotecteur maintenant. Tyler et lui me harcèlent pour que je parle à la police de Veste-en-Jean, mon agresseur qui a travaillé au Blue, alors j'ai accepté. Je le ferai bientôt. Pour l'instant, je vois ma psy et j'essaie de comprendre ce que le fait de ne plus avoir à m'occuper de ma mère et de m'inquiéter pour elle va changer pour moi.

Cela fait presque trois jours que Tyler a déménagé. J'ai

pleuré, j'ai parlé à ma psy pendant des heures et j'ai même écrit mes sentiments sur la disparition de ma mère. Super-Maman et moi avons enchaîné les parties de poker et échangé des messages où elle m'a réconfortée pour ma perte. Qu'ai-je appris de tout cela ? Je me sens soulagée d'un poids et ça me fait culpabiliser. Je me demanderai toujours si j'aurais pu faire plus pour ma mère. Peu importent ses agissements, elle me manque. La relation que nous aurions pu avoir si elle avait été clean me manque.

Ces derniers mois, j'ai lentement construit la vie à laquelle j'aspire et cela m'a aidée à traverser cette période. Lewis, John et Becky sont ma famille. Évidemment, je le savais, mais dans mon cœur, je ne l'avais jamais cru jusqu'à maintenant. Le plus surprenant, c'est que Tyler a été là pour moi comme personne d'autre dans ma vie. Ce qui m'a fait beaucoup réfléchir à notre relation et à son avenir.

Le week-end du festival de musique a été un énorme succès, malgré quelques galères et mon absence pendant quelques jours, où Hayden a dû être au four et au moulin. Le temps qu'elle inspecte la suite porno, l'endroit avait été nettoyé. Le dossier qu'elle avait trouvé dans le bureau de Jessie sur la suite *Cinquante nuances* a aussi mystérieusement disparu. Depuis, Hayden recueille méticuleusement des informations sur les employés du Blue impliqués dans l'affaire, et garde ce qu'elle trouve pour elle. Elle attend d'avoir assez de billes pour aller voir la police. Pour l'instant, il n'y a pas de suite sado-maso, pas de drogues illicites. Rien sur le papier, en tout cas. Mais connaissant l'acharnement de ma patronne, je doute que cela reste vrai longtemps.

Côté positif, nous avons engagé le fameux remplaçant et il commence aujourd'hui. Donc, youpi pour moi et Hayden. Nous pourrons revenir à une semaine de travail de quarante à cinquante heures si cette personne est à la hauteur.

Je me dirige vers le bureau de Hayden avec la paperasse pour le nouvel employé. Un homme se tient dans l'embrasure et regarde à l'intérieur avec une expression amusée et curieuse.

Je m'approche de lui et jette un œil dans le bureau.

Hayden crapahute à quatre pattes sur le sol dans une jupe fourreau, ses jolies fesses en l'air.

C'est donc ça qu'il regarde.

Avant que je puisse gratter la porte pour avertir Hayden qu'elle a de la visite, le type se racle la gorge.

La tête fauve de Hayden se tourne prestement, sa mèche lui tombant dans l'œil.

— Oh. Excusez-moi, bredouille-t-elle en se relevant. J'étais en train de… euh… j'ai fait tomber un truc. Toutes mes excuses.

Elle lisse sa jupe et tente d'avoir l'air professionnelle.

J'entre en réprimant un sourire. Je donne à Hayden les papiers pour l'embauche. Ses yeux papillonnent en direction du type et elle articule en silence un *merde* qui exprime sa gêne d'avoir été surprise les fesses en l'air.

C'est pour ça que j'aime ma boss. Elle a de la classe et elle est pro, mais au fond d'elle, c'est une adolescente.

Je fronce le nez et hoche discrètement la tête pour lui faire comprendre que ce n'est pas grave. Je ne pense pas que ça ait dérangé le gars de reluquer son cul, vu qu'il est resté là un moment.

Je prends ma voix professionnelle et je dis :

— Si tu veux bien signer ces papiers aujourd'hui, ce serait parfait. Ils concernent l'embauche du nouvel assistant pour le service d'hôtellerie.

— Qui n'est autre que moi, dit l'homme dans l'embrasure d'une voix de baryton profonde, suave et douce.

— Oui, répond Hayden d'un ton suraigu. Mira, je te présente Adam Cade. Il va travailler avec Jessie.

Jessie est la responsable de l'hôtellerie qui a subi une récente opération de l'appendicite. Elle vient tout juste de revenir, mais elle est en forme. C'est aussi l'une des employées du Casino que Hayden soupçonne d'être impliquées dans le trafic de drogue.

Je regarde Adam, en prenant mon temps cette fois. Il est grand comme Tyler, les épaules larges. Il porte un costard-cravate bleu marine. Ses cheveux brun foncé sont courts sur les côtés et légèrement plus longs sur le dessus. Il a toujours ce petit sourire qu'il avait en matant le cul de Hayden. Et elle rougit toujours.

Hmmm.

Adam a des yeux bleu marine assortis à son costume, et un nez légèrement anguleux. Sa mâchoire ciselée est rasée de près. En gros, c'est un vrai canon et il regarde Hayden comme s'il en mangerait bien un morceau.

Il est poli et classe. Il a plus l'allure d'un directeur du service d'hôtellerie que d'un assistant, à mon sens. Mais qu'est-ce que j'en sais ? Hayden m'a engagée à un poste pour lequel je n'étais pas qualifiée.

Je salue Adam et prends congé pour que Hayden puisse lui présenter Jessie et lui expliquer ses nouvelles fonctions.

Hayden a complètement oublié l'épisode de la buanderie et me dit que j'ai dépassé ses attentes en tant qu'assistante, ce que, d'une certaine manière, j'ai été forcée de faire en raison du manque de personnel. La charge de travail supplémentaire, cependant, m'a permis de dépasser le seuil de mes compétences. J'apprends vite, et Hayden pense que j'ai un potentiel d'ascension. Je progresse avec prudence étant donné les trucs louches qui se passent au Blue, mais pour une fois, j'ai l'impression de devoir relever des défis dans mon travail. J'adore ça. En plus, j'adore ma boss.

J'avais besoin de ces quelques jours pour me remettre les idées en place, comme dirait Tyler, mais il me manque terriblement. Je pense à lui plusieurs fois par jour.

D'accord, toutes les heures.

Gen m'a dit que Tyler s'est vu offrir un poste à la fac publique de la ville où il enseignera la biologie à la rentrée. Il squatte chez son pote Phil qui s'est fait larguer par sa copine. D'après Gen, Tyler va bien.

Il a tenu parole et m'a laissé de l'espace, sans appeler ni passer me voir. Il n'avait pas l'air fâché quand je lui ai demandé de partir, donc j'imagine qu'il supporte bien la séparation.

J'espère qu'il aura envie de revenir.

Maintenant que j'ai enfin sorti la tête de l'eau depuis le décès de ma mère, l'idée de perdre Tyler me rend incroyablement triste. Je sais aujourd'hui que je survivrais à la solitude que je redoutais, mais je veux qu'il fasse partie de ma vie. Si nous devons finir bons amis, j'accepterai. Mais j'ai envie de tellement plus.

Ce désir de Tyler est la seule constante dans ma vie. Il ne s'estompe pas, ne diminue pas. Il est là depuis des années.

En rentrant du travail, je décide de me changer et de lui rendre visite. Je pourrais l'appeler, mais je veux faire l'effort de me déplacer. Il était là pour moi quand ma mère est morte. Il a été là pour moi depuis le jour où il m'a trouvée dans les bois, à vrai dire. Il a habité avec moi malgré ses réticences. Il a pris un boulot nase au casino pour veiller sur moi, car il pensait que ce n'était pas un endroit sûr. Ses actions ont montré à quel point il tient à moi.

Je pousse la porte d'entrée, impatiente de me changer

et d'aller le voir maintenant que j'ai pris la décision, et je me fige sur le seuil, la main sur la poignée.

Tyler se tient au milieu du salon, mais au lieu d'avoir l'air inquiet comme le soir de la mort de ma mère, son regard est implacable et déterminé.

— Tu m'excuses ? J'ai encore la clé. Je me suis permis d'entrer.

Je jette un coup d'œil dehors. La voiture de Tyler n'est pas dans l'allée ni dans la rue.

— Où est ta caisse ?

J'entre et ferme la porte.

— Au garage. Je fais changer les pneus. Phil m'a déposé.

Il tire distraitement sur ton t-shirt comme s'il faisait chaud, alors qu'il fait frais.

Il étudie mes mouvements pendant que je pose mon sac à main sur le comptoir et enlève mes chaussures. Je suis curieuse de savoir pourquoi il est passé, mais ce sont d'autres mots qui m'échappent.

— Tu m'as manqué. Je rentrais à la maison pour me changer, et j'allais passer te voir.

Tyler déglutit et fait un pas vers moi.

Je me tords les mains, nerveuse sans savoir pourquoi. Il ne serait pas là s'il ne tenait pas à moi.

— Je veux être avec toi, Tyler, et je prendrai ce que tu veux bien me donner. Je ne veux pas que tu sortes de ma vie. J'espère que tu ne penses pas que je t'ai repoussé en voulant quelques jours pour moi.

Je grimace en y repensant.

— Je n'avais pas l'impression de te repousser, mais tu l'as peut-être interprété de cette façon. J'étais tellement bouleversée par la mort de ma mère… et soulagée aussi, alors je me suis sentie très mal. J'avais besoin de temps pour comprendre ce qui m'arrivait.

Tyler réduit encore la distance entre nous.

— Tu es la plus belle personne que je connais, Mira.

Je le regarde dans les yeux.

— Comment tu peux dire ça ? Je te saoule plus que quiconque.

Il me sourit malicieusement.

— Mais j'aime ça.

— Donc… tout va bien entre nous ?

— Si tu supportes mon côté bourrin, oui. Je te promets de me faire pardonner quand je fais une connerie.

Il remue les sourcils de façon suggestive.

Je serre les lèvres, étouffant la bouffée de bonheur qui m'inonde le cœur, mais Tyler n'en a cure. Il m'enlace et me caresse les cheveux, le visage. Il écrase sa bouche sur la mienne et nous nous embrassons comme si nous étions séparés depuis des années et non quelques jours.

Et peut-être que cela fait des années que nous n'avons pas laissé tomber nos doutes et nos peurs pour nous ouvrir réellement à l'autre. Je le repoussais, ou il me repoussait ; nous n'avons jamais été sur la même longueur d'onde sentimentale.

Jusqu'à maintenant.

Tyler glisse la bouche dans mon cou et passe sous mon t-shirt ses mains qui me brûlent la peau. C'est terrifiant et excitant de réaliser que nous sommes enfin ensemble.

Tyler se recule, ses mains plongent sur mes fesses.

— Si on ne se retient plus, alors il faut que tu saches, maintenant, que tu es ma petite amie, officiellement.

— Ah ouais ?

Je pouffe et il me pince les fesses avant de reposer les lèvres au creux de ma gorge.

— Mm-hmmm. Phil le sait, demande-lui.

— Et tu comptais me le dire ?

— Un jour, marmonne-t-il contre ma peau tandis que

ses mains glissent sous ma jupe. T'ai-je dit à quel point j'aime ces petites jupes moulantes que tu portes au boulot ?

— Non, mais je crois que je le sens, dis-je en me frottant sur la bosse de son jean.

— Même si j'aime beaucoup te voir en jupe, je te préfère sans.

Je lui enlève son t-shirt par la tête, et souris à son torse musclé avant d'y promener les mains. Il tente de dézipper ma jupe et me tirer vers le canapé en même temps, entreprise périlleuse.

Nous nous embrassons, nous pelotons, nous arrachons les vêtements. Et patatras, je tombe en avant et Tyler bascule au bout du canapé, me serrant dans ses bras avant de chuter. Brutalement. Sur le sol. L'impact lui arrache un grognement.

— Oups, s'esclaffe-t-il en levant les yeux vers le canapé. Je l'ai raté.

Il replace ses mains où elles étaient, sur ma culotte sous ma jupe retroussée, car il s'est énervé sur la fermeture éclair.

Je suis affairée à déboutonner son jean quand je sens un à-coup sur ma hanche, entends le tissu se déchirer.

— Est-ce que tu viens de déchirer ma culotte ?

— Chut, dit-il en me prenant la bouche.

Sa main s'insère entre les chairs qui palpitent entre mes cuisses, où ses doigts habiles exercent leur magie.

Je gémis et baisse son jean à deux mains, puis je finis en utilisant mes pieds.

Une fois son jean et son caleçon autour des chevilles, je l'empoigne et le caresse.

Tyler grogne et me soulève d'un bras puissant de sorte que je flotte au-dessus de lui, son doigt ne cessant jamais sa danse délicate. Je me baisse, me penche pour lui mordre doucement la lèvre, parce qu'il est sexy et que la sensation de son sexe qui entre en moi me tue dans tous les sens du terme.

Son doigt continue de masser lentement la zone qui nous relie. C'est un amant multitâche, et mon Dieu, j'adore ça.

Tyler renverse la tête en arrière tandis que j'accélère le rythme, ma respiration se hachant. Je suis à *deux doigts* de jouir. Ça fait trop longtemps et il m'a manqué. Ça m'a manqué.

Et voilà, c'est parti.

Explosion, halètement, gémissement. Mon ventre se contracte et bouge de façon incontrôlable.

Je ne suis pas une experte en orgasme, mais je suis quasi sûr que celui-ci atteint onze sur une échelle de dix.

Dès que mes sens redescendent sur terre, Tyler reprend son va-et-vient, son doigt se déplaçant de l'endroit charmant au cœur de mon plaisir jusqu'à ma hanche, où il fait levier avec ses deux mains pour s'enfoncer en moi.

Mes parois intimes se referment autour de son membre qui grossit. C'est tellement bon.

Tyler se tend, sa poigne se raffermit sur mes hanches, un gémissement guttural jaillit de sa gorge.

Il me regarde dans les yeux avec vénération, le souffle lourd. Il promène les mains sur mes flancs, me tire jusqu'à ce que je me retrouve allongée sur sa poitrine, son cœur tambourinant contre mon oreille.

C'est là que je réalise qu'on est à moitié sur le lino de la cuisine et à moitié sur la moquette du salon. Du moins, Tyler.

Je suis au-dessus de mon petit ami sexy. Et vraiment heureuse.

C'est Tyler et c'est moi, heureux malgré tout ce qui s'est passé. C'est nous deux.

Ensemble.

Tyler

— Tu as déchiré ma culotte, déplore Mira allongée sur moi.

Je l'embrasse sur le front et je resserre mon emprise.

— Désolé.

Elle lève les yeux et sourcille. Alors j'ajoute :

— D'accord, pas vraiment. C'était marrant de l'arracher.

Elle bâille comme si elle allait s'endormir. Sur le sol du salon-cuisine qui est dur et pas du tout confortable. Ce dont je me fous pour le moment, parce que je suis toujours en elle, et qu'il n'y a pas de meilleur endroit où être.

— Je crois qu'on s'est laissé un peu emporter, non ?

Elle appuie la tête sur ses mains croisées au-dessus de ma poitrine.

— Ouais.

— Je dois avouer que dans le feu de l'action, et parce que je ne m'y attendais pas, j'ai en quelque sorte oublié de…

Ses yeux s'emplissent de reconnaissance.

— Je prends la pilule depuis des années pour réguler mes règles. Et je suis clean, parce que, tu le sais, tu as été mon seul et unique amant.

— Pareil pour moi. Enfin, pour la partie clean. Et pour le fait que je sois ton seul et unique amant, je dois avouer que ça gonfle mon ego à mort.

Je fais un sourire narquois et elle commence à protester, car je suis un connard arrogant.

— Et on a beaucoup de boulot pour te mettre à niveau. Donc on ferait mieux de—je m'interromps en remuant les sourcils. Souvent. Pour t'apprendre des trucs.

Je crois qu'elle va me frapper, mais son regard devient sérieux.

— Je pense que je vais aimer avoir un petit ami. Je t'aime, Tyler.

La douceur et la sincérité dans sa voix me submergent. Elle est la seule à avoir touché mon cœur.

Pour détendre l'atmosphère avant que je m'emballe, je lui réponds :

— Non, c'est *moi* qui t'aime. Depuis bien plus longtemps que toi.

— S'il y a quelqu'un qui a vécu une décennie d'amour à sens unique, c'est bien moi. Je t'aimais avant même que tu connaisses mon nom.

— Comment est-ce possible ?

Elle me raconte l'histoire des filles qui la brutalisaient à l'école.

— Euh, dis-je comme si je ne me souvenais pas du jour de notre rencontre. C'était toi ? Je me disais que tu me semblais familière. Tu étais si différente au collège. Tu avais l'air d'une gamine à côté des autres filles.

Elle me frappe la poitrine, indignée.

— Pardon ?

J'aime quand elle s'énerve. Je la tiens pour qu'elle ne puisse pas s'échapper, nos sexes toujours imbriqués. Je pourrais faire un deuxième round maintenant.

— Tu n'avais qu'un an de plus que moi, et j'étais petite pour mon âge. Je me suis développée depuis.

Je laisse échapper un grognement et colle ma bouche sur la sienne, l'embrassant avec la langue et les dents.

— Tu m'étonnes. Tu sens comme je m'en rends bien compte ?

— Tu me demandes si je sens ton membre prêt à recommencer ?

Je la fais coulisser sur moi et nous soupirons tous les deux.

— Tyler, c'est normal que tu puisses…

— Nan, j'ai juste un énorme désir refoulé pour toi. Ça devrait disparaître dans vingt ou quarante ans.

— Quoi, et après tu n'auras plus envie de moi ?

Elle accélère le rythme. Elle ne doit pas être si contrariée.

Je lui caresse la joue, puis ma main glisse jusqu'à sa poitrine, car elle n'en fait qu'à sa tête.

— J'aurai toujours envie de toi, même quand je serai vieux et que je ne pourrai plus bander. T'aimer est ma malédiction.

Ses hanches se figent.

— Malédiction !

— On m'a jeté le sort de t'aimer toute ma vie, peu importe que tu me repousses ou non.

Je la tire contre ma poitrine, lui lève les hanches au bon angle et la redresse. Sa tête se renverse, elle gémit.

— Alors, ne me repousse pas, d'accord ? Je peux faire des erreurs, mais tu es la femme de ma vie, la seule et unique. Quand tu me repousses, ça me rend grincheux. Pendant une bonne demi-décennie.

— D'accord, dit-elle.

Puis la conversation s'arrête parce que le plaisir que cette fille me donne, à l'intérieur comme à l'extérieur, m'engourdit l'esprit.

Chapitre Trente-Trois

Mira attrape sa culotte déchirée qui a glissé sous le canapé hier soir et la brandit.

— C'était ma préférée.

Je lui tends le mug de thé à emporter que je lui ai préparé (oui, je suis gaga, je l'admets volontiers), et j'enfile mes tennis. Nous allons chez Jaeg et ma sœur pour voir le film du dimanche.

— Je t'en achèterai une autre. Tu sais, je crois que ça me plairait presque de faire du shopping pour de la lingerie. Je pourrais entrer avec toi dans la cabine d'essayage et...

— Je t'arrête tout de suite. Pas question. Fini les séances de pelotage dans les cagibis. Et je croyais que tu aimais faire du shopping ? T'étais enthousiaste quand tu m'as emmenée acheter des vêtements pour le travail.

Je la regarde d'un air penaud.

— Je déteste le shopping.

Elle a l'air perplexe, puis elle sourit.

— Tu l'as fait pour moi. T'es un grand tendre à l'intérieur, Tyler Morgan.

Je coince ses beaux cheveux noirs derrière son oreille, l'attirant contre moi d'un bras.

— Pour toi, oui. Je ferais n'importe quoi pour toi. Du shopping, me battre contre les méchants, fixer des équations d'algèbre jusqu'à en loucher. C'est une pathologie chez moi, mais elle me plaît. Je pense que je vais continuer sur ma lancée.

Elle fait une moue indignée que j'aimerais croquer.

— À t'entendre, je suis une maladie.

— Hum, plus une obsession torride et fougueuse dont je ne veux pas me délivrer. Tu es la plus belle rencontre de ma vie, même quand j'ignorais que tu m'aimais. Et pour info, je me souviens de toi dans la cour d'école.

Elle penche la tête, le regard dubitatif et passe la sangle de son sac à main sur sa poitrine sans incliner sa tasse.

— Au collège ? Ça m'étonnerait.

— Ouaip, j'avais le béguin pour la tigresse aux cheveux noirs et aux yeux caramel qui essayait de frapper une fille de deux fois sa taille.

— C'est faux, dit-elle, mais je sens l'hésitation dans sa voix.

— C'est vrai.

— Si c'est le cas, pourquoi tu ne m'as rien dit quand on étudiait ensemble ?

— Je ne voulais pas abattre toutes mes cartes. Il fallait que tu me mérites.

Elle me frappe la poitrine du plat de la main, puis elle s'étire et me donne un baiser brûlant.

Je n'ai jamais rien oublié de Mira, même quand nous étions jeunes. Je pensais que c'était une malédiction, mais en réalité, c'est une bénédiction.

— Oh, attends, dit-elle en me tirant par le bras pour m'entraîner vers la porte de derrière. Cali m'a demandé d'apporter quelques-unes des pommes de pin géantes qu'on a dans le jardin. Elle veut en faire un genre de centre de table automnal.

— Pour mettre sur la table ? Je croyais que Jaeg cuisinait.

Mira lève les yeux, exaspérée.

— Qu'est-ce qu'un centre de table a à voir avec la nourriture ?

Je roule les yeux. C'est pourtant logique. *Ah les filles.*

— Je t'attends dans la voiture.

— D'accord, dit-elle en se faufilant par la porte de derrière.

Ma voiture est encore au garage, aussi je marche jusqu'à la camionnette de Mira, ses clés à la main.

Une voiture dans la rue attire mon attention. Elle est noire, luxueuse, et garée dans un angle bizarre, comme si le conducteur était sorti en vitesse.

Je me retourne et je fixe la clôture du jardin. Il n'y a pas de bruit et Mira n'est partie que depuis une minute, mais quelque chose ne va pas.

— Mira ? Tout va bien ?

Elle ne répond pas et mon cœur s'affole. Les poils de ma nuque se hérissent, mes muscles se tendent. Je cours jusqu'au portail du jardin et manque de le défoncer en cherchant le loquet.

J'entends des pas étouffés, puis le gémissement de Mira. Je contourne la maison et tombe sur une vision d'horreur.

Le mug de thé est renversé sur le sol, et Mira a le dos collé à la poitrine de l'enflure qui l'a tabassée, son bras lui encerclant la gorge. Il est penché sur elle, dos à moi.

Je n'essaie pas d'être discret. Je veux seulement massacrer ce bâtard.

Je ramasse la plus grosse branche à proximité et l'abats à l'arrière de son crâne.

Sa tête se tangue vers l'avant et il grogne, mais il ne relâche pas sa prise sur ma nana. Je le frappe à nouveau, cette fois en pleine tempe.

Joe l'Enflure tombe, entraînant Mira dans sa chute. Il ne bouge plus.

Je soulève Mira par la taille et l'emmène loin de lui. Je lui palpe le cou, le visage.

— Ça va ?

Son visage est rouge et marbré, son expression hébétée.

— I—Il était en colère, il a dit que je l'ai fait expulser de la ville. Je lui ai dit que j'avais honoré mes paiements.

Je regarde le gars par terre et je sors mon téléphone. Mira enfouit son visage dans ma poitrine.

— J'ai remboursé l'homme à qui tu dois de l'argent. Ce type n'a aucune raison d'être ici. Et même si c'était le cas, il n'a pas le droit de te toucher.

J'appelle le 911 et je décris l'incident.

— Comment ça, tu l'as remboursé ? demande-t-elle quand je range mon téléphone.

Je détourne le regard, inquiet de la façon dont elle va le prendre. Mira n'apprécie pas qu'on lui dise ce qu'elle doit faire, et là, c'est un acte d'autorité. Mais je ne laisserai personne la tabasser encore.

Pourtant, j'aurais dû lui dire plus tôt.

— Je ne voulais pas que tu t'inquiètes des dettes après la mort de ta mère. Tu en avais remboursé la majeure partie. J'ai réglé le solde. L'argent que tu as donné à Lewis est allé sur un compte épargne pour toi.

Elle me fixe, le visage pâle, la gorge rougie par l'étranglement de ce connard. Elle n'a pas pleuré une seule fois pendant cette épreuve. Cette fille est dure comme la pierre.

— Oh.

— *Oh* ? Tu n'es pas fâchée ?

Je jette un œil vers le type pour m'assurer qu'il est

toujours sonné. Au cas où il se réveille, j'emmène Mira vers l'avant de la maison. Je préfère attendre la police en pleine lumière.

— Je ne suis pas fâchée, dit-elle en marchant presque collée à moi. Tu l'as fait avec bienveillance. Et pour dire la vérité, j'en ai marre de devoir ce pognon. Je te rembourserai, bien sûr, mais c'est agréable de ne plus rien devoir à ce sale type. Bien que d'une manière détournée, il t'a mené vers moi.

Fait-elle référence à la forêt ? Quand je l'ai trouvée évanouie ?

— Mouais… et si on n'attirait plus les tueurs à gages à partir de maintenant ?

Elle pousse un soupir joyeux, son visage retrouvant une teinte normale.

— Bien entendu.

Je grogne. Pourquoi est-ce que j'ai l'intime conviction que ce n'est pas la dernière fois que Mira se met dans la ligne de tir ?

Je vais avoir du pain sur la planche. Mais je ne voudrais pas qu'il en soit autrement.

Mira

TYLER et moi ne sommes jamais arrivés chez Jaeger. Nous avons passé l'après-midi au poste de police, où je leur ai enfin parlé de Veste-en-Jean.

Le sergent Billings, l'officier à qui j'ai parlé après mon attaque dans les bois, tapote son stylo sur le bureau.

— Mlle Frasier, vous êtes certaine que ce Ronald Devans est le même homme qui vous a attaquée il y a quelques semaines ?

— Oui. L'un d'eux.

— Et vous l'avez revu depuis ? Pourquoi vous ne nous avez pas donné cette information plus tôt ?

J'avais l'intention de parler à la police de Veste-en-Jean, car Lewis et Tyler me harcelaient pour que je le fasse, mais apparemment, j'ai trop tardé. Je ne peux pas croire qu'il ait surveillé la maison. Toutes les fois où je pensais l'avoir vu, j'avais probablement raison.

Je n'ai pas eu le temps d'être terrifiée, car dès que l'homme m'a attrapée, Tyler a volé à mon secours.

— Je devais de l'argent à un homme pour qui Ronald Devans travaillait. Au début, j'avais peur d'avoir des problèmes si je vous révélais l'identité de mon agresseur, mais ensuite, j'ai changé d'avis. J'avais prévu de venir vous voir, puis l'incident de ce soir est arrivé.

L'officier griffonne le nom de mon usurier.

— Et vous dites que Devans était avec Drake Peterson au casino ?

J'acquiesce.

— M. Peterson est en attente de jugement. Je ne sais pas quel est son lien avec Devans, mais ce dernier a un long casier judiciaire, notamment pour possession de drogue et coups et blessures. Il ne s'en tirera pas comme ça. Je suis sûr qu'on obtiendra de Devans qu'il donne le nom de l'autre homme qui vous a attaqué. Je vais suivre la piste de l'usurier. Il est possible qu'il soit impliqué.

Après notre retour du poste de police, une semaine s'écoule avant que Tyler me laisse quitter la maison (c'est-à-dire notre lit) pour autre chose que le travail. L'attaque l'a fait paniquer. Ça m'a fait peur. Oui, nous avons fait l'amour. D'accord, on n'a pas arrêté, mais nous avons aussi passé des heures à nous serrer l'un contre l'autre, reconnaissants que notre histoire se termine bien.

Parce que c'est la réalité. Une longue histoire d'amour

avec le garçon qui a attiré mon attention au collège et n'a jamais quitté mes pensées et mon cœur. Je serai toujours reconnaissante à Tyler de m'avoir trouvée.

Et je l'ai trouvé aussi. Le vrai Tyler, celui qu'il a enfoui toutes ces années au fond de lui, mais qui est revenu vers moi.

Encore une fois.

Épilogue

MIRA

Deux mois plus tard

Tyler et moi attendons sur le perron en ciment d'une maison de plain-pied dans un quartier de la classe moyenne de Carson City.

Je suis tellement nerveuse que je pourrais hyperventiler.

La porte s'ouvre en grinçant sur une jolie femme rousse dans la cinquantaine.

Tyler pose la main au creux de mon dos.

— Salut, maman. Voici Mira, dit-il puis il se penche en avant et lui fait la bise.

Elle nous fait entrer sans me lâcher du regard. Je me sens nue, littéralement à poil devant cette femme alors que je suis emmitouflée dans un gros pull et un manteau d'hiver.

Elle hoche la tête.

— Ah. Je vois, dit-elle en regardant son fils.

Tyler bouge nerveusement.

— Mira est la copine dont je t'ai parlé. On était à l'école ensemble à Tahoe et on s'est revus récemment. Tu

te souviens ? C'est la fille à qui je donnais des cours parti-
culiers en première et en terminale.

Les yeux Madeline Morgan indiquent qu'elle se
souvient, et elle opine.

— Eh bien, ça explique tout. Bienvenue, Mira. Ravie
de te rencontrer.

Elle sourit et m'embrasse chaleureusement.

J'interroge Tyler du regard. Il hausse les épaules
comme si je ne devais pas chercher à comprendre le
commentaire bizarre de sa mère.

— Alors, comment vous êtes-vous retrouvés ? demande
Mme Morgan en nous conduisant dans son jardin où Cali
et Jaeger, emmitouflés, boivent une bière sur la terrasse.

Il n'y a pas encore de neige, et Mme Morgan a laissé le
filet de badminton installé.

Tyler se frotte la mâchoire.

— Ben, tu vois, Mira a eu des galères. Alors elle
dormait dans la chambre de Cali.

Sa mère le dévisage avec intensité.

— Et où dormait Cali ?

Tyler a l'air d'un cerf pris dans les phares.

— Chez Jaeg ?

La bouche de sa mère se tord.

— Hum, on dirait que ma fille me doit une explication.
Je n'aime pas ça, Tyler. La vie commune avant le mariage.
Tu sais à quoi ça mène ?

Merde. Elle ne va pas parler de sexe quand même ?

Je jette un regard désespéré à Tyler, mais il observe sa
mère avec un petit sourire.

— À des conditions de vie plus agréables ?

Elle fronce les sourcils. Puis secoue la tête, exaspérée.

— Ne fais pas le malin, Tyler. À des bébés, voilà à quoi
ça mène. Gardez ça à l'esprit la prochaine fois que ce sera
agréable, dit-elle en pointant un doigt sur nous.

Je me cache le visage dans les mains. Le moment le plus gênant de ma vie.

Voilà, c'est tout moi. Ma première rencontre avec la mère de Tyler au titre de *petite amie*, un moment dont j'ai rêvé, et j'ai l'impression d'avoir seize ans et de me faire surprendre au lit avec mon amour de lycée.

Un son étouffé sort de ma gorge, et je réalise que je ris. De façon un peu hystérique pour être exacte.

Tyler enroule les bras autour de mes épaules, et glousse dans mon oreille.

— Elle est toujours comme ça. Tu t'y habitueras.

Je lève les yeux et souris. Il fond devant mon regard aimant et il m'embrasse.

— À des bébés, s'écrie sa mère dehors, devant le barbecue.

Je cache mon visage brûlant dans sa poitrine.

— Hum, dit Tyler. Ça ne m'embêterait pas de te voir enceinte de mon bébé.

Je lève la tête, les yeux ronds. Sa bouche m'effleure l'oreille.

— Quand on sera prêts, il ajoute. Mais on sera mariés d'ici là.

Je lui enlace la taille et lui embrasse maladroitement les lèvres, ce qui ne semble pas le gêner, car il raffermit son emprise autour de moi.

— Assez de bécotages, Tyler, s'exclame Cali. Viens par ici pour que je te mette une raclée au badminton.

Jaeger lui fait les gros yeux.

— Bébé, tu dois arrêter de dire des bêtises.

— Quoi ? On se parle comme ça.

— Je sais, mais…

Il se penche vers elle.

— Tu sais comment tu es avec les balles.

Une lueur diabolique lui traverse les yeux.

— C'est un volant. Mais comment je suis avec les balles, Jaeger ?

Il sourit, rapproche sa chaise d'elle.

— Cochonne.

Cali sourit à son petit ami, puis nous regarde.

— Amène-toi, Tyler. Je t'attends, mec.

Tyler pousse un soupir désolé.

— Donne-moi deux ou trois minutes pour mettre une déculottée à ma sœur. Ça ne sera pas long.

Il prend une raquette de badminton, tandis que Jaeger coache Cali. J'ai l'impression qu'elle est super nulle et qu'elle a parlé trop vite. Ça me fait l'aimer encore plus. Surtout quand elle dit des vacheries à Tyler.

Je m'approche de leur mère en souriant.

— Je peux vous aider, Mme Morgan ?

— Oh, chérie, appelle-moi Maddie. J'ai l'impression qu'on va être amenées à se voir souvent. Je n'ai qu'à regarder mon fils pour savoir qu'il tient à toi. Tu pourrais même être la raison qui l'a transformé de joyeux en grincheux en terminale.

Je détourne le regard.

— Je… j'en sais rien. Enfin, peut-être. Mais ce n'était pas mon intention.

Elle chasse mes excuses de la main.

— Il avait besoin d'un coup de pied aux fesses. Ce garçon est une tête de mule. Et regarde à quel point il t'apprécie maintenant.

Je souris, incapable de masquer mon ravissement.

— Je l'aime beaucoup.

C'est un aveu simple et tellement faible au regard de mes sentiments pour Tyler.

Elle sourit en tournant le maïs sur le barbecue.

— Oh, je sais. Il ne serait pas avec toi si vous n'aviez

pas un lien spécial. Je ne l'ai jamais vu regarder une fille comme il te regarde.

La voix de Tyler me fait sursauter, et je lève les yeux.

— Maman, arrête de révéler mes secrets, dit-il en nous rejoignant.

Derrière lui, Cali s'affale sur les genoux de Jaeger, les sourcils froncés.

C'était une déculottée rapide.

— Elle sait que tu l'aimes, dit sa mère. Je ne suis pas aveugle et elle non plus.

Tyler lève les yeux au ciel et me fait un clin d'œil.

Maddie a raison. Je le vois maintenant. Tyler m'aime. Nous étions tous les deux aveugles.

— Tu sais, Tyler, dit sa mère, maintenant que les droits d'auteur vont tomber, tu devrais penser à t'acheter une maison. T'enraciner quelque part.

— J'y pense déjà, dit Tyler. J'ai demandé à mon agent immobilier de contacter le propriétaire de la maison de Cali. Elle me plaît, et c'est là que j'ai écrit le livre.

Il se penche plus près.

— Et où j'ai retrouvé mon grand amour, me murmure-t-il à l'oreille.

Apparemment, Tyler n'était pas aussi paresseux qu'on le croyait. Pendant qu'il se « ressaisissait » et vivait chez Cali, il a écrit un bouquin. *Le nez est né* est un livre de vulgarisation scientifique qui, selon son agent, sera dévoré par les profanes comme par les biologistes. Certains professeurs pourraient même en prescrire la lecture obligatoire à leurs élèves. Apparemment, il a fait des découvertes sur les sens olfactifs et l'attraction et c'est très amusant, ce n'est pas le cas de la plupart des ouvrages de biologie. Les étudiants qui ont lu le manuscrit ne tarissent pas d'éloges à son sujet.

Tyler est revenu dans sa ville natale parce qu'il avait besoin d'un endroit pour faire son deuil du drame du

Colorado, mais il a continué de faire fonctionner à bloc ses capacités intellectuelles. J'aurais dû savoir qu'il ferait quelque chose de ses dix doigts, peu importe où il atterrissait.

— Tu vas acheter le chalet ? dis-je.

Tyler a mentionné qu'il envisageait d'acheter à Tahoe, et je savais qu'il avait vu un agent immobilier, mais j'ignorais qu'il s'agissait de la maison de Cali. Enfin, son ancienne maison maintenant qu'elle vit en permanence chez Jaeger.

Il acquiesce, l'air soudain sérieux.

— Tu es d'accord ? Parce que je peux…

Je lui fais un sourire rayonnant.

— C'est parfait. Seulement…

Ma bouche se tord en pensant au mobilier.

— On pourra acheter un canapé neuf ?

Tyler me serre contre lui.

— Tu veux rire ? On va le remeubler entièrement. Cet endroit a besoin de changer de siècle.

Je ris.

— Tu as conscience que ça implique des heures de shopping ?

— Oui, mais c'est pour notre chalet. Pour notre vie ensemble.

Je touche sa mâchoire carrée et il se penche pour m'embrasser.

Nous étions faits pour être ensemble. Et nous le sommes enfin.

———————

Amis lecteurs,

Vous vous interrogez peut-être sur l'histoire de Nessa et Zach, car j'ai laissé entendre qu'il y avait quelque chose entre eux. Lisez ***Jamais avec ton meilleur ami***, le prochain livre de la série *Jamais avec lui*, et vous découvrirez comment Nessa parvient finalement à sortir de la friend zone avec Zach.

Bises,

Jules.

EXTRAIT : Jamais avec ton meilleur ami

NESSA

Je suis l'éternelle bonne copine. Voilà. Qu'est-ce qui coince avec les mecs ?

Je décharge mon plateau en jetant des regards furtifs à Zach et cette femme.

La même blonde qui vient au Blue Casino tous les mois, réglée comme une horloge. Elle est belle, avec des cheveux courts et ébouriffés couleur platine ramenés derrière l'oreille à la garçonne. Ce soir, elle porte des talons aiguilles et une mini-robe noire moulante microscopique. C'est dur à dire, depuis l'invention du Botox et des produits de comblement, mais elle semble plus âgée que Zach. Trente-cinq ans peut-être.

Jimmy, le barman du bar sportif où je travaille ce soir, secoue la tête.

— Il ne te mérite pas, ma fille.

— Quoi ? je m'indigne en poussant le dernier verre vide vers lui. Je trouve ça fascinant, c'est tout.

Blondie tend à Zach une carte magnétique. Il la fixe, puis lève les yeux.

Et tombe sur moi, car je l'observe. Comme d'hab.

Nos regards se croisent et, l'espace d'un instant, la culpabilité traverse son visage.

Je tourne la tête vers le bar, mes mains tremblent. *Merdum.*

— Tu m'étonnes que tu trouves ça fascinant, glousse Jimmy en essuyant le comptoir.

Je suis sûre que tout le monde soupçonne que je craque pour Zach Elliott. Sauf Zach. Ou peut-être qu'il le sait et qu'il s'en fiche. Zach est mon pote, mon ami avec qui je veux faire des bébés.

Je soupire et je ferme les yeux, combattant la frustration avec laquelle je vis depuis plus d'un an. Zach fait en sorte que nous soyons *seulement* des amis. C'est humiliant. Je me languis alors qu'il me rejette passivement.

La femme s'en va, et il exhibe ses mains face aux caméras du plafond pour montrer à la maison qu'il n'a pas de cartes ou d'argent caché dans sa manche. Il se prépare à quitter sa table de black jack. Pour la suivre. Comme il le fait *chaque foutu mois.*

Pourquoi elle ? Pourquoi pas moi ?

Le pire, c'est que Blondie n'est pas la seule conquête de Zach. Il s'envoie en l'air tout le temps. Je ne le vois pas en action, Dieu merci, mais j'entends parler de ces femmes qui sortent de chez lui à toute heure. Il flirte avec tout le monde. Sauf avec moi.

Je balance mon plateau sur le comptoir, et Jimmy lève un sourcil.

— Pardon, je maugrée.

Du calme, Nessa. Je ne peux pas me laisser démoraliser. J'agis comme si j'étais une gamine. C'est n'importe quoi.

Jimmy a raison. Zach ne mérite pas mon amour. Seulement, je le connais. Il est tendre, drôle et merveilleux. Il y a des salauds qui ne pensent qu'à s'envoyer en l'air et qui traitent les femmes comme de la merde, mais pas Zach…

même si son comportement n'est pas vraiment reluisant en ce moment, alors qu'il se prépare à rejoindre Blondie.

J'appuie ma paume au centre de ma poitrine. Ça me fait tellement souffrir. Pourquoi est-ce que je m'inflige ça ?

Je devrais m'inspirer du manuel de savoir-vivre de Zach. Sortir, rencontrer des mecs. Je ne coucherai pas pour coucher. Je l'ai déjà fait. Les coups d'un soir durant ma dernière année universitaire m'ont laissée si vide que j'ai arrêté de sortir pendant longtemps. Mais je fais une fixation sur Zach depuis un an et demi, depuis que j'ai obtenu un diplôme de communication (qui ne sert à rien) de l'université de San Francisco et déménagé au lac Tahoe avec une amie.

Mon amie a fait sa vie. Pas moi.

Zach est l'une des premières personnes que j'ai rencontrées à mon arrivée, et au début, j'ai senti cette étincelle entre nous. Je le surprenais en train de me regarder *comme ça*, avec chaleur et désir, juste avant qu'il n'efface l'expression de son visage et m'appelle par un surnom ridicule.

Il me traite comme sa petite sœur, et ça me rend folle. J'ai envie de m'arracher les cheveux. Ce qui ne m'embellirait pas. Mes longs cheveux noirs m'arrivent à la taille, et c'est mon meilleur atout. Quelque chose retient Zach et j'en ai marre de me heurter à un mur. Le mieux pour moi serait d'aller de l'avant et d'arrêter de rêver à cet amour impossible.

Je repars servir un plateau chargé de cocktails et, par mauvaise habitude, je cherche celui qui me rend foldingue.

Zach n'est plus à sa table de black jack. Et malheureusement, je sais ce que ça veut dire.

Prise de crampes d'estomac, j'appuie les coudes sur les côtes. Le mouvement fait basculer mon plateau, et la pile de serviettes posée sur le dessus dégringole au sol.

— Besoin d'aide, Ness ?

Je lève la tête et croise les yeux bleu clair de Sal.

Sal est un habitant du quartier qui vient voir les matchs sur les écrans géants du bar. Il fait partie d'un groupe d'habitués qui se retrouvent chaque semaine. Parfois deux fois par semaine.

Je me penche pour ramasser les serviettes.

— C'est bon, Sal. Merci.

— Tout va bien ?

Son expression est chaleureuse et préoccupée comme s'il voyait quelque chose sur mon visage qui l'inquiétait.

Sal est un chic type, plutôt beau gosse. Il a mon âge environ, avec des yeux revolver, la peau bronzée et des cheveux blond cendré. Malheureusement, il incarne la génération traîne-savates de Tahoe avec ses jeans effilochés dont l'ourlet traîne par terre et ses t-shirts sont si usés qu'on voit presque à travers. Mais ce n'est pas pour cette raison que je ne me vois pas avec lui.

Je ne m'imagine avec personne d'autre que Zach. Et ça doit changer.

— Ouais, c'est juste une soirée pourrie.

Je jette les serviettes sur mon plateau et me relève.

Sal passe un bras autour de mes épaules.

— Viens boire un verre avec nous ce soir, Ness. On va au Farley.

Le Farley est un bouge à quelques rues d'ici. Leur jeu de cornhole en salle est une grande attraction locale.

Je n'accepte jamais les invitations des clients qui me draguent au Blue, ce qui arrive souvent vu mon uniforme. Un bustier à paillettes et un pantalon sexy en satin font un effet bœuf. Mais Sal et ses copains sont cool. Ils s'intéressent plus à la bière au fond de leur pinte qu'aux jolies filles qui passent. Ils ne cherchent pas à assouvir leurs fantasmes de la soubrette sexy.

Le regard de Sal fixe un point dans mon dos. Je pivote

et vois mon amie Mira entrer, ce qui explique pourquoi même Sal a tourné la tête. Il est peut-être détendu, mais c'est un mec.

Mira est d'une beauté éblouissante. Seul un homme mort ne la remarquerait pas. Dommage, elle est prise. Elle est en couple avec Tyler, le frère de ma copine. Mira est ce qu'on peut appeler une fille farouche. Personne ne pensait qu'un homme pourrait percer sa carapace et atteindre son cœur, mais Tyler a relevé le défi. Ils semblent vraiment heureux ensemble. Et je ne suis pas jalouse que toutes mes amies se soient soudainement casées. Pas du tout.

Bon, un peu.

Mira parcourt le bar des yeux, à la recherche de quelqu'un. Je lui fais signe.

Sal me sourit.

— Tu me diras si tu veux venir, dit-il avant de rejoindre ses potes.

Mira lâche son téléphone dans son sac. Elle doit sortir du travail.

— Salut. Je viens voir si c'est toujours d'actualité pour les tacos demain soir.

— Ben, comme toutes les semaines, non ?

Zach organise un dîner tacos chez lui tous les mercredis. C'était l'une des premières soirées où il m'a invitée.

Je froisse les serviettes tombées, qui sont inutilisables maintenant qu'elles ont touché le sol.

— Tout va bien ?

Je souris faiblement.

— Ouais. Je suis juste d'une humeur de chien.

La confusion plisse le joli visage de Mira.

D'accord, je suis toujours de bonne composition d'habitude. Mais une fille a le droit d'être de mauvaise humeur de temps en temps. Je vais peut-être accepter l'invitation de

Sal. Un changement de décor me fera du bien. Voir Zach partir avec cette femme m'a mise sur les nerfs.

Je prends Mira en aparté.

— Je vais positiver. J'ai juste eu une journée de merde. Sal m'a invitée à boire un verre après le boulot pour décompresser un peu.

Mira jauge Sal par-dessus mon épaule. Elle a eu une enfance difficile, elle est née dans un foyer d'alcooliques et de toxicomanes. Elle a eu des grosses galères, ça l'aide à repérer tout de suite les mecs louches.

— Mignon, mais…

— Je sais. Il aurait besoin d'un relooking. Mais ce n'est pas ce que tu crois. Sal est un habitué. On est des amis.

— N'empêche… Tu veux que je t'accompagne ?

— Nan, ça va aller.

Mira me serre le bras.

— Nessa, t'es sûre que ça va ?

Je n'ai avoué à personne mon amour pour Zach, même s'ils se doutent tous de quelque chose. On est tous des amis, et parler de mes vrais sentiments pourrait créer un climat gênant.

— Ça va. On se voit demain chez Zach ?

— Ouaip. J'ai même fait des cookies pour le dessert.

— La vache… dis-je en levant la main et en appuyant le dos sur son front. T'as de la fièvre ou quoi ?

Mira éclate de rire.

— Non. Non. Tyler et moi avions envie de pâte à cookie hier soir. On a mangé la moitié d'une boîte, puis nos estomacs se sont rebellés. J'ai fait des cookies avec le reste.

— Donc c'est de la pâte à cookie industrielle ?

Elle émet un drôle de son guttural.

— Évidemment !

— *Ouf,* tu m'as fait peur.

Mira glousse.

— J'ai pas mal cuisiné ces derniers temps, dit-elle en s'éloignant. Fais gaffe, je suis devenue une bonne petite femme d'intérieur. Le prochain dîner tacos aura peut-être lieu chez moi.

Oh merde. Zach est la seule personne de notre petite bande d'amis à savoir cuisiner. Mira aux fourneaux est une perspective effrayante. Son nouveau poste d'assistante d'une cadre sup du Blue est parfait pour elle. Elle adore donner des ordres aux gens des RH. Mais cuisiner ? Elle n'a jamais cuisiné pour quelqu'un, pour autant que je sache. Peut-être qu'elle a fait des expériences sur Tyler. Si c'est le cas, le pauvre a essuyé les plâtres pour nous autres.

Je m'approche de Sal et je lui donne un coup de coude dans le bras.

— Hé, je crois que je vais me joindre à vous ce soir.

— Ça, c'est cool, sourit Sal.

— Je finis à minuit, donc dans une heure environ. Ça te va ?

— Bien sûr. Les gars partiront sans doute plut tôt, mais je vais rester ici pour t'attendre, dit-il en montrant les écrans de télé. Ils vont diffuser des extraits d'autres matchs.

Je termine mon service et me prépare mentalement à chasser Zach de mon esprit pour une soirée, plus longtemps, si je m'en tiens à ma volonté de passer à autre chose.

Et oublier la possibilité qu'un *nous* existe un jour.

Lisez *Jamais avec ton meilleur ami* maintenant !

Auteure à succès de USA TODAY

Série Les frères Cade

La Tentation de Levi (tome 1)

Le Défi de Wes (tome 2)

La Séduction de Bran (tome 3)

La Réforme de Hunt (tome 4)

Série Jamais avec lui

Jamais avec un ami de ton frère (tome 1)

Jamais avec un dragueur (tome 2)

Jamais avec ton ex (tome 3)

Jamais avec ton meilleur ami (tome 4)

Jamais avec ton ennemi (tome 5)

Jules Barnard est une auteure à succès de USA Today dans les genres romance contemporaine et fantaisie romantique. Ses récits contemporains comprennent les séries Jamais avec lui et les Frères Cade. Elle écrit de la fantaisie romantique sous son nom de plume dans la collection Halven Rising que le Library Journal qualifie de « … nouvelle aventure fantastique passionnante. » Qu'elle écrive sur les hommes séduisants du lac Tahoe ou sur le monde féérique d'un campus universitaire, Jules nous délecte d'histoires captivantes, pleines d'amour et d'humour.

Quand Jules n'est pas en jogging en train d'écrire en se récompensant par des chocolats, elle passe du temps avec son mari et ses deux enfants dans leur petite ville natale sur la côte Pacifique. Elle a le super pouvoir d'être capable de lire en cavalant sur un tapis de course ou en brûlant le dîner.

Pour plus d'information, visitez le site web de Jules :
https://julesbarnard.com/francais/

www.ingramcontent.com/pod-product-compliance
Lightning Source LLC
Chambersburg PA
CBHW021025310726
48969CB00006B/1547